MAR DRIES

DER KOMMISSAR UND DIE MORDE VON VERDON

aufbau taschenbuch

MARIA DRIES wurde in Erlangen geboren und hat Sozialpädagogik und Betriebswirtschaftslehre studiert. Heute lebt sie mit ihrer Familie in der Fränkischen Schweiz. Schon seit vielen Jahren verbringt sie die Sommer in der Normandie.

Im Aufbau Taschenbuch sind bisher ihre Krimis »Der Kommissar von Barfleur«, »Die schöne Tote von Barfleur«, »Der Kommissar und der Orden von Mont-Saint-Michel«, »Der Kommissar und der Mörder vom Cap de la Hague« und zuletzt »Der Kommissar und der Tote von Gonneville« erschienen.

Der ehemalige Elitekommissar Philippe Lagarde und seine Lebensgefährtin Odette fahren zu einer Beerdigung nach Südfrankreich. Der Ehemann einer alten Freundin von Odette ist in der berühmten Schlucht von Verdon tödlich verunglückt. Die Polizei geht aufgrund eines gefundenen Abschiedsbriefes von einem Selbstmord aus. Doch die Witwe ist sicher, dass ihr Mann einem Gewaltverbrechen zum Opfer gefallen und der Brief eine Fälschung ist. Auch Lagarde kommen die ersten Zweifel. Bei den Ermittlungen stehen ihm seine Jugendfreunde zur Seite und lassen alte Zeiten wieder aufleben.

MARIA DRIES

DER KOMMISSAR UND DIE MORDE VON VERDON

PHILIPPE LAGARDE
ERMITTELT

KRIMINALROMAN

aufbau taschenbuch

MIX
Papier aus verantwortungsvollen Quellen
FSC® C083411
www.fsc.org

ISBN 978-3-7466-3326-8

Aufbau Taschenbuch ist eine Marke der
Aufbau Verlag GmbH & Co. KG

1. Auflage 2017

Umschlaggestaltung © Mediabureau Di Stefano, Berlin
unter Verwendung von Motiven von © Peter Groenendijk/
Getty Images und © Diana Walters/Getty Images
Gesetzt aus der Caslon durch Greiner & Reichel, Köln
Druck und Binden CPI books GmbH, Leck, Germany
Printed in Germany

www.aufbau-verlag.de

Für
Johanna

la Brillanne
Oraison
St Maime
St Michel
Lincel
Volx
les Buissonnades
Asse
Puim
Riez
Valensole
Manosque
E 712
Durance
Gréoux-les Bains
Allemagne-en-Provence
la Bastide-des-Jourdans
les Salles-s-Ve
Verdon
Vinon-s-Verdon
Cadarche
Baudinard
Quinson
Centrale nucléaire Cadarache
St Paul-les-Durance
St. Paul-l.-D.
Canal du
Jouques
la Verdière
Montmeyan
Rians
Esparron
Varages
Tavernes
Barras
Barjols
Brue-Auriac
Victoire
Seillons
Châteauvert
Canet
neuf-le-Rouge
Ollières
St. Maximin Marseille
Bras
le Val
Brignoles
Trets
St Maximin-la-Ste Baume
Tourves
Logis-de-Nans
as-de-Trets
Rougiers
Auriol
Nans-les-Pins
Besse-
St Zacharie
Forcalqueiret
1043
la Roquebrussanne
Chaîne de la Ste Baume
Pont-d-l'
émenos
Signes

Col de Chamatte
Route Napoleon
Senez
Col des Lèques
Castellane
Moustiers-St.e Marie
Rougon
Pt. de Soleils
la Foux
la Palud-s-Verdon
Point Sublime
Aiguines
Grand Canyon du Verdon
Trigance
la Bastide
Pas de
Comps-s-Artuby
Zone militaire interdite
Mons
Vérignon
Seillans
Bargemon
Aups
Montferrat
Callas
Ampus
Salernes
Cascade de Pennafort
Draguignan
Bagnols-en-Forêt
Flayosc
Lorgues
Puget-s.A.
le Muy
les Arcs
Argens
Puget-s-Argens
Abb. du Thoronet
Autoroute la Provencale
Vidauban
le Muy/St. Tropez
St. Aygulf
le Luc
Flassans-s-Issole
Gonfaron
la Garde-Freinet
Ste Maxime
Col des Fourches
Maures
Provence

DIE ZERSPRUNGENE GLOCKE

Wie bittersüß ist mitternächt'ges Lauschen
Im Winter, nah der Glut, die steigt und sinkt,
Wenn ferne Zeiten leise Reden tauschen,
Und Glockenläuten durch den Nebel dringt.

Beglückt die Glocke, die mit starker Kehle
Durch viele Jahre freudig und mit Macht
Gebete singt, so wie aus frommer Seele
Ein tapfrer Krieger, der das Zelt bewacht.

Ach, meine Seele sprang, – und will ich singen,
In kalter Nacht die Einsamkeit zu zwingen,
Dann hör' ich meine eigne Stimme tönen

Wie eines wunden Kriegers dumpfes Stöhnen,
Den man vergaß in seiner letzten Not,
Der zwischen Leichen stirbt den bittren Tod.

Charles Baudelaire
»Die Blumen des Bösen«
(»Les Fleurs du Mal«)

LAC DE SAINTE-CROIX, ALPES-DE-HAUTE-PROVENCE

Der türkisfarbene Verdon fließt an manchen Stellen ruhig wie ein Bach, an anderen wird er zum gewaltigen Strom, überschwemmt das Land und macht es fruchtbar. Seit tausenden von Jahren folgt er seinem Lauf. Er entspringt in den Alpen der Haute-Provence und stürzt sich dramatisch schön in eine Schlucht aus Kalkfelsen, die einen der größten Canyons Europas bildet. Sie ist etwa einundzwanzig Kilometer lang und bis zu siebenhundert Meter tief. Oberhalb der steil nach unten fallenden Felswände kleben Aussichtsplattformen wie Adlerhorste. Der Blick nach unten ist zugleich faszinierend wie schwindelerregend.

Der intensive Duft von blühenden Lavendelfeldern liegt in der Luft. Über dem Canyon schwebt ein Gänsegeier mit gewaltiger Flügelspanne. Tief in der Schlucht lässt sich ein vierzehn Kilometer langer Wanderweg erahnen. Mit seinen Steilstufen, Hängepassagen und langen dunklen Felstunneln birgt er viele Tücken. Auf dem blaugrün sprudelnden Wasser wirken die Kajaks wie Spielzeugboote.

Bei der Brücke von Galetas fließt der Verdon in den

Stausee Sainte-Croix. Für den wohl schönsten See der Provence mussten große Opfer gebracht werden. Fruchtbares Land wurde überschwemmt und ein ganzes Dorf zerstört. Seit diesen dramatischen Ereignissen hört man den See hin und wieder murmeln, hauptsächlich bei Neumond. Manchmal tönt nachts die Glocke der einst überfluteten Kirche mit einem tiefen vollen Klang weit über den See hinaus. Der Volksmund erzählt, dass dort nach solchen besonderen Nächten Unheil drohe.

Das Haus der Familie Laurent lag etwas abseits vom Dorf Les Salles-sur-Verdon auf einem Hügel über dem See. Der Ausblick war überwältigend. Die glatte türkise Wasseroberfläche glitzerte in der Sonne. Inmitten des Sees erhob sich eine kleine bewaldete Insel, die unbewohnt war. Schroffe weißgraue Kalkfelsen, lichte Pinienhaine, blühende Ginsterbüsche und helle Kieselstrände prägten das Landschaftsbild.

Die sandfarbene Villa der Laurents glich eher einem kleinen Schloss. Der Grundriss war quadratisch, jede der vier Ecken wurde von einem schlanken Turm flankiert. Das flache Ziegeldach war rot, ebenso die Hauben der Türme. Eine hohe Mauer umgrenzte den weitläufigen Park, in dem sich Zypressen, Schirmpinien und Zedern erhoben.

Mélanie Laurent saß auf der Terrasse unter einer Markise. Vor ihr, auf einer großen Sperrholzplatte, stand das Modell, an dem sie gerade arbeitete. Das Dorf, das entstehen sollte, verfügte bereits über einige Häuser, einen Brunnen und einen Friedhof. Die einzelnen Elemente waren aus kleinen flachen Korkteilen detailgetreu gefertigt. An den Fenstern flatterten schneeweiße Gardinen, am Brunnenaufbau hing ein winziger Blecheimer, und zwei Gräber waren mit rosa Miniaturrosen geschmückt. Sie war gerade dabei, einen Dachziegel aus rot lackiertem Kork aufzukleben, als ihre Pflegerin auf die Terrasse kam.

»Cédric ist da, Méla. Soll ich euch Kaffee und Kuchen bringen? Die Köchin hat Schokoladentarte gebacken.«

»Gerne, Bernadette, und Wasser bitte. Es ist so heiß heute.«

Cédric, ein großer, kräftiger, gutaussehender Mann, trat auf die Terrasse. Er begrüßte Mélanie mit einem liebevollen Kuss auf die Wange.

»Wie geht es dir, Schwesterherz?«, erkundigte er sich.

»Gut, danke.« Sie griff nach einem weiteren Korkteilchen. Cédric betrachtete stirnrunzelnd das unfertige Dorf auf der Platte, die fast den gesamten Tisch einnahm, und setzte sich. Die Pflegerin kam mit einem beladenen Tablett und stellte es auf der Sitzfläche eines Stuhles ab.

»Danke schön, Bernadette. Wir bedienen uns selbst.«

Mélanie lächelte sie an. Dann schenkte sie für Cédric und sich Kaffee ein und legte Kuchenstücke auf die Teller. »Ich freue mich, dass du da bist und mir ein wenig Gesellschaft leistest«, sagte sie. »Lass es dir schmecken.«

Nachdenklich betrachtete sie ihr Werk aus Kork. Kuchen und Kaffee hatte sie vergessen. »Was meinst du, Cédric? Soll ich die Schindeln für das Kirchendach ockerfarben lackieren oder lieber sandfarben? Ich bin auch am Überlegen, ob ich nicht eine winzige Glocke gießen lasse. Ganz originalgetreu. Bei den Glocken, die man im Laden für Kunsthandwerk kaufen kann, handelt es sich um Kinderspielzeug aus Blech. Das finde ich unangemessen.«

Sie erwartete keine Antwort und zupfte gedankenverloren eine Gardine zurecht. »Mit dem Brunnen bin ich nicht zufrieden. Ich denke, ich werde dafür silbern glitzernde Kieselsteine am Seeufer sammeln.« Kurz war sie wieder bei ihm und sah ihn mit ihren ernsten blauen Augen an. »Keine Sorge, Bernadette wird mich natürlich begleiten.« Mélanie griff nach einem feinen Pinsel und tauchte die Spitze in ein Lackdöschen. Die Zungenspitze erschien zwischen ihren Lippen, so konzentriert arbeitete sie. Cédric kam sich völlig überflüssig und unbeachtet vor und verlor die Geduld. »Méla, rede mit mir!« Seine Stimme klang eine Nuance zu scharf und zu laut. Sie fuhr zusammen und starrte ihn erschrocken an.

Ungehalten deutete er auf das Miniaturdorf. »Hör doch endlich auf damit. Das macht doch keinen Sinn. Wie viele Modelle verstauben bereits auf dem Dachboden? Dreißig? Vierzig? Du baust sie aus Legosteinen, Knetmasse, Streichhölzern, Ton, Pappmaché,

Spielmais, Plastilin und was weiß ich alles noch. Das muss ein Ende haben. Es tut dir nicht gut.«

Sie hörte nicht zu und lackierte den Pfosten eines Gartenzaunes flaschengrün.

»Wir könnten eine kleine Reise unternehmen. Was meinst du? Das würde dir bestimmt guttun.«

Mélanie summte leise vor sich hin. Als sie einen winzigen gelben Vogel auf einer Dachrinne befestigte, platzte ihm der Kragen. »Jetzt ist Schluss mit diesem Unsinn!«, brüllte er. »So wirst du nie gesund!« Wütend sprang er auf, packte die Sperrholzplatte und schleuderte sie über die Brüstung. Kurz schwebte das Modell horizontal in der Luft, dann kippte es und verschwand aus ihrem Blickfeld. Cédric stürmte davon und ließ Mélanie alleine auf der Terrasse zurück. In Panik sprang sie auf, lief zum Geländer und starrte nach unten. Dort loderte ein Feuer, das der Gärtner entzündet hatte, um Reisig und dürre Äste zu verbrennen. Sie musste hilflos mit ansehen, wie ihr geliebtes Dorf in Flammen aufging. Das Feuer fraß es unerbittlich auf, und es war nicht mehr zu retten. Dieser Gedanke war unerträglich. Ihr Gesicht verlor jede Farbe. Sie war unfähig sich zu bewegen.

Cédric hatte inzwischen den Vorhof erreicht und blieb abrupt stehen. Seine Wut war so schnell verflogen, wie sie gekommen war. Sein Ausbruch tat ihm entsetzlich leid. Er hätte Méla nicht so erschrecken dürfen.

Kurz überlegte er, ob er zu ihr zurückgehen sollte. Er entschied sich jedoch dagegen. Es war klüger zu warten, bis sie sich beruhigt hatte. Später würde er wiederkommen und sie zu einem Segeltörn auf dem See überreden. Manchmal begleitete sie ihn tatsächlich. Sie liebte das türkis schimmernde Gewässer. Abends würden sie gemeinsam essen und anschließend das Modell reparieren.

Dicke Tränen liefen über Mélanies Wangen. Sie konnte es nicht fassen, dass ihr Dorf verbrannt und nur hässliche graue Asche übriggeblieben war. Als das Feuer niederbrannte, lag der beißende Geruch von Rauch in der Luft. Wie ferngesteuert verließ sie die Terrasse, durchquerte den Salon und gelangte in den Korridor. Sie lauschte und schlich auf leisen Sohlen bis zum Hinterausgang. Bernadette war nirgends zu sehen. Wahrscheinlich hielt sie sich in der Küche auf, die im Untergeschoss lag, und plauderte mit der Köchin. Mélanie huschte aus dem Haus und zog die Tür leise hinter sich zu. Rasch lief sie zur Gartenpforte und schlüpfte hindurch. Über eine Wiese gelangte sie zu einem Pfad, der zu den Kalkfelsen führte. Jetzt konnte sie vom Haus aus niemand mehr sehen. Langsam, mit gleichmäßigen Schritten, folgte sie dem Weg, den Blick geradeaus gerichtet. Die Nachmittagshitze hatte sich auf die Hochebene gelegt. Wilder tiefroter Oleander, sonnengelbes Ginstergebüsch und herb duftender Wacholder spendeten nur wenig Schatten. Der Anblick von zwei Wildeseln zauberte für einen Moment ein Lächeln auf Mélanies Gesicht. Gleich darauf verschwand es wieder, und ihr Gesichtsausdruck versteinerte. Sie nahm sich nicht die Zeit, so wie sonst Blumen zu pflücken und einen bunten Kranz für ihre Haare zu binden. Als sie den Felsabbruch erreicht hatte, setzte sie sich auf einen flachen Stein. Sie betrachtete den See, über den weiße Segel zogen. An einem Anleger schaukelten Fischerboote. Angler saßen auf einem Steg auf Klappstühlen.

Cédric hatte einige wichtige Schreibarbeiten im Büro erledigt und sich dann umgezogen. Er trug jetzt eine bequeme Leinenhose, ein weißes Baumwollhemd und Segelschuhe. Gegen siebzehn Uhr kehrte er in die Villa zurück und suchte nach seiner Schwester. Er fand sie weder auf der Terrasse noch im Salon. Zwei Stufen auf einmal nehmend, lief er in den zweiten Stock und klopfte an ihre Schlafzimmertür. Es folgte keine Reaktion. Er klopfte erneut, öffnete die Tür und rief ihren Namen. Der Raum war leer, das Bad ebenso. Cédric wurde nervös. Vom Balkon aus ließ er seine Blicke über den Park schweifen. Er sah nur den Gärtner, der ein Blumenbeet harkte. Die Nachmittagssonne spiegelte sich im See und tauchte ihn in ein sanftes, blaugelbes Licht. Cédric eilte in das Untergeschoss und ging in die Küche. Dort traf er auf die Köchin und Mélanies Pflegerin Bernadette, die am Tisch saßen, Kaffee tranken und einträchtig einen Plausch hielten.

»Wo ist Mélanie?«, fragte er mit barscher Stimme. Die beiden Frauen sahen ihn erschrocken an. Bernadette fing sich als Erste wieder. »Auf der Terrasse. Sie arbeitet bereits seit heute Morgen an ihrem neuen Modell.«

»Da ist sie nicht.«

»Dann hat sie sich wahrscheinlich hingelegt. Sie hält nachmittags gerne einen Mittagsschlaf.«

»In ihrem Zimmer ist sie auch nicht.«

Jetzt war der Pflegerin ihre Nervosität deutlich anzusehen. Auch die Köchin, die sonst nichts aus der Ruhe bringen konnte, wirkte plötzlich angespannt.

»Waren Sie schon an ihrem Lieblingsplatz im Garten?«, fragte sie und wusste die Antwort bereits. Natürlich hatte Monsieur Cédric dort schon gesucht.

Unwirsch schüttelte er den Kopf. »Da ist sie nicht.« Vom Balkon aus hatte er die Bank am Goldfischteich inmitten des Rosenlabyrinths sehen können. Da war niemand gewesen. Er fühlte eine eiskalte Hand nach seinem Herzen greifen. Wo war seine Schwester?

»Sie werden dafür bezahlt, dass Sie auf sie aufpassen!«, brüllte er. Dann rannte er in den Park und suchte nach Méla, hinter jedem Busch, jedem Mäuerchen, jeder größeren Pflanze und schließlich am Brunnen. Er überprüfte hastig das Gitter auf dem schwarzen klaffenden Loch. Es war nach wie vor fest verschraubt und mit einem stabilen Eisenschloss gesichert. In wachsender Panik suchte er im Gemüsegarten, hinter den Feuerbohnen und den Brombeersträuchern. Manchmal saß sie dort verträumt im Gras und naschte süße Früchte. Nichts.

Als er unterhalb der Terrasse die Feuerstelle entdeckte, war die Glut erloschen. Aus dem Aschehaufen und den verkohlten Holzstücken spitzte ein winziges rotes Dach aus Korkeiche. Cédric erstarrte. Mélanies Modell. Es war verbrannt. Sein Herz pochte heftig gegen die Rippen. Er hatte das Gefühl zu ersticken. Dennoch rannte er, so schnell er konnte, zu der alten Windmühle aus dunkelgrauem Feldstein. Ihre altersschwachen Flügel zitterten im Wind. Sie erhob sich neben dem ummauerten Waldfriedhof, der einsam inmitten kargen Felsgesteins lag.

Seine Schwester konnte stundenlang auf den staubigen Dielen des Dachbodens hocken und tief in Gedanken versunken die Gräber betrachten. Über eine wacklige Leiter hastete er auf die oberste Plattform des Gemäuers. Als er den Kopf durch die Luke steckte, scheuchte er einige schwarze Vögel auf. Seine Augen wanderten hoffnungsvoll durch das düstere Turmzimmer. Es war leer.

Zurück in der Villa alarmierte er die Polizei.

Mélanie erhob sich entschlossen und trat an die Abbruchkante. Das graue Gestein fiel beinahe senkrecht in die Tiefe. Die Wasseroberfläche befand sich etwa achtzig Meter unterhalb von ihr und lockte sie. Mélanie warf noch einen letzten Blick auf das neue Dorf, flüsterte »Adieu, Cédric« und breitete die Arme aus. Schließlich stieß sie sich ab und sprang. Ihr weißes Kleid flatterte im Wind, ihre Haare umwehten golden glänzend ihren Kopf. Sie flog, frei wie die Möwen. Ein seliges Lächeln verzauberte ihr Gesicht. Sie flog dorthin, wo sie einst glücklich gewesen war.

Bis sich blauschwarze Nacht über den See senkte, suchten Dutzende von Polizisten auf der weiten Hochebene nach Mélanie. Auch Spürhunde wurden eingesetzt. Freiwillige Helfer durchkämmten das Hinterland und Feuerwehrleute nahmen sich das Seeufer vor.

Es war unmöglich gewesen, Cédric daran zu hindern, sich einer Suchmannschaft anzuschließen. Letztendlich hatte man ihn gewähren lassen.

Eine Hündin mit dunkelbraun glänzendem Fell namens Mimi nahm auf einem Klippenpfad Witterung auf. Ungeduldig zog sie ihren Führer an die Abbruchkante eines Felsmassivs. Sie ließ sich auf einem Teppich von gelben Wildblumen nieder und heulte den Mond an. Das Jaulen, das über den See hallte, ließ einem das Blut in den Adern gefrieren. Der Polizist deutete mit zitternder Hand auf die senkrechte Steinwand und sah Cédric voller Mitgefühl an.

»Ich fürchte, Ihre Schwester ist dort hinuntergestürzt. Mimi hat sich noch nie geirrt. Was für ein tragischer Unfall. Es tut mir so leid.«

Cédric stand wie fest verwurzelt am Rand des Bergmassivs und starrte in die Tiefe, die dunkel und feindselig zurückblickte. Der Impuls zu springen, war übermächtig.

Am nächsten Morgen begannen Wasserwacht und Feuerwehr den See abzusuchen. Sie gingen systematisch vor und arbeiteten Planquadrat für Planquadrat ab. Als die Kirchturmuhr des neuen Dorfes Les Salles-sur-Verdon zwölf Uhr schlug, hatten sie noch nichts gefunden. Sie legten eine kurze Pause ein und stärkten sich mit Kaffee und belegten Baguettes. Dabei diskutierten sie die Einflüsse, die Strömungen, Saugwirkungen an den Staumauern und lebensgefährliche Strudel auf den Fundort eines Opfers hatten.

Ungefähr einen Dreiviertelkilometer weiter in westlicher Richtung tauchte Bernard Dumont im türkisblauen Lac de Sainte-Croix. Der durchtrainierte ehemalige Rettungsschwimmer hatte im Ruhestand seine Leidenschaft für das Sporttauchen entdeckt. Bei einem Urlaub in Ägypten hatte er erfolgreich an einem Kurs teilgenommen. Er wusste natürlich, dass Tauchgänge aus Sicherheitsgründen immer mindestens zu zweit begangen werden sollten. Doch meistens hielt er sich nicht an diese eiserne Regel. Er war Individualist und lieber alleine unterwegs. Außerdem war er fest davon überzeugt, dass er ein exzellenter Taucher war und ihm nichts, aber auch rein gar nichts zustoßen konnte. Immerhin hatte er eine Boje gesetzt.

Er befand sich in etwa dreißig Meter Tiefe, paddelte leicht mit den Flossen und schwebte über schwarzen, unergründlichen Felsspalten. Im Hintergrund konnte man die historische Brücke aus dem sechsten Jahrhundert erkennen, die den Verdon mit neun Bögen überspannt hatte und bei der Flutung versunken war. Die Stirnlampe von Dumont beleuchtete schilfgrüne Algen, die in der Strömung des Verdon wankten. Ein Schwarm silberner Fische flitzte vorbei und verschwand unter einer Steinplatte.

Zwischen dunklem Geröll und verwesendem Geäst entdeckte Dumont einen hellen Fleck und näherte sich neugierig. Als in seinem Lichtkegel ein Gesicht auftauchte, das von goldenem Lichtschein umkränzt zu sein schien, bekam er Atemprobleme. Als er begriff, dass die eine Hälfte des Kopfes offenbar von Raubfischen gefressen worden war und nur ein verbliebenes blaues Auge ihn fixierte, setzte sein Herzschlag aus.

Am späten Nachmittag, als die Sonne von einem Wolkengebirge verdeckt wurde und Sturm aufkam, fanden Mitglieder der Wasserwacht die Leichen.

Im Dorfbistro orakelte der alte Fischer Jacques einige Stunden später, nach dem dritten Glas Rotwein, dass die Flussgöttin Styx die beiden geholt habe. Nun, da ihr die Beute entrissen worden sei, werde das verheerende Folgen haben.

Der Begriff Styx stammte aus der griechischen Mythologie und hatte zwei Bedeutungen. Neben der Flussgöttin bezeichnete er außerdem den Fluss, der in die Unterwelt führte. Martel, ein französischer Höhlenforscher, der erstmals im Sommer 1905 in die Tiefen der wilden Schlucht von Verdon hinuntergestiegen war, hatte den Begriff für diese Gegend geprägt, indem er den Verdon als Höllenfluss bezeichnet hatte.

ACHT TAGE SPÄTER

Georges Lebeau saß fröhlich pfeifend am Steuer seines Wagens. Er folgte der schmalen, von Korkeichen und Pinien gesäumten Serpentinenstraße, die oberhalb der Schlucht von Verdon verlief. Es war früh am Morgen. Nebelschwaden stiegen aus der zerklüfteten Spalte auf, die an das Werk einer riesigen Säge erinnerte. Hinter einem Felsmassiv erhob sich die Sonne als gelborange glühender Feuerball. Eine Gruppe Motorradfahrer in schwarzer Lederkleidung preschte auf schweren Maschinen dröhnend an ihm vorbei und verschwand bald wieder im Dunst. Die wunderschöne Strecke war bei Bikern aus aller Welt sehr beliebt, da sie höchste Anforderungen an das fahrerische Können stellte und als gefährlich galt.

Er lenkte sein Auto auf einen Parkplatz neben einer Aussichtsplattform, die auf einem Felsvorsprung über der Schlucht erbaut war, und schaltete den Motor aus. Es war sein Lieblingsplatz, und er legte dort immer einen Stopp ein, bevor er zu seiner Firma fuhr. Er war Inhaber eines Hoch-Tiefbau-Betriebes, der auf Sprengungen spezialisiert war, und ein vielbeschäftigter Mann. In der morgendlichen Stille genoss er die spektakuläre Aussicht und rauchte in Ruhe eine Zigarette, bevor er sich in den Trubel seines florierenden Geschäftsbetriebes stürzte. Dabei ging er gedanklich die Aufgaben durch, die zu erledigen waren. Automatisch griff er nach seinen Zigaretten, die normalerweise auf der Mittelkonsole ihren Platz hatten. Dort waren sie jedoch nicht. Stirnrunzelnd beugte er sich vor, öffnete das Handschuhfach und spähte hinein. Die Schachtel war nirgends zu entdecken. Er durchsuchte das Fach und bemerkte zunächst nicht, wie sich sein Wagen in Bewegung setzte und auf die hölzerne Brüstung der Plattform zurollte. Erst, als er das Bersten der Holzbretter vernahm, fuhr er hoch und realisierte mit Entsetzen, was sich gerade abspielte.

Die Motorhaube schob sich durch die Absperrung und schwebte über dem Abgrund. Lebeau erstarrte vor Schreck, dann kam Leben in ihn. Er riss die Fahrertür auf und wollte aus dem Auto springen. Doch inzwischen waren wertvolle Sekunden verstrichen. Unter ihm war kein Boden mehr, auf den er hätte gelangen können. Nur noch steile Felsen, Buschwerk und tief unten der grüne Fluss.

Der Wagen kippte nach vorne und stürzte in die Schlucht. Mit schierer Panik in den Augen starrte der Mann auf den Grund der Spalte, der mit rasender Geschwindigkeit immer näher kam. Sein Herz raste. Ein gellender Schrei brach aus seiner Brust.

Der Aufprall war fürchterlich. Das Fahrzeug zerschellte mit einem infernalischen Knall auf einer steinigen Sandbank. Georges Lebeau war auf der Stelle tot.

BARFLEUR, NORMANDIE, EINE WOCHE SPÄTER

Der Ort mit dem malerischen Fischerhafen lag an der Nordostspitze der Halbinsel Cotentin. Häuser aus grauem Granitstein mit weißen Fensterläden und roten Kaminen säumten die Promenade. Am Hafenausgang erhob sich die imposante Kirche Saint-Nicolas. Aufgrund des enormen Gezeitenunterschiedes lagen die festgemachten Schiffe bei Niedrigwasser auf Grund. Endlos erscheinende Muschelbänke erstreckten sich entlang der Küste, wo an der Pointe de Barfleur der Leuchtturm von Gatteville wie ein ausgestreckter Finger emporragte.

Philippe Lagarde stand auf dem Deck seines Bootes, das in der Bucht von Barfleur ankerte, und angelte. In dem Eimer, der neben ihm stand, zappelten bereits zwei Goldbrassen und eine Makrele. Der ehemalige Elitepolizist genoss sein Leben im Ruhestand in vollen Zügen. Manchmal kam es jedoch noch immer vor, dass er bei einem komplizierten Kapitalverbrechen von Kollegen um Unterstützung gebeten wurde. So wie Anfang Juni, als im Wald von Gonneville zwei Menschen auf einem Hochsitz regelrecht hingerichtet worden waren. Die Aufklärung des Falles hatte das ganze Können ihres Teams erfordert. Außerdem war er als Dozent an der Polizeiakademie von Rennes tätig.

Ein Fisch biss an, und Lagarde rollte vorsichtig die Schnur auf. Er hatte einen im Sonnenlicht schillernden Hering gefangen. Seine Ausbeute würde für das Abendessen ausreichen. Er hatte vor, mit seiner Lebensgefährtin Odette zu grillen, und freute sich schon darauf. Bei dem Gedanken an sie lächelte er.

Der Kommissar war mit seinem ebenmäßigen markanten Gesicht, den saphirblau leuchtenden Augen und den kurzgeschnittenen dunklen Haaren ein attraktiver Mann. Er war von mittelgroßer Statur, kräftig gebaut und durchtrainiert. Im Privatleben galt er als charmant, humorvoll, herzlich und sanftmütig. Bei dienstlichen Belangen jedoch konnte er knallhart und unnachgiebig sein. Lagarde gab niemals auf.

Er nahm die Angeln aus den Halterungen und verstaute sie unter der Sitzbank. Dann holte er den Anker ein, betrat die Steuerkabine und startete den Motor. Das Boot pflügte durch die Wellen, und er steuerte den Hafen von Barfleur an. Der Ort lag schemenhaft im gleißenden Sonnenlicht. Schafswolken zogen gemächlich über den azurblauen Himmel. Es roch nach Tang und Fisch. Auf seinen Lippen schmeckte er Salz.

Nachdem er sein Schiff im Hafenbecken an einer Boje festgebunden hatte, ruderte er mit dem zweisitzigen, korallenroten Kunststoffboot zur Kaimauer und vertäute es an einem Eisenring. Von dort aus gelangte er auf eine steinerne Treppe, die hinauf zur Mole führte. Nachdem er den Eimer mit seinem Fang auf die Ladefläche seines himmelblauen Renault Express gestellt hatte, der direkt vor der Hafenmauer stand, schlenderte er über die Promenade zu seinem Lieblingsbistro »Im Wind der Inseln«. Dort fand er unter der rot-weiß gestreiften Markise einen freien Tisch, setzte sich und streckte die Beine aus. Gaston, der Wirt, begrüßte ihn mit einem Lächeln. »Salut, Philippe.«

»Salut, Gaston.«

»Warst du angeln?«

»Ja. Odette und ich wollen heute Abend grillen. Ich hoffe, sie ist mit meinem Fang zufrieden.«

»Das ist sie bestimmt. Was darf ich dir bringen?«

»Einen Pastis, bitte.«

»Kommt sofort.«

Gaston servierte ihm den Anisschnaps in einem hohen, schlanken Glas und stellte eine Karaffe mit Wasser und Eiswürfeln daneben. Zum Knabbern gab es eine Schale mit gesalzenen Pistazien. Lagarde bedankte sich und goss Eiswasser in den Schnaps. Die Flüssigkeit färbte sich milchig gelb. Er nahm einen erfrischenden Schluck und beobachtete das lebhafte Treiben auf der Promenade.

Die Ebbe hatte eingesetzt und das Wasser im Hafenbecken sank Millimeter um Millimeter. In einigen

Stunden würden die Boote im Schlick festsitzen und die Einkieler auf die Seite kippen.

Nachdem er ausgetrunken hatte, legte er Kleingeld auf den Tisch, winkte Gaston zum Abschied zu und ging zu seinem Auto. Auf der Küstenstraße, die von einer sanften Dünenlandschaft gesäumt wurde, fuhr er in Richtung Norden zu seinem Haus. Es war ein älteres, einstöckiges Granitsteingebäude und lag oberhalb einer kleinen henkelförmigen Bucht. Vom Garten aus hatte man einen phantastischen Blick über den Ozean.

Lagarde ging in sein Schlafzimmer im ersten Stock und packte eine kleine Reisetasche. Morgen früh wollten Odette und er für einige Tage nach Burgund fahren. Sie hatten geplant, Sehenswürdigkeiten wie das Zisterzienserkloster Cluny zu besichtigen, durch den bezaubernden Ort Dijon zu bummeln, entlang der Saône mit dem Fahrrad zu fahren und durch Weinberge zu wandern. Am Abend würden sie die dortige Gastronomie erforschen, schlemmen und einen guten Burgunder genießen.

Seine Lebensgefährtin war Eigentümerin eines Feinschmeckerrestaurants, das weit über Barfleur hinaus bei Gourmets sehr beliebt war und über einen hervorragenden Ruf verfügte. Normalerweise war sie dort unabkömmlich. Doch jetzt wurden die Küche und der Kühlraum renoviert und ein hochmoderner Kochherd eingebaut. Deshalb war das »Mirabelle« für eine Woche geschlossen. Weil Odette die Handwerker kannte und ihnen vertraute, war es Lagarde gelungen, sie zu der Reise zu überreden. Jacques, ihr genialer, mimosenhafter, eitler Chefkoch, hatte sich bereit erklärt, die Renovierungsarbeiten zu überwachen. Sie freuten sich sehr auf die Reise.

Er trug seine Tasche nach unten und stellte sie in den Flur. Aus dem Arbeitszimmer holte er zwei Reiseführer, eine Landkarte und seine Spiegelreflexkamera. Er hatte vor, viele schöne Bilder zu machen und nach ihrer Rückkehr ein Fotobuch zu gestalten, als Überraschung für Odette.

Jetzt musste er nur noch Alexandre versorgen. Der große, scheue Wildkater war ihm vor einiger Zeit zugelaufen und erwartete jeden Tag zwei Mahlzeiten, die aus Katzenmilch und Ragout, am liebsten Kaninchen oder Lachs, bestehen mussten. Lagarde trat auf die Terrasse und sah sich um. Alexandre saß neben seinen beiden leeren Futternäpfen und fauchte empört. Die gelben Augen funkelten. Sein buschiger, gestreifter Schwanz schlug auf den Boden. Als Lagarde sich den Schalen näherte, machte der Kater einen Satz nach hinten. Er mochte keine Nähe und ließ sich niemals streicheln. Nachdem der Kommissar die Näpfe gefüllt hatte, trat er zwei Schritte zurück. Alexandre trank die Milch und ließ ihn dabei nicht aus den Augen. Während Lagardes Abwesenheit würde sich Albertine, seine Putzfrau, um den Kater kümmern und den Garten gießen.

Lagarde lud sein Gepäck ins Auto und machte sich auf den Weg zum Mirabelle. Er schob eine CD mit französischen Chansons in die Musikanlage und sang mit Edith Piaf *La Vie en rose*. Für zehn Minuten folgte er der Landstraße, die durch einen Buchenwald führte. Um die hohen Stämme rankte sich Efeu, und Sonnenstrahlen bildeten tanzende Lichtpunkte im Blätterdach. Der Wald ging in weites Ackerland über, und in der Ferne erhob sich ein Weiler mit geduckten Granitsteinhäusern und einer umfriedeten Wehrkirche.

Odettes Restaurant lag etwa einen Kilometer landeinwärts in einem weitläufigen Apfelgarten. Er parkte sein Auto neben Odettes und ging den Weg entlang, der zum Restaurant führte. In steinernen Rosetten blühten Dahlien und Gladiolen in vielfältiger Farbenpracht und verbreiteten einen süßen Duft. Das graue, kegelförmige Dach des Restaurants, das aus groben Schieferplatten bestand, lugte hinter einer Zeder hervor. Lagarde vermutete Odette in der Küche, wo sie sicherlich die Renovierungsarbeiten überwachen und sich in alles einmischen würde. Deshalb war er erstaunt, als er sie an einem Tisch auf der Terrasse entdeckte, die von Kastanienbäumen beschattet wurde. Sie trank eine Tasse Kaffee und las eine Karte. Eine Strähne hatte sich aus dem Knoten gelöst, zu dem sie ihre dunklen Haare hochgesteckt hatte, und fiel weich auf ihre Schulter. Als sie seine Schritte auf dem Kies hörte, sah sie auf.

»Salut, mein Schatz«, begrüßte er sie.

»Salut, Philippe.« Ihre großen braunen Mandelaugen wirkten traurig und feucht. Er gab ihr einen Kuss und sah sie forschend an. »Was ist denn los? Ist etwas passiert?«

Sie nickte betrübt. »Ja, Georges ist tot.«

»Welcher Georges?«

»Georges Lebeau. Du kennst ihn nicht. Der Mann von Hélène.«

Hélène Lebeau war ihm ein Begriff. Sie hatte Odette im vorigen Frühjahr für einige Tage besucht. Die beiden kannten sich aus der Zeit, als sie Commis de Cuisine in einem Fünf-Sterne-Restaurant in Reims gewesen waren. Die Tyrannei des Directeur de Cuisine hatte die beiden jungen Frauen zusammengeschweißt. Als sie an einem freien Abend ein Konzert in der Fußgängerzone besucht hatten, hatte Hélène Georges kennengelernt. Sie hatte sich in ihn verliebt und war ihm in seine Heimat in der Haute-Provence am Lac de Sainte-Croix gefolgt.

»War er krank?«, fragte Lagarde.

»Nein. Er hatte einen Unfall. Sein Wagen ist in die Schlucht von Verdon gestürzt, was für ein entsetzliches Unglück.«

»Mon Dieu. Das tut mir sehr leid. Auch für Hélène und ihre Familie.«

Odette nickte. »Mir auch. Wie schlimm muss es sein, wenn jemand, den man liebt, so plötzlich aus dem Leben gerissen wird? Was für ein Schock für die Hinterbliebenen. Die Beerdigung findet am Donnerstag statt, um sechzehn Uhr.«

Zögernd sah sie ihn an. Er wusste genau, was sie beschäftigte. »Du möchtest an der Beerdigung teilnehmen und deine Freundin trösten.«

Sie nickte stumm. Lagarde lächelte sie aufmunternd an. »Wir verschieben den Urlaub, mein Liebling. Das ist doch nicht schlimm. Deine Freundin ist wichtiger.«

»Ich glaube, ich fahre mit dem Zug. So eine lange Strecke möchte ich nicht im Auto fahren.«

»Ich habe eine bessere Idee. Warum fahren wir nicht zu zweit? Ich habe Hélène kennengelernt, und ich mag sie.«

Odette freute sich. Sie war nicht gern allein unterwegs. »Das ist eine sehr gute Idee. Ich rufe Hélène an und sage ihr, dass wir kommen.«

»Ich habe eine noch bessere Idee. Wenn wir morgen früh, wie geplant, starten, könnten wir für zwei Tage in dem gebuchten Hotel in Dijon übernachten, das liegt ungefähr in der Mitte der Route. So wäre es möglich, zumindest ein paar Sehenswürdigkeiten zu besichtigen und einen Bummel durch die Altstadt zu machen. Vielleicht würde die Zeit sogar noch für eine Weinbergwanderung reichen, auf die hast du dich doch so gefreut. Am Donnerstag fahren wir zum Lac de Sainte-Croix und treffen rechtzeitig zur Beerdigung ein.«

Odette schenkte ihm ein bezauberndes Lächeln.

»Guter Plan, das machen wir! Magst du auch eine Tasse Kaffee?«

»Lieber einen doppelten Mokka.«

»Ich bin gleich wieder da.« Sie verschwand im Eingang des Restaurants.

Kurz darauf kam sie mit einem kleinen Tablett zurück. Darauf standen der Mokka, ein Glas Wasser und ein Porzellanteller mit winzigen, von Sahneschnecken gekrönten Kirschtörtchen.

»Danke schön.« Er griff nach einem süßen Teil.

Als sie gemeinsam ihren Kaffee tranken, machten die Handwerker Feierabend. Es war schon nach achtzehn Uhr. Die Männer in den verstaubten blauen Arbeitsoveralls verabschiedeten sich freundlich und wünschten einen schönen Abend. Ein junges Mädchen, den Werkzeuggürtel lässig um die schmalen Hüften geschlungen, eine Baseballkappe auf dem blonden Schopf, schien sich im Kreis ihrer Kollegen wohl zu fühlen. Odette winkte ihnen nach.

»Die Handwerker haben bisher gute Arbeit geleistet. Sie sind wirklich tüchtig. Ich denke, die Renovierungsarbeiten werden Ende der Woche fertig sein. Morgen wird der High-Tech-Herd installiert. Darauf zu kochen wird ein Traum.«

Lagarde grinste. »Davon bin ich fest überzeugt.« Er trank seinen Mokka aus und erhob sich. »Ich werde jetzt den Grill anzünden und die Fische vorbereiten. Schließlich wollen wir morgen früh zeitig los. Ich möchte dich in Dijon zum Dîner in ein feines Restaurant einladen.«

»Gut. Dann kümmere ich mich um die Beilagen. Rosmarinkartoffeln, Artischockensalat, Koriandersauce?«

»Perfekt, mein Liebling.«

»Dazu ein Muscadet, Sèvre et Maine sur Lie. Eine hervorragende Wahl zu Fischgerichten, Muscheln und Austern.«

Sie verschwand über die Treppe und die Galerie in ihrer Wohnung, die im ersten Stock des Haupthauses lag. Lagarde war erleichtert, dass sie nicht mehr so traurig war. Beim Essen würde er ihr erzählen, dass er schon einmal in der Haute-Provence gewesen war.

Lagarde hatte Odette nicht verraten, in welchem Hotel in Dijon er ein Zimmer gebucht hatte. Es sollte eine Überraschung werden.

Das »Grand Hotel La Cloche«, die Glocke, war ein Fünf-Sterne-Hotel und lag an der Place Darcy. Es galt als das schönste Hotel in Dijon. Dort hatten, wie das Gästebuch belegte, viele Prominente gewohnt, unter anderem Gracia Patricia von Monaco und Louis de Funès. Er hatte ein Superior-Zimmer mit einem großen Bad und einem Kingsize-Bett reserviert.

Am Abend nach ihrer Ankunft lud er seine Freundin in das Gourmetrestaurant des Hotels, »Die Gärten der Glocke«, ein, das sich in einem Wintergarten befand, der sich zum Garten hin öffnete. Es war nicht leicht gewesen, einen Tisch zu bekommen. Die Überraschung gelang. Odette strahlte und sah in ihrem schwarzen Cocktailkleid hinreißend aus. Während des Dîners trat der Koch an ihren Tisch und fragte, ob sie zufrieden seien. Als er Odette erblickte, stutzte er für einen Moment. Dann erkannte er sie und erklärte ihr, wie stolz er sei, eine Köchin, die mit einer Haube von Gault Millau ausgezeichnet war, in seinem Restaurant begrüßen zu dürfen. Gemeinsam tranken sie ein Glas Champagner, und Odette lud ihn in das Mirabelle ein. Der Koch liebte die raue Normandie und wollte im Herbst für einige Tage dort Urlaub machen und hochseefischen.

DER FLIEGENDE FISCH

Der kleine malerische Ort Moustiers-Sainte-Marie lag einige Kilometer nördlich des Stausees Lac de Sainte-Croix am Fuß eines rauen Bergmassivs. Er war eingebettet in eine Landschaft aus bizarren Felsen, grünen Hügeln, silbrig glänzenden Olivenhainen und leuchtenden Lavendelfeldern. Das größte und ertragreichste Gebiet in den Flussauen des Verdon war bei der Flutung überschwemmt worden. Die Kapelle Notre-Dame-De-Beauvoir, die über eine Felsentreppe erreicht werden konnte, thronte auf einer Tempelruine über der Schlucht von Verdon. In den Gassen von Moustiers befanden sich, wie in allen typischen Ortschaften der Provence, Trinkwasserbrunnen. Die Touristen liebten es, durch die pittoresken Sträßchen zu bummeln und den Kunsthandwerkern über die Schulter zu schauen. Berühmt war der Ort für seine jahrhundertealte Fayence-Tradition.

Die Pfarrkirche erhob sich stolz über dem Dorf. Der Friedhof war begrenzt von einer hohen, verwitterten Steinmauer. Im Hintergrund wuchsen auf einem Kalksteinkegel Macchie und Korkeichen. Der Ausblick auf den türkisfarbenen See und die sich bis zum Horizont erstreckende Gebirgslandschaft war überwältigend.

Die sandfarbene Aussegnungshalle mit dem roten Ziegeldach und dem alten Glockenturm lag im hinteren Bereich des Friedhofs. Dorthin führte ein schmaler Kiesweg, der von blühenden Oleanderbäumen gesäumt wurde. Über den Gottesacker wehte eine leichte Brise, die die Hitze ein wenig milderte. Es duftete nach Jasmin und Pinienzapfen.

Vor dem Holzportal, dessen Flügel weit geöffnet waren, stand Hélène Lebeau. Die schmale Gestalt wirkte verloren. Sie trug ein schwarzes, streng geschnittenes Kostüm und einen eleganten Hut mit einem Netz, das ihr Gesicht halb verdeckte. Neben ihr stand ein junger Mann, groß, korpulent, mit einem wilden schwarzen Bart, ebenfalls in Trauerkleidung. Er wirkte unbeholfen und am Boden zerstört. Man sah, dass er geweint hatte. Mit eiserner Disziplin, das bleiche Gesicht versteinert, begrüßte Hélène Lebeau jeden Trauergast persönlich und reichte ihm die Hand. Mit leiser Stimme bedankte sie sich höflich für die Kondolenz. Es bildeten sich Grüppchen, die schweigend zusammen standen.

Als Odette ihre Freundin erblickte, schnürte Mitgefühl ihr Herz zusammen. Sie umarmte Hélène. »Es tut mir so leid«, flüsterte sie. Als sie das Gesicht ihrer Freundin sorgenvoll musterte, stellte sie fest, dass deren Augen vom Weinen geschwollen und rotgeädert waren. Die Wangen waren eingefallen. Hélène versuchte ein Lächeln, das misslang. »Ich freue mich, dass du gekommen bist, Odette.«

Lagarde drückte sie kurz und sprach ihr sein Beileid aus. Die Witwe bedankte sich bei ihm. Nach und nach begaben sich die Trauergäste in die Aussegnungshalle und suchten sich einen Platz auf den Holzbänken. Hélène Lebeau, ihr Sohn Xavier und Verwandte der Familie setzten sich in die erste Reihe.

Als der Abbé feierlich gekleidet an die Kanzel trat, erhob sich die Trauergemeinde. Nach einem Gebet und einem gemeinsam gesungenen Kirchenlied schilderte er wichtige Stationen im Leben von Georges Lebeau. Hélènes Schultern bebten. Schließlich wurde der helle Eichensarg mit dem Orchideengesteck von vier schwarzgekleideten Männern zum Grab getragen und in die Grube hinabgelassen. Der Weg dorthin wurde vom Gesang einer Frau begleitet, die Georges Lebeaus Lieblingsarie zum Besten gab. Es waren berührende Momente. Jeder Trauergast trat an das Grab, verabschiedete sich und warf eine weiße Rose hinein. Nachdem die Zeremonie beendet worden war, verkündete der Abbé, dass die Trauergesellschaft von der Familie Lebeau zu einem Imbiss im Restaurant gegenüber der Kirche eingeladen war.

Odette und Lagarde liefen Hand in Hand, langsam und gedankenversunken, über den Kiesweg zum Friedhofsausgang. Sie folgten anderen Trauernden über eine Treppe und quer über die Straße zum Gasthaus. Dort war die Terrasse für die Gäste reserviert. Große stabile Schirme spendeten Schatten.

Hélène bat sie an ihren Tisch. Sie schien sich ein wenig gefasst zu haben. Ihr Teint war jedoch noch immer kalkweiß. Ihre vergissmeinnichtblauen Augen, die sonst immer fröhlich und unternehmungslustig geleuchtet hatten, waren trüb und dunkel vor Schmerz. Odette vermutete, dass sie ein Beruhigungsmittel genommen hatte. Wie sollte sie sonst diese Tortur durchstehen?

Kellner servierten Getränke, Kuchen und Platten mit Kanapees, und die Gäste griffen zu. Die Witwe rührte keinen Bissen an und nippte an einer Tasse Kaffee. Sie schien mit ihren Gedanken ganz weit weg zu sein. Ihr Sohn saß dicht neben ihr und zerkrümelte mit der Gabel ein Stück Napfkuchen, das er kaum angerührt hatte. Einige Mitglieder der Trauergemeinde begannen über Georges zu sprechen und Geschichten aus seinem Leben zu erzählen. Xavier blieb stumm. Er sah seinem Vater sehr ähnlich. Seine Mutter lächelte Odette und ihren Lebensgefährten an.

»Ich freue mich so, dass ihr gekommen seid. Ihr bleibt doch sicher ein paar Tage? Ich werde ein Gästezimmer für euch herrichten. Wie ihr wisst, wohne ich in Bauduen, am Südufer des Sees. Es wird euch gefallen.«

Odette streichelte liebevoll ihre Hand. »Wir haben in Bauduen ein Hotelzimmer gemietet, weil wir dir nicht zur Last fallen wollen. Du brauchst jetzt sicherlich viel Ruhe. Aber wir können bis Samstag bleiben, wenn du möchtest.«

»Das wäre schön. Nach der Trauerfeier möchte ich nach Hause und mich hinlegen. Ich bin völlig am Ende. Georges' Tod ist ein Schock für mich. Was für ein entsetzliches Unglück.« Sie schluchzte auf. »Xavier wird mich begleiten und sich um mich kümmern. Er ist für ein paar Tage in sein altes Kinderzimmer gezogen.« Sie lächelte ihren Sohn liebevoll an. »Er ist mir eine große Stütze.«

Der junge Mann legte den Arm um sie und küsste sie auf die Wange. »Ich passe auf dich auf, Maman. Versprochen.«

Hélène hatte eine Idee. »Kommt doch morgen zum Mittagessen zu mir. Dann können wir reden. Ich koche etwas Schönes für euch.«

»Das machen wir gerne, Hélène«, versprach Odette. »Hoffentlich geht es dir dann ein wenig besser.«

Lagarde hatte das Gefühl, dass die beiden Frauen reden wollten und entschuldigte sich. Die Hände in den Hosentaschen, schlenderte er zur Balustrade der Terrasse und betrachtete die schöne, ungezähmte Landschaft, die sich vor ihm erstreckte. Unterhalb des Aussichtspunktes lag still der smaragdgrüne See. Von seinem Standpunkt aus konnte er den Stern erkennen, der an einer langen Kette das Tal überspannte und, nach einer Überlieferung, den Ort und seine Umgebung schützen sollte. Er war mit Blattgold überzogen, das in der Sonne glänzte.

Als er sich abwandte und eine Runde durch den Garten des Restaurants drehen wollte, hörte er eine kräftige, tiefe Männerstimme, die ihm bekannt vorkam. Sehr bekannt sogar. Erstaunt sah er sich um und traute zuerst seinen Augen nicht. Am hintersten Tisch, vor einer Pergola, über die eine weinrote Bougainvillea kletterte, entdeckte er drei Männer, mit denen er vor vielen Jahren sehr gut befreundet gewesen war. Grinsend trat er an den Tisch und klopfte mit der Faust auf das Holz. »Bonjour, Messieurs.«

Pascal erkannte ihn zuerst. Ein strahlendes Lächeln erschien auf seinem Gesicht. Inzwischen hatte er eine Glatze, er schien noch hagerer geworden zu sein, und seine große Nase glänzte rötlich. Früher hatten sie ihn »das Superhirn« genannt.

»Philippe!« Er sprang auf und umarmte ihn. »Unser Chefstratege. Was machst du denn hier?« Lagarde kam nicht dazu, eine Antwort zu geben. Samy schlug ihm mit seiner Pranke auf die Schulter. Sein Kumpel war noch immer durchtrainiert und trug das weizenblonde Haar, so wie früher, streichholzkurz geschnitten. Sein smartes Zahnpastalächeln hatte sich kein bisschen verändert. Aufgrund seiner praktischen Veranlagung und weil er der Skrupelloseste unter ihnen war, war er immer der Mann für das Grobe gewesen. »So eine Überraschung!«

Etienne begriff, wen er da vor sich hatte. Er gab Lagarde zwei dicke Wangenküsschen. Der Kommissar hätte ihn beinahe nicht wiedererkannt. In jungen Jahren war er eine Sportskanone gewesen. Er hatte mehrfach mit großem Erfolg als Amateur an der Tour de France teilgenommen und einmal sogar den vierten Platz belegt. Inzwischen hatte er gewaltig an Gewicht zugelegt, seine ehemals dunkelbraunen Locken hatten sich in einen störrischen grauen Haarkranz verwandelt. Die Wangen waren rund und rosig. Doch seine lustigen, warmherzigen Augen hatten sich nicht verändert. »Ich fasse es nicht! Unser Frauenheld!« Er strahlte vor Freude über das Wiedersehen. »Du siehst noch genauso aus wie früher.«

Lagarde setzte sich zu ihnen an den Tisch. »Ich war mit meiner Lebensgefährtin Odette auf der Beerdigung von Georges Lebeau. Sie ist mit der Witwe befreundet. Und was macht ihr hier?«

»Wir waren auch auf der Beerdigung«, erwiderte Etienne.

»Kanntet ihr ihn?«

»Nur oberflächlich. Wie man sich eben so kennt, wenn man am See wohnt. Aber hier geht man zu jeder Beerdigung, um sein Mitgefühl auszudrücken. Das gehört sich so.«

»Ihr wohnt hier?«

»Ja«, antwortete Samy. »Als wir in den Ruhestand gingen, haben wir, ganz unabhängig voneinander, beschlossen, uns hier niederzulassen. Wir haben uns während unserer Ausbildung in diese Gegend verliebt. Sie ist genauso wild und unbezähmbar, wie wir es damals waren.«

Die vier Männer hatten einer Gruppe von angehenden Elitepolizisten angehört, die für Spezialeinheiten ausgebildet wurden. Eine Trainingseinheit, die zehn Tage dauerte, fand am Lac de Sainte-Croix statt. Das Training war extrem hart und die meisten Ausbilder brutale Schinder, so dass sie sich rasch verbündeten. Aber sie hatten auch viel Spaß zusammen und ließen es in ihrer wenigen Freizeit ordentlich krachen. Ärger, Ausgangssperren und Zusatzdienste waren häufig die Folge.

Damals lernten sie im See zu tauchen. Sie kletterten Felswände hinauf und seilten sich an halsbrecherischen Flanken ab. Vom Hubschrauber aus sprangen sie in den Wasserspeicher. Sie ließen sich mit dem Fallschirm aus Flugzeugen fallen und trotzten in schmalen Kunstfaserkajaks, ohne Schwimmweste und Schutzhelm, den tückischen Strömungen des Verdon. Sie robbten durch dunkle, nicht enden wollende Höhlen und Grotten. Dabei übten sie, auch bei Kälte und Nässe ein Feuer zu entfachen. Regelmäßig suchten sie ein abgelegenes Tal auf, das als militärisches Sperrgebiet ausgewiesen war, um Schießübungen zu absolvieren. Abhörtechniken und Beschattungen standen ebenfalls auf dem Lehrplan. Den Höhepunkt des

Kurses bildete ein Überlebenstraining. Jedes Mitglied der Truppe wurde alleine in der Wildnis der Haute-Provence ausgesetzt und musste sich zu der vorgegebenen Zeit am Treffpunkt einfinden. Alle Mittel zum Überleben waren erlaubt. Samy hatte damals einen Traktor gestohlen und ihn kurzgeschlossen. Unterwegs kam er an einem einsam gelegenen Gehöft vorbei und tauschte sein Klappmesser gegen eine warme Mahlzeit und eine Schlafstätte. Die junge Bäuerin lud ihn ein, das Bett mit ihr zu teilen. An einer Tankstelle bekam er für seine Springerstiefel einen Kanister mit dreißig Litern Diesel. Schließlich war er in aller Ruhe, an den Füßen dicke wollene Militärsocken, zum Treffpunkt getuckert.

Als Lagarde eine Liaison mit der Tochter des Bäckers von Bauduen einging, kam ihr Vater dahinter. Daraufhin drohte der Mann, ihn mit seiner Schrotflinte niederzustrecken. Zum Glück war die Ausbildungseinheit zu Ende, und sie fuhren zu ihrer Dienststelle nach Paris zurück.

»Trink einen mit uns, Philippe!«, rief Pascal und winkte nach dem Kellner. »Das Wiedersehen muss begossen werden.«

»Jetzt nicht. Ich möchte meine Freundin und Hélène nicht so lange alleine lassen. Ich bin morgen noch da, dann trinken wir ein Glas auf die alten Zeiten. Einverstanden?«

»Immer noch derselbe Kavalier«, stellte Etienne

anerkennend fest. »Einverstanden. Morgen, siebzehn Uhr, in der Bar von Bauduen. Es gibt nur eine, man kann sie nicht verfehlen. Sie heißt ›Zum Fliegenden Fisch‹.«

SCHWARZES GOLD

Am nächsten Morgen frühstückten Odette und Lagarde auf der Terrasse ihres Hotels und genossen den Ausblick auf den milchig grünen See. Er sah so einladend aus, dass man am liebsten sofort hineingesprungen wäre.

Im kleinen Hafen von Bauduen lagen Segelboote, und das Ufer war überwuchert mit blühenden Stechginsterbüschen. Bis auf ein knatterndes Moped ab und zu war es absolut still.

Sie beschlossen, einen Spaziergang zu machen. Bauduen war ein kleiner mittelalterlicher Ort mit malerischen, verwinkelten Gassen und alten Häusern, deren Fensterläden grün oder blau lackiert waren. Auf dem Marktplatz erhob sich ein uralter Maronenbaum. Über ein Sträßchen war von einem Fenster zum anderen eine Leine gespannt, an der Wäsche flatterte.

Sie erkundeten das Dorf und gelangten über eine steile Treppe mit ausgetretenen Kalksteinstufen zum Tourismusbüro. Odette kaufte bei der freundlichen Dame Ansichtskarten und einen Reiseführer über das Verdon-Gebiet. Lagarde begeisterte sich für einen Bildband über den See von Castillon sowie die Verdon

Schlucht und erkundigte sich nach einem Spazierweg am See entlang.

Auf einer Kopfsteinpflastergasse schlenderten sie weiter, vorbei an einem kleinen Café, einem Feinkostladen, der hauptsächlich Ziegenkäse aus der Gegend, Honig und Wein anbot, und einem Künstleratelier. An der schiefen Flügeltür aus Holz war ein Ölgemälde ausgestellt, in das Odette sich auf der Stelle verliebte. Es zeigte einen Teil der mittelalterlichen Kirchenmauer mit der bronzen schimmernden Statue von Jeanne d'Arc in einer Nische, an die ein verwitterter steinerner Bogen anschloss. Das Besondere an dem Bild war, dass die rosaroten Blüten der Bougainvillea, die sich über die Steine ergoss, nicht wie das restliche Bild mit breiten entschlossenen Borstenpinselstrichen gemalt, sondern gespachtelt waren. Das Ergebnis war großartig. Lagarde kaufte das Gemälde für sie und versprach, es später abzuholen. Odette strahlte vor Freude.

Sie setzten ihren Rundgang fort und gelangten am historischen Fischbecken wieder an den See. Das Becken war ummauert und überdacht und diente dazu, die Fische zu wässern, bis sie verkauft wurden. Am Ufer gab es einen Anleger, an dem Elektroboote in verschiedenen Größen und Formen schaukelten. Motorboote waren auf dem See nicht gestattet. Nur die Wasserwacht und die Feuerwehr durften sie benutzen.

Sie beschlossen, ein Boot zu mieten und auf den See hinauszufahren. Während Lagarde steuerte, ließ

Odette ihre Hand durch das kühle Wasser gleiten. Dabei betrachtete sie begeistert die ursprüngliche Natur. Die Pinienhaine, die sich bis zum Ufer erstreckten, die Felsformationen und die kleinen, einsamen Buchten. Sie hielt ihr Gesicht in die Sonne und lächelte. Die ganze Anspannung schien von ihr abzufallen.

Als sie wieder festen Boden unter den Füßen hatten, beschlossen sie, an einem Imbissstand direkt am See einen Kaffee zu trinken. Anschließend machten sie sich auf den Weg zu Hélène, um mit ihr gemeinsam Mittag zu essen. Ihr Haus lag am Ortseingang von Bauduen an der Straße nach Les Salles-sur-Verdon. Das stattliche zweistöckige Gebäude stammte aus dem neunzehnten Jahrhundert und bestand aus einem Haupthaus und einem angebauten, nach hinten versetzten Nebengebäude. Es war in einem hellen Braunton gestrichen und teilweise von Efeuranken überzogen, die auf das flache, rote Ziegeldach zu klettern versuchten. Die weißen Sprossenfenster waren von hellblauen Faltläden umrahmt. Eine Mauer aus groben bunten Steinen umgrenzte das Anwesen.

Die Eingangspforte stand offen. Odette und Lagarde liefen über den gepflasterten Weg zur Eingangstür. Er drückte auf den Klingelknopf. Ein melodischer Ton war im Haus zu hören, dann wurde es wieder still. Unheimlich still, fand Odette. Lagarde klingelte erneut. Es folgte keine Reaktion. Verwundert sahen sie sich an. »Warum macht sie denn nicht auf?«, fragte Odette.

»Sie hat uns doch zum Essen eingeladen. Hoffentlich ist ihr nichts passiert.«

»Vielleicht ist sie gerade im Keller und hat die Glocke nicht gehört.« Noch einmal drückte er auf den Knopf. Nichts. Odettes Nervosität war ansteckend. Er ging zum schmiedeeisernen Gartentor, griff durch die Stäbe und schob den Riegel zurück. »Wir gehen in den Garten und schauen, ob wir durch eine Hintertür ins Haus gelangen können.«

Der Kiesweg führte an hohen Esskastanienbäumen vorbei, um deren Stämme Sitzgruppen arrangiert waren und zum Verweilen im Schatten einluden. Lagarde öffnete die Läden der Terrassentür. Die Glastür stand weit offen. Gerade wollte er nach Hélène rufen, um sie nicht durch ihr Eindringen zu erschrecken, als ein langgezogener, jämmerlicher Schrei durch das Haus hallte. Odette fuhr zusammen, die feinen Härchen an ihren Armen stellten sich auf.

Lagarde stürzte durch den Salon, der im Dämmerlicht lag, in die Richtung, aus der der Schrei gekommen war. Odette folgte ihm mit pochendem Herzen. Durch die Küche zogen Rauchschwaden, und es roch verbrannt. Hélène saß am Esstisch, das Gesicht in beide Hände gelegt, und schluchzte so heftig, dass ihr ganzer Körper zitterte.

»Mon Dieu, Hélène!« Odette beugte sich vor, nahm ihre Freundin in den Arm und strich über ihr zerzaustes Haar. »Ich weiß, es tut so furchtbar weh.«

Lagarde zog die Pfanne mit den Kalbsschnitzeln von der Herdplatte und drehte den Schalter auf null. Die Butter war zu heiß geworden und hatte zu qualmen begonnen. Im Backofen stand eine Form mit Kartoffelgratin. Der Käse warf Blasen und begann sich bräunlich zu verfärben. Er schaltete den Ofen aus und öffnete die gläserne Klappe. Heißer Dampf schoss heraus. Schnell trat er einen Schritt zurück und öffnete das Fenster.

Hélène hatte aufgehört zu weinen und putzte sich die Nase. Odette saß neben ihr und blickte sie besorgt an. »Du solltest nicht alleine sein. Wo ist denn Xavier?« Hélène schniefte und rieb sich die Augen.

»Er ist mit unserem Segelboot auf den See hinausgefahren. Das hat er oft mit Georges gemacht. Er meinte, dass er dort vielleicht ein wenig Trost finden würde. Der Tod seines Vaters hat ihn sehr mitgenommen. Die beiden haben sich sehr geliebt.«

Lagarde griff nach einem Glas, das in der Geschirrablage stand und füllte es mit Leitungswasser. Er stellte es vor Hélène auf den Tisch. »Trink einen Schluck.« Sie folgte seiner Aufforderung. Lagarde setzte sich zu den Frauen.

»Ich war einverstanden mit Xaviers Vorhaben. Eigentlich ging es mir ganz gut. Mein Arzt hat mir Beruhigungstabletten verschrieben. Ich hatte mit den Vorbereitungen für das Mittagessen begonnen, als es an der Tür klingelte. Es war der zuständige Polizeichef von Aiguines, Bruno Durand, der den Tod von Georges untersucht. Wir sind bisher von einem unerklärlichen Unglück ausgegangen. Ein Zusammentreffen widriger Umstände vielleicht, die in einer Tragödie endeten. Ehrlich gesagt, war ich von meiner Trauer so überwältigt, dass ich mir noch gar nicht viele Gedanken gemacht habe, was da eigentlich genau passiert ist.«

Tränen schossen in ihre Augen. »Durand hat gesagt, es war Selbstmord«, schluchzte sie. »Die Sekretärin von Georges hat in seinem Büro auf dem Schreibtisch unter einem Stapel Rechnungen einen Abschiedsbrief gefunden und ihn zur Polizei gebracht. Angeblich wollte er nicht mehr weiterleben. Das kann nicht sein! Das kann einfach nicht sein! Wir waren doch glücklich, und er war so stolz auf unseren Sohn. Und seine Firma lief sehr gut! Wir haben keine Geldsorgen.« Sie bekam keine Luft mehr und verstummte.

»Hat er dir den Brief gezeigt?«, fragte Lagarde.

»Nein, er hatte ihn gar nicht dabei.«

Der Kommissar runzelte die Stirn. »Was stand da genau drin?«

»Das hat er nicht gesagt. Er hat nur erklärt, dass die Untersuchung damit abgeschlossen sei. Es sei eindeutig Selbstmord gewesen. Dann ist er gegangen.« Sie stöhnte und rieb sich die Stirn. »Georges hätte sich nicht umgebracht. Niemals! Dafür hat er das Leben viel zu sehr geliebt.«

Odette nickte. Den Eindruck hatte sie auch immer gehabt. Hélène ließ ihren Blick durch ihre Küche schweifen. »Als der Polizist gegangen war, habe ich angefangen zu kochen. Und dann bin ich plötzlich zusammengebrochen. Es tut mir leid. Wir wollten doch schön zusammen essen.«

»Das macht überhaupt nichts«, versicherte Odette. »Diese Nachricht war ein Schock für dich. Ich kann mir auch nicht vorstellen, dass Georges Selbstmord begangen hat. Er war immer so guter Dinge, lustig, zuversichtlich und positiv.«

Hélène nickte. »Ja, das war er.« Sie massierte sich die Schläfen, als habe sie Kopfschmerzen. »Darf ich euch wenigstens einen Kaffee anbieten?«

Odette übernahm das Kommando. Endlich hatte sie etwas zu tun. »Du bleibst sitzen und ruhst dich aus. Ich koche den Kaffee. Philippe, holst du bitte Tassen, Milch und Zucker?« Hélène sagte ihm, wo er alles finden könne.

Als sie wieder um den Tisch saßen und Kaffee tranken, fragte Lagarde: »Was ist eigentlich genau passiert?«

Hélène sammelte sich und berichtete.

»Georges hat jeden Morgen vor der Arbeit auf der Aussichtsplattform von Boucle de La Mescla eine Zigarette geraucht. Das war eines seiner geliebten Rituale. Dort stürzte er mit seinem Wagen in die Schlucht. Ein Wanderer, der den Spuren des Höhlenforschers Martel folgte, hat ihn gefunden. Das Auto war völlig zertrümmert, und Georges war eingeklemmt.« Sie schluckte. »Er war tot. Der Wanderer konnte ihm nicht mehr helfen. Ich verstehe das nicht! Georges pflegte diese Gewohnheit seit Jahren, er kannte sich dort gut aus. Der Parkplatz neben dem Aussichtspunkt ist völlig eben. Selbst, wenn er vergessen hätte, die Handbremse anzuziehen, hätte sein Auto nicht ins Rollen geraten können. Das geht nicht! Und falls doch, hätte die Absperrung es aufgehalten. Doch das Fahrzeug ist offenbar einfach hindurchgebrochen.«

»Das ist in der Tat merkwürdig«, meinte Lagarde.

Sie sah ihn flehentlich an. »Kannst du nicht noch ein paar Tage bleiben und herausfinden, was geschehen ist? Mit dem Polizeichef sprechen, den Parkplatz anschauen, dir den Brief zeigen lassen? Für Durand ist die Sache abgeschlossen. Ich werde nie erfahren, was mit Georges wirklich passiert ist. Vielleicht redet der Mann mit dir, du bist doch auch Polizist.«

Odette und Lagarde sahen sich an. Er überlegte, ob er sich darauf einlassen sollte. Der Polizeichef würde sicherlich nicht begeistert sein, wenn er anfinge sich einzumischen. Zu Recht sogar. Durand war zuständig, sonst niemand. Andererseits fand er den Unfallhergang rätselhaft. Und Hélène und Odette waren fest davon überzeugt, dass Georges sich niemals umgebracht hätte.

»Leider muss ich zurück ins Restaurant, aber komm doch in einigen Tagen nach?«, schlug Odette vor. Ihre dunklen Augen sahen ihn ernst und bittend an. Sie wollte, dass er ihrer Freundin half. Lagarde hatte ihr noch nie einen Wunsch abschlagen können.

»Also gut, warum nicht?«

Odette strahlte ihn an. Ihre Freundin lächelte. »Ich bin dir so dankbar! Du kannst bei mir wohnen, wenn du willst.«

»Die Einzelheiten besprechen wir später«, entschied Odette. »Du siehst völlig erschöpft aus. Warum nimmst du nicht eine Schlaftablette und legst dich hin? Ich bleibe bei dir, bis du eingeschlafen bist. Xavier wird sicherlich bald zurückkommen.«

Hélène war einverstanden. »Vielen Dank. Ich bin wirklich fix und fertig.«

Als die beiden Frauen im oberen Stockwerk verschwunden waren, räumte Lagarde die Küche auf. Die Schnitzel stellte er in den Kühlschrank. Dann schenkte er sich noch eine Tasse Kaffee ein und griff nach der Zeitung, die auf dem Küchentisch lag.

In einem interessanten Artikel berichtete ein Journalist über drei tragische Todesfälle, die sich innerhalb der letzten zwei Wochen hier in der Gegend ereignet hatten. Eine Frau namens Mélanie Laurent war aus großer Höhe in den See gestürzt. Ein Taucher, Bernard Dumont, hatte ihre Leiche am Grund des Sees entdeckt und war daraufhin an einem Herzstillstand gestorben. Schließlich hatte man Georges Lebeau in seinem zertrümmerten Wagen in der Schlucht gefunden. So viele tödliche Unfälle waren in den letzten drei Jahren nicht passiert. Der Journalist fragte sich, woran das wohl lag, fand jedoch keine schlüssige Antwort. Lagarde runzelte die Stirn. Drei Todesfälle innerhalb so kurzer Zeit in dieser friedlichen, wenig besiedelten Gegend. Das war wirklich ungewöhnlich. Sein Interesse war geweckt.

Odette wollte gerade frischen Kaffee aufsetzen, als Xavier zurückkam. Er trug klassische Seglerbekleidung und hatte eine weiße Kappe auf. »Ist etwas mit meiner Mutter?«, fragte er erschrocken. Lagarde beruhigte ihn. »Sie hat eine Tablette genommen und sich hingelegt. Jetzt schläft sie. Es ist alles in Ordnung.«

»Danke, dass Sie sich um Maman gekümmert haben. Ich hätte sie nicht so lange allein lassen dürfen. Wenn sie aufwacht, koche ich ihr etwas zu essen und bleibe bei ihr. Vielleicht mag sie einen kleinen Abendspaziergang machen. Die frische Luft tut ihr bestimmt gut.«

»Im Kühlschrank sind Kalbsschnitzel, im Backofen steht ein Kartoffelgratin«, informierte Lagarde ihn.

Nachdem sie sich von Xavier verabschiedet hatten, gingen sie zum See und setzten sich an den Strand. Odette zog die Schuhe aus und bohrte ihre Zehen in den feinen Kieselsand. Dann rutschte sie bis an den See und tauchte die Füße in das Wasser.

»Ganz schön kalt«, stellte sie fest.

»Hast du Hunger, Chérie?«, fragte Lagarde.

»Wie ein Bär.«

Er lachte und erhob sich. Am Imbissstand kaufte er zwei heiße Schinken-Käse-Panini, die wunderbar dufteten, und eine Flasche Mineralwasser. Eine Weile aßen sie schweigend. Odette starrte auf den See. Beunruhigende Gedanken überschlugen sich in ihrem Kopf.

»Georges hat sich nicht umgebracht, das kann ich einfach nicht glauben. Ich bin froh, dass du hierbleibst und versuchst, Licht in das Dunkel zu bringen.«

»Leicht wird es aber bestimmt nicht.«

»Du schaffst das!«

»Wir werden sehen.«

Sie wechselte das Thema. »Du, sag mal … Wolltest du dich nicht heute Nachmittag mit deinen Freunden treffen?«

»Ja, um siebzehn Uhr. Ich muss mich bald auf den Weg machen, wenn ich nicht zu spät kommen will. Vorher bitte ich die nette Empfangsdame im Hotel, für morgen einen Flug für dich zu buchen. Ich denke, das ist am einfachsten. Mit dem Zug ist es zu umständlich, und du bist ewig unterwegs. Ich bleibe nicht lange bei meinen Freunden. Um achtzehn Uhr komme ich zurück, dann gehen wir irgendwo etwas trinken und suchen uns ein schönes Restaurant.«

»Du kannst auch später kommen. Ihr habt euch sicherlich viel zu erzählen.«

»Was machst du in der Zwischenzeit? Worauf hast du Lust?«

Mit leuchtenden Augen zeigte sie auf den See. Die Sonne stand über einem Bergmassiv, und die Schatten wurden länger. Die Farbe des Wassers wechselte von Türkis zu Kobaltblau, und eine sanfte Brise kam auf.

»Ich gehe schwimmen.«

»Aber schwimme lieber nicht zu weit hinaus! Der See ist ziemlich tief, und es gibt unterirdische Strömungen.«

»Wie tief?«

»Bis zu neunzig Meter.«

Hand in Hand gingen sie zum Hotel zurück.

Die Bar »Zum Fliegenden Fisch« lag am anderen Ende von Bauduen. Lagarde brauchte vom Hotel aus zwei Minuten zu Fuß und hatte noch kurz in der Galerie Bescheid gesagt, dass er Odettes Gemälde erst in einigen Tagen abholen werde.

Schlichte Holzmöbel standen aufgereiht auf einer Kiesfläche direkt oberhalb des Seeufers, und Olivenbäume mit silbrig grünen Blättern warfen Schatteninseln. Die Bar war eigentlich ein Bistro. Das himbeerrot gestrichene Gebäude stammte noch aus dem Mittelalter. Über dem Eingang hing ein altmodisches Wirtshausschild. Die Abbildung darauf zeigte einen jadegrünen Fisch, der über eine Welle sprang.

Lagarde entdeckte seine Freunde an einem Tisch,

der direkt an der Böschung lag. Sie hatten bereits nach ihm Ausschau gehalten und winkten ihm zu. Einige Gäste drehten sich neugierig um. Die ehemaligen Elitepolizisten begrüßten sich herzlich, und Lagarde setzte sich zu ihnen. Auf dem Tisch standen eine große Karaffe, in der Wein rubinrot funkelte, eine Flasche Wasser und eine Tonschale mit grünen und schwarzen Oliven. Etienne trug eine dunkelbraune Baskenmütze schräg auf dem Kopf, was ihm ein verwegenes Aussehen verlieh, und goss für Philippe Wein in ein Glas, ehe er das seine erhob.

»Auf uns!«, rief er enthusiastisch. »Und auf unser Wiedersehen.«

Sie stießen an, dass die Gläser klirrten. Dann schwelgten sie ein wenig in der Vergangenheit und erzählten, wie es ihnen ergangen war. Lagarde erfuhr, dass jeder seiner Freunde mehrere gescheiterte Ehen hinter sich hatte und zwei kinderlos geblieben waren. Nur Pascal hatte eine Tochter, die in Boston Naturwissenschaften studierte und ihn zweimal im Jahr besuchte. Er wohnte in einem Reihenhaus in Sainte-Croix-de-Verdon. Samy hatte sich ein altes Bauernhaus in der Nähe von Moustiers-Sainte-Marie gekauft und es nach und nach renoviert. Etienne besaß ein Chalet nicht weit von Bauduen.

»Wir haben bei der Beerdigung deine Lebensgefährtin gesehen«, berichtete Samy. Er trug eine schwarze Baseballkappe verkehrt herum auf dem blonden

Bürstenschnitt. »Sehr charmant, eine richtige Schönheit.«

Lagarde nickte zustimmend, sagte jedoch nichts dazu.

»Wie lange bleibt ihr denn noch? Wir könnten etwas zusammen unternehmen. Zum Beispiel eine Rundfahrt auf der Panoramastraße um die Verdon-Schlucht, das würde euch bestimmt gefallen. Die Ausblicke sind traumhaft schön. Die Route trägt nicht umsonst den Namen *Corniche Sublime*, die überwältigende Steilküstenstraße.«

»Odette fliegt morgen zurück. Die Renovierungsarbeiten in ihrem Restaurant sind beinahe abgeschlossen. Am Dienstag wird es wieder eröffnet. Ich bleibe noch ein paar Tage.«

Seine Freunde musterten ihn mit unverhohlener Neugierde. »Du bleibst noch?«, fragte Pascal erstaunt. In seinem Ohr steckte ein winziger goldener Ring, den Lagarde von früher an ihm kannte. »Warum? Doch nicht wegen uns?«

Es war ihm klar, dass Lagarde einen triftigen Grund haben musste, wenn er seine Lebensgefährtin alleine zurückreisen ließ. Der Kommissar überlegte, ob er sich seinen Freunden anvertrauen sollte, und entschied sich dafür. Es konnte nicht schaden. Sie würden niemandem davon erzählen, und er wusste, dass er sich auf sie verlassen konnte. So war es immer zwischen ihnen gewesen.

»Es geht um den Tod von Georges Lebeau. Die Polizei hielt ihn zunächst für einen Unfall. Die Umstände jedoch sind nebulös und nicht wirklich nachvollziehbar. Heute Morgen hat der zuständige Polizeichef Bruno Durand die Witwe aufgesucht. Er informierte sie, dass ein Abschiedsbrief gefunden worden sei, und hat sie damit konfrontiert, dass ihr Mann Selbstmord begangen habe. Daraufhin erklärte er, dass der Fall abgeschlossen sei. Den Brief hat er ihr nicht gezeigt und sich auch geweigert, den genauen Inhalt preiszugeben. Diese Vorgehensweise gefällt mir nicht. Moderne Polizeiarbeit stelle ich mir anders vor, ebenso den Umgang mit trauernden Angehörigen. Außerdem ist Hélène fest davon überzeugt, dass ihr Mann niemals Selbstmord begangen hätte. Sie hat mich um Unterstützung gebeten.« Er grinste in die Runde. »Ich werde ein wenig herumschnüffeln.« Jetzt hatte er die volle Aufmerksamkeit seiner Freunde. Etiennes Augen begannen zu leuchten. »Das hört sich in der Tat so an, als gäbe es noch Klärungsbedarf.«

Samy fiel ihm ins Wort. »Wir könnten dir helfen. Dich kennt hier niemand, keiner wird mit dir reden. Mit uns schon.«

Pascal war begeistert. »Ja, und wir verfügen über viele Hintergrundinformationen, die dir fehlen. Durand ist eine harte Nuss. Er ist unfähig, faul und cholerisch. Er wird nicht mit dir reden und auch nichts mehr unternehmen.«

Etienne sah Lagarde aufgeregt an. »Was meinst du, Philippe? Wir vier, so wie früher? Ein unschlagbares Team. Wenn etwas an der Sache faul ist, finden wir es heraus.«

Lagarde freute sich über den Eifer seiner Freunde. Sie hatten recht. Was wollte er hier alleine ausrichten? Wenn er Hélène wirklich helfen wollte, konnte er jede Unterstützung gebrauchen. »Einverstanden«, erklärte er. »Merci.«

»Keine Ursache«, antwortete Pascal. »Ein wenig Abwechslung in unserem beschaulichen Rentnerdasein wird uns guttun. Mir kribbelt es schon in den Fingern. Stoßen wir an auf unseren Plan. Ich freue mich!«

Erneut klirrten die Gläser. Etienne orderte noch eine Karaffe Wein und geröstete Tomaten-Knoblauch-Brote.

»Wo wirst du wohnen? Willst du im Hotel bleiben?«

»Ich weiß noch nicht. Das Hotel ist mir eigentlich zu unpersönlich und für meine Bedürfnisse ungeeignet. Ich versorge mich gern selbst. Hélène hat mir angeboten, in ihrem Haus zu wohnen, ich bin aber lieber unabhängig.«

Etienne schlug ihm auf die Schulter. »Ich habe einen anderen Vorschlag. Du wohnst bei mir, in meinem Chalet habe ich ein unbenutztes Zimmer. Dort kannst du dich einrichten. Du kannst machen, was du willst, bist völlig unabhängig, und die Küche steht dir zur Verfügung. Das Haus wird dir gefallen«, lockte er.

»Es liegt an einem Hang mit einem herrlichen Blick auf den See. Am Ufer gibt es einen Anleger in einer einsamen Bucht. Dort kannst du angeln, falls du Zeit hast, und in Ruhe nachdenken.«

Lagarde brauchte nicht lange zu überlegen. »Ich nehme dein Angebot an.«

Eifrig zeichnete Etienne die Anfahrtsskizze auf einen Bierdeckel. »Wann kommst du?«

»Morgen Abend?«

»Perfekt! Wir grillen und öffnen eine gute Flasche Rotwein. Pascal und Samy sind natürlich mit von der Partie. Das wird so eine Art Strategiebesprechung. Ich bin schon sehr gespannt.« Voller Vorfreude rieb er sich die kräftigen Hände.

Odette kam aus dem Badezimmer. Sie hatte eine ausgiebige Dusche mit viel Lavendelseife genommen, um den Geruch des Seewassers wegzuspülen. Ihr feuchter Körper war in ein flauschiges Handtuch gehüllt. Die nassen Haare fielen schwer und dunkel auf ihre Schultern. Lagarde lag auf dem Bett und studierte einen Reiseführer. Er suchte nach einem Restaurant in der Nähe, das Odette gefallen würde. Sie öffnete die Minibar, nahm Campari, Champagner, Orangensaft, Eiswürfel und eine Limette heraus und mixte Drinks.

»Wollen wir den Aperitif auf dem Balkon trinken, Chéri?«

Lagarde sah auf und lächelte sie an. Ungeschminkt fand er sie besonders schön. »Ja, dabei können wir den Sonnenuntergang bewundern.«

Auf dem schmalen Balkon fanden ein Bistrotisch und zwei Stühle Platz. Hinter Blumenkästen mit bunten Geranien lag der See in der Abenddämmerung. Die Sonne warf ihre letzten Strahlen auf die Wasseroberfläche, färbte sie orange, rosa und violett, durchzogen von schimmernden Perlmuttfäden. Dann verschwand sie allmählich hinter den Bergen.

Ein Fischerboot steuerte den Anleger an. Ein Mann warf ein Tau auf die Holzplanken, sprang hinterher und band das Schiff an einem Poller fest. Schließlich entfernte er sich fröhlich pfeifend. Odette und Lagarde betrachteten das friedliche Panorama und tranken ihren Campari.

»Hast du ein schönes Lokal gefunden?«, fragte sie.

»Ja, ich denke schon. Es liegt nur einige Kilometer von Bauduen entfernt und soll sehr gut sein.«

»Dann ziehe ich mich jetzt an.« Sie stand auf und betrat das Hotelzimmer. Lagarde folgte ihr und schloss die Balkontür. Er küsste sie und entknotete gleichzeitig das Handtuch. Langsam glitt es auf den Teppich.

»Wir könnten auch ein wenig später essen gehen«, murmelte er in ihre zarte, nach Lavendel duftende Halsbeuge.

Als es bereits dunkel war, fuhren sie über eine schmale Serpentinenstraße nach Sainte-Croix-du-Verdon. Schwarze Zypressen erhoben sich wie Scherenschnitte unter der schimmernden Mondsichel. Der ruhige provenzalische Ort war am Nordufer des Sees auf einem Felsvorsprung erbaut. Die Touristen liebten seinen ursprünglichen Charme. Das Restaurant, für das sich Lagarde entschieden hatte, lag im Herzen des Dorfes gleich neben der Kirche und dem Rathaus. Die Terrasse war über einen strudelnden Bergbach gebaut. Dort führte sie der Kellner an einen freien, festlich eingedeckten Tisch.

Odette erregte in ihrem eleganten bordeauxroten Sommerkleid die Aufmerksamkeit einiger Männer, die ihr unauffällig hinterherblickten. Sie bemerkte es nicht. Auf dem schmiedeeisernen Geländer flackerten unzählige Windlichter. Das Laub der Platanen, die die Dorfstraße säumten, raschelte im Wind. Der Bach gurgelte. Odette fand das Ambiente romantisch und lobte Philippe für die Wahl der Gaststätte. Dann richtete sie ihre Aufmerksamkeit auf das vielfältige kulinarische Angebot. Nicht nur, weil sie Hunger und Durst hatte, sondern, weil sie als Eigentümerin eines Restaurants beruflich sehr daran interessiert war.

Die Spezialität des Restaurants waren Trüffelgerichte. Das schwarze Gold wurde in der Umgebung mit Hilfe speziell dressierter Hunde und Schweine aus der Erde geholt. Auf der Speisekarte hieß es zur

Einführung, dass der Besitzer des Restaurants sich als kleiner Junge die Trüffelrezepte bei seiner Großmutter abgeschaut hatte und sie jetzt für seine Gäste zelebrierte.

Odette entschied sich für Fasan im Speckmantel mit Streuseln von schwarzen Trüffeln an Rotweinsauce. Lagarde liebte Fisch in allen Variationen und bestellte gebackenen Steinbutt. Beide Gerichte schmeckten ganz hervorragend. Als sie anschließend die regionale Käseauswahl genossen, erklang klassische Musik vom Ufer des Sees. In einem kleinen Amphitheater auf dem Kiesstrand fand ein Konzert statt. Odette lehnte sich entspannt zurück, nahm einen Schluck von ihrem Wein und lächelte ihren Lebensgefährten an. »Es ist wunderschön hier. Schade, dass der Anlass so traurig ist und dass ich schon morgen abreisen muss.«

Lagarde zwinkerte ihr aufmunternd zu. »Wir kommen zurück. Dann mieten wir ein Chalet direkt am Strand, fahren Kajak, wandern durch die Schlucht, essen Trüffel, trinken Wein und erholen uns.«

»Versprochen?«

»Versprochen.«

DER FELSBALKON VON MESCLA

Am nächsten Morgen saßen sie auf der Hotelterrasse und frühstückten. Odette hatte bereits ihren Koffer gepackt, den Lagarde zusammen mit seiner Reisetasche im Kofferraum des Renault Express verstaut hatte. Das Buffet war reichhaltig und appetitanregend gestaltet. Besonders gut schmeckten Odette die hauchdünnen Crêpes aus Weizenmehl, die mit Sauerkirschen und Sahne gefüllt waren. Nachdem sie den dritten Pfannkuchen gegessen hatte, brachen sie auf. Ihr Flug Marseille–Cherbourg ging um zwölf Uhr zehn.

Am Ortsausgang hielten sie vor Hélènes Haus, damit Odette sich von ihr verabschieden konnte. Im Garten unter den Kastanienbäumen entdeckten sie Xavier. Er las in einem Buch und machte sich Notizen. Dabei wirkte er, als sei er nicht bei der Sache. Als er Schritte hörte, sah er auf. »Salut, Xavier«, grüßte Odette ihn freundlich. »Ist Hélène da?«

»Ja, aber sie schläft. Sie hat die ganze Nacht geweint. Ich wusste mir nicht mehr anders zu helfen und habe ihren Hausarzt angerufen. Er ist sofort gekommen und hat ihr eine Beruhigungsspritze gegeben.«

»Dann richte ihr bitte liebe Grüße aus«, bat Odette ihn. »Ich rufe sie an.«

»Wird gemacht.«

Lagarde hatte sich entschieden, über Landstraßen nach Brignoles zu fahren und von dort auf die Autobahn nach Marseille. Auf diese Weise konnte Odette zumindest einen kleinen Eindruck von der schroffen Gebirgslandschaft, den lilafarbenen Feldern, den grünen Weinbergen, den dichten Korkeichenwäldern und den pittoresken Bergdörfern der Provence gewinnen.

Nachdem sie das mittelalterliche Aups hinter sich gelassen hatten, erreichten sie nach knapp zwanzig Kilometern das Städtchen Cotignac. Oberhalb des Ortes befand sich eine gewaltige Felswand, in der sich zahlreiche Höhlen befanden, die früher teilweise bewohnt waren. Auch Häuser aus grauen Steinen waren in die Felsen gebaut worden. Durch den typisch provenzalischen Ort schlängelte sich ein kleiner Fluss, der schließlich in einem hohen Wasserfall in ein Tal stürzte. In der Stadt war Markttag. Buden und Stände drängten sich um den Marktplatz bis hinauf zur imposanten Kirche. Besucher bummelten auf der von Platanen gesäumten Straße, verweilten am Brunnen oder tranken einen Mokka in einem der zahlreichen Cafés.

Lagarde fuhr extra langsam, damit Odette einen Blick auf das bunte Treiben werfen konnte. Sie fand es schade, dass sie keine Zeit mehr hatten, über den Markt zu laufen.

Kurz vor Brignoles verdunkelte sich der Himmel, und es begann wie aus Kübeln zu schütten. Die Scheibenwischer von Lagardes Auto schafften es kaum, die Wassermassen zu bewältigen. Nach etwas mehr als zweieinhalb Stunden erreichten sie den Flughafen von Marseille. Die Regenwolken hatten sich so schnell verzogen, wie sie gekommen waren, und die Erde dampfte. Lagarde fand einen Stellplatz und löste einen Parkschein. Odettes Gepäck lud er auf einen Wagen. Gemeinsam gingen sie in die Abflughalle. Am Schalter standen nur wenige Menschen, und Odette konnte ihren Koffer rasch aufgeben. Anschließend reichte die Zeit sogar noch für eine Tasse Kaffee im Flughafenbistro.

»In einer Stunde bist du in Cherbourg«, meinte Lagarde. Odette nickte. »Ich bin gespannt, wie weit die Renovierungsarbeiten gediehen sind.«

»Die Truppe hat einen tüchtigen Eindruck gemacht. Wahrscheinlich sind sie schon fertig.«

»Das wäre großartig. Mal sehen. Am meisten freue ich mich auf den neuen Herd.«

Lagarde grinste. »Da wäre ich nie draufgekommen! Soll ich dir noch eine Zeitschrift besorgen?«

»Nein, danke. Ich fliege nicht oft und möchte mir Frankreich von oben anschauen.«

Sie musterte ihn nachdenklich. »Ich hoffe, du kannst Hélène helfen.«

»Ich tue, was in meiner Macht steht. Vielleicht kann

ich ein paar offene Fragen klären. Und in ein paar Tagen bin ich wieder bei dir.«

Odettes Flug wurde aufgerufen. Er begleitete sie zur Sicherheitskontrolle und gab ihr einen Abschiedskuss. »Ich wünsche dir einen schönen Flug, mein Liebling.«

»Danke. Wir telefonieren, und du hältst mich auf dem Laufenden. Salut, mein Held!«

»Salut!«

Sie winkte noch einmal, dann ging sie durch die Sicherheitskontrolle.

Er vermisste sie jetzt schon. Langsam schlenderte er zur Rolltreppe, die zur verglasten Aussichtsplattform führte. Dort trank er noch einen Kaffee und betrachtete das rege Treiben auf dem Flughafen. Als Odettes Maschine startete, abhob und bald in der azurblau flirrenden Ferne verschwand, sah er lange hinterher. Er fragte sich, ob er die richtige Entscheidung getroffen hatte. Vielleicht irrte Hélène sich, und der Polizeichef hatte recht.

In diesem Moment hatte Lagarde nicht die geringste Ahnung, welche Abgründe ihn in der Schlucht von Verdon erwarten würden.

Er fuhr die gleiche Route zurück, die er gekommen war. Während der Fahrt dachte er darüber nach, wie er vorgehen sollte, und beschloss, sich die Aussichtsterrasse Boucle de la Mescla und den Parkplatz anzusehen, von dem Georges Lebeau in die Schlucht gestürzt war. Von Aups führte sein Weg nach Aiguines und weiter über eine Serpentinenstraße, Route der Balkone genannt. Sie befand sich auf tausend Meter Höhe und schlängelte sich an der Schlucht entlang. In einer Felswand vor ihm tat sich ein gähnendes schwarzes Loch auf. Die Straße, die durch den langen, kurvenreichen Tunnel führte, war einspurig. Bevor Lagarde hineinfuhr, hupte er mehrmals. Gelbe Lichtkegel fielen auf das feuchte graue Gestein.

Nach wenigen Minuten erreichte er den Ausgang und schaltete die Scheinwerfer aus. Schließlich entdeckte er ein Hinweisschild und erreichte über einen schmalen Schotterweg den Parkplatz. Dort stellte er seinen Wagen ab, stieg aus und sah sich um. Offenbar war er alleine. Der Parkplatz bildete eine ebene bekieste Fläche. Zum Hochplateau hin war er von Korkeichen begrenzt. Direkt oberhalb der Schlucht, kurz vor der Abbruchkante, gab es eine solide Absperrung aus Holz. Runde Pfosten steckten in der Erde, die mit jeweils zwei Querbalken verbunden waren. Dort, wo Lebeaus Fahrzeug in die Tiefe gestürzt war, gab es einen Durchbruch in der Mitte des Geländers, der mit rot-weißen Absperrbändern markiert war, die im Wind flatterten. Lagarde betrachtete die gebrochenen Querbalken und wunderte sich, dass sie nicht gesplittert waren. Sie hatten eine glatte Bruchstelle. Das hätte er bei einem derartigen Aufprall nicht erwartet.

Er stellte sich vor, wie Lebeau in seinem Auto am Waldrand gestanden hatte, in größtmöglicher Entfernung zur hölzernen Barriere. Wenn er die Länge des Fahrzeugs abzog, blieben noch etwa sechs Meter bis zur Abbruchkante, um Vollgas zu geben und das Geländer zu durchbrechen. Das war nicht viel. Lagarde fragte sich, ob diese kurze Distanz ausgereicht hätte, um auf diese Weise Selbstmord zu begehen.

Vor der geborstenen Absperrung entdeckte er parallel verlaufende Spurrillen von Autoreifen. Er verglich sie mit den Spuren, die sein Renault im Kies hinterlassen hatte. Die Rillen vor dem Durchbruch waren tiefer. Er fand das seltsam. Hatte Lebeau, als er auf den Holzzaun zuraste, es sich schlagartig anders überlegt und eine Vollbremsung verursacht? War es einfach zu spät gewesen? War der Wagen weitergerutscht und durch das Holz gekracht, getrieben durch sein eigenes Gewicht und eine mächtige Schubkraft?

Lagarde stieg über die Brüstung und warf einen Blick in die Schlucht. Senkrechte schroffe Felswände erstreckten sich abweisend bis zum Grund. Büsche, Flechten und dorniges Gestrüpp krallten sich an den grauen Stein. Dazwischen gab es Matten von rot und gelb blühenden Mittagsblumen, und krumme Nadelbäume kauerten auf Felssimsen. Im Tal leuchtete der Verdon karibikblau und bahnte sich seinen Weg durch Geröll und vermoderte Baumstämme. Vor einer Grotte lag eine langgestreckte Sandbank.

Lagarde schüttelte nachdenklich den Kopf. Wie verzweifelt musste jemand sein, um sich hier hinunterzustürzen? Zwischen der Kante und dem Geländer gab es einen schmalen Streifen, auf dem Margeriten und Kornblumen wuchsen. Dort hatte der Wagen von Lebeau eine Schneise des Todes hinterlassen.

Lagarde kletterte über den Zaun zurück auf den Parkplatz. Auf der rechten Seite führte ein kurzer gewundener Pfad zu einer Steintreppe auf den Aussichtsbalkon hinauf. Er war auf einem Felsvorsprung erbaut. Eine steinerne hüfthohe Mauer umgrenzte ihn. Lagarde konnte von dort aus auf den Fluss blicken, der eine Schleife zog. Im Hintergrund erhoben sich ein karges Bergmassiv, steinerne Türme und ein kahler Quader mit steilen Flanken. Gegenüber, noch höher gelegen, konnte man die Route des Crêtes erkennen. Diese erst vor zwanzig Jahren entstandene Straße mit vielen spektakulären Aussichtspunkten folgte dem Flussbett in schwindelerregender Höhe. Als Lagarde zum Parkplatz zurückging, ertönte plötzlich ein Rauschen, das ihn nach oben blicken ließ. Ein Gänsegeier flog wenige Meter über seinen Kopf hinweg und vollführte eine elegante Kurve. Für einen Moment schien er über der Schlucht zu schweben. So ein großes Exemplar hatte er noch nie gesehen. Lagarde betrachtete erneut das klaffende Loch in der Brüstung und fragte sich, was sich hier abgespielt haben mochte? War Lebeau bewusst, von Selbstmordgedanken getrieben, in den

Tod gerast? Es existierte schließlich ein Abschiedsbrief. Oder war es doch ein Unfall gewesen? Ihm fiel jedoch keine logische Erklärung für einen möglichen Hergang ein. War etwas ganz anderes geschehen?

Neben der rechten Spurrille glänzte ein kleiner Gegenstand im Kies, fast verdeckt von einem Blatt. Lagarde trat näher und betrachtete seinen Fund. Es war ein goldener Ohrring. Er zog ein Taschentuch aus der Hosentasche und hob ihn auf. Das Schmuckstück kam ihm bekannt vor. Auf dem Reif waren winzige Saphire eingelassen, die ein G bildeten. Das G stand für Gina. Lagarde kannte die tragische Geschichte. Es war der Ohrring von Pascal, den er immer trug.

Gina war seine vierjährige Schwester gewesen. Sie war damals entführt und ermordet worden. Seit dieser Tragödie war Pascal im Grunde seines Herzens ein zutiefst unglücklicher Mensch. Er hatte den Mörder so lange gejagt, bis er ihn gefunden hatte. Ohne ihm ein Haar zu krümmen, hatte er ihn der Kripo übergeben. Lagarde empfand große Hochachtung seinem Freund gegenüber. Er war sich keineswegs sicher, ob er dazu in der Lage gewesen wäre. Ein Jahr später war der Mörder des kleinen Mädchens in der Gemeinschaftsdusche der Haftanstalt von Nizza von Mitgefangenen zu Tode geprügelt worden.

Pascal war also schon hier gewesen, um keine Zeit zu verlieren. Er hatte die Spuren untersucht. Die gewonnenen Daten hatte er bestimmt in seinen Laptop eingegeben und Berechnungen angestellt. Davon war Lagarde überzeugt. Sein Freund wollte ihm helfen und würde sicher bald seine gewonnenen Erkenntnisse präsentieren. Vorsichtig wickelte er den Ohrring in sein Taschentuch und steckte es ein. Dann wendete er sein Auto, fuhr auf die Serpentinenstraße und machte sich auf den Weg nach Aiguines.

Aiguines lag wie ein Balkon über dem See und der weiten grünen Landschaft. Früher hatten die Menschen hier von der Schaf- und Pferdezucht gelebt. Heutzutage sicherte der Tourismus weitgehend das Auskommen.

Lagarde passierte das mittelalterliche Schloss, dessen Türme mit farbig glasierten Ziegeln eingedeckt waren. Gutbesuchte Cafés und Restaurants lagen im Schatten der Platanen. Durch die heruntergelassene Fahrerscheibe konnte er ein lebhaftes Stimmengewirr und das helle Lachen von Kindern hören. Am Dorfplatz, nahe der kleinen Kirche Saint-Jean, befand sich die Polizeistation. Sie war in einem zweistöckigen, orange gestrichenen Haus mit lavendelblauen Fensterläden untergebracht. Lagarde trat in den dämmrigen Flur und klopfte an eine Tür mit der Aufschrift *Sekretariat, Claudine Favre*. Ein freundliches »Herein« erklang. Er öffnete die Tür.

Hinter einem Schreibtisch saß eine Frau, die den Kopf schief legte und ihn anlächelte. Sie hatte ein sympathisches Gesicht und grüne Augen. Die glatten blonden Haare waren zu einem Knoten hochgesteckt, eine breite Strähne fiel ihr über die Wange. Sie trug eine bordeauxrote Samtbluse. Ihre Statur war korpulent, und Lagarde schätzte sie auf Mitte vierzig.

»Bonjour, Monsieur. Was kann ich für Sie tun?«

»Bonjour, Madame. Ich möchte mit dem Polizeichef sprechen, Bruno Durand. Mein Name ist Philippe Lagarde.« Er zeigte ihr seinen Dienstausweis. Die Sekretärin studierte ihn genau. »Hauptkommissar Lagarde also.«

»Genau. Ist er da?«

»Ja. Er ist in seinem Büro. Haben Sie einen Termin?«

»Nein.«

»In Ordnung. Ich frage ihn. Einen Moment Geduld, bitte.« Sie stand auf und klopfte an die Tür, die sich links von ihrem Arbeitsplatz befand. Ohne auf eine Antwort zu warten, schlüpfte sie in den Raum. Stimmengemurmel war zu vernehmen. Dann wurde eine tiefe polternde Stimme lauter. Es klang nicht besonders freundlich. Die blonde Frau kam zurück und setzte sich wieder an ihren Schreibtisch. »Mein Chef hat keine Zeit«, erklärte sie mit einem bedauernden Lächeln.

»Die Angelegenheit ist aber wichtig.«

»Er hat trotzdem keine Zeit.«

»Ich werde mich kurzfassen und ihn nicht lange aufhalten.«

Sie seufzte. »Es tut mir leid, Monsieur le Commissaire. Kommen Sie doch am Montagvormittag wieder. Ich gebe Ihnen einen Termin, dann wird mein Chef mit Ihnen sprechen.« Geschäftig blätterte sie im Tischkalender.

»Entschuldigen Sie, Madame Favre. Aber so lange kann ich nicht warten. Die Sache ist wirklich dringend.«

Entschlossen schritt er auf die Tür zu, klopfte an und betrat das Büro des Polizeichefs. Verblüfft blickte die Sekretärin ihm nach, machte aber keine Anstalten, ihn aufzuhalten. Sie zuckte die Schultern und wandte sich wieder ihrem Computer zu.

Bruno Durand saß hinter einem gewaltigen Schreibtisch aus Eichenholz. Er hatte breite Schultern und war übergewichtig. Sein Bauch drückte gegen die Tischkante. Die schwarzen Haare, durchzogen von grauen Fäden, waren kurz geschnitten, und im rötlichen Gesicht trug er einen gepflegten Schnauzer. Die Krawatte um den blauen Diensthemdkragen war gelockert. Der Polizist war in den Sportteil der Tageszeitung *Var-matin* vertieft und trank Kaffee. Verärgert über die Störung blickte er auf. Die dunklen Augen richteten sich gereizt auf den Eindringling. »Was wollen Sie denn hier?«, fuhr er Lagarde an. »Meine Sekretärin hat Ihnen doch gesagt, dass ich keine Zeit habe.« Der Kommissar zückte erneut seinen Dienstausweis. »Bonjour, Monsieur Durand. Entschuldigen Sie bitte, dass ich hier so hereinplatze. Ich möchte nur kurz mit Ihnen sprechen. Es ist wirklich wichtig.«

Genervt lehnte sich Durand in seinem Sessel zurück und verschränkte die Arme. »Also gut. Aber fassen Sie sich kurz, ich bin ein vielbeschäftigter Mann.«

»Darf ich mich setzen?«

Durand seufzte. »Bitte.«

Lagarde nahm ihm gegenüber auf dem Besucherstuhl Platz. »Danke.« Er sah Durand mit ernster Miene an. »Es geht um den Tod von Georges Lebeau. Sie haben seine Witwe am Tag nach seiner Beerdigung aufgesucht und sie informiert, dass Sie von einem Selbstmord ausgehen.«

»Das ist richtig.« Durand nickte selbstzufrieden.

»Sie haben ihr den Brief nicht gezeigt und sie auch nicht über den genauen Inhalt aufgeklärt.«

Der Polizeichef runzelte die Stirn. »Und was geht Sie das an?«

»Hélène Lebeau ist sehr irritiert über dieses Vorgehen. Ich bin mit ihr befreundet und habe ihr versprochen, sie zu unterstützen.«

»Wobei unterstützen? Der Fall ist abgeschlossen.«

»Nun, es ist doch verständlich, dass sie die letzte Nachricht ihres Mannes lesen möchte. Sie könnten ihr eine Kopie aushändigen.«

Die Wangen von Durand färbten sich tiefrot. Seine Stimme wurde laut und ungehalten. »Sie kommen einfach in mein Büro und stellen Forderungen, was fällt Ihnen eigentlich ein? Ich bin hier zuständig, sonst niemand! Ich entscheide über das Vorgehen! Sie sprechen schließlich mit dem Polizeichef.« Er schoss von seinem Sessel hoch und brüllte: »Machen Sie, dass Sie hier rauskommen, Herr Hauptkommissar! Dort ist die Tür.« Er fuchtelte mit seinem dicken Zeigefinger in der Luft herum.

Lagarde war verblüfft über die mangelnde Kooperationsbereitschaft und die Unfreundlichkeit des Mannes. Durand war offensichtlich ein Choleriker. Unbeeindruckt blieb der Kommissar sitzen und fixierte sein Gegenüber. »Haben Sie den Unfallwagen untersuchen lassen? Haben Sie den Abschiedsbrief von einem graphologischen Gutachter auf seine Echtheit überprüfen lassen? Haben Sie die Spurensicherung an die Unglücksstelle geschickt?«

»Raus aus meinem Büro!« Die Stimme des Polizisten überschlug sich.

Lagarde stand auf und hob beschwichtigend die Hände. »Gut, ich gehe. Sie haben natürlich recht, Sie sind zuständig. Dennoch will ich Antworten auf meine Fragen haben. Sie sind verpflichtet, das Unglück mit allen zur Verfügung stehenden Mitteln zu untersuchen. Sie hören von mir.« Lagarde verließ das Büro.

»Sie von mir auch«, schrie Durand ihm nach. »Ich werde mich über Sie beschweren. Da könnte ja jeder daherkommen.« Mit einem Fußtritt knallte er die Tür zu. Madame Favre fuhr zusammen.

»Mon Dieu! Was ist denn los, Monsieur le Commissaire?«

»Eine kleine Meinungsverschiedenheit. Entschuldigen Sie bitte die Störung. Au revoir, Madame Favre. Ich wünsche Ihnen einen schönen Abend.«

»Au revoir, Monsieur le Commissaire.« Lächelnd sah sie ihm nach. Was für ein liebenswürdiger Mann, und so attraktiv. Außerdem handelte er voller Entschlossenheit. Ihn konnte Durand nicht einschüchtern. Er würde wiederkommen, da war sie sich ganz sicher.

Die laut tönende Stimme von Durand riss sie aus ihren Gedanken. »Ich gehe jetzt.«

Sein Gesicht war noch immer rot vor Zorn. »Der Bürgermeister wartet im ›Café Central‹ auf mich. Es handelt sich um einen sehr wichtigen Termin.« Er baute sich vor dem Schreibtisch seiner Sekretärin auf. »Wenn Sie noch einmal jemanden einfach so in mein Büro lassen, kündige ich Ihnen tatsächlich. Guten Abend.« Schon war er zu Tür hinaus.

Claudine Favre sah ihrem Chef mit gerunzelter Stirn hinterher. Er hatte ihr schon oft mit Kündigung gedroht, das nahm sie schon lange nicht mehr ernst. Eilig fuhr sie den Computer herunter, packte ihre Sachen zusammen und schloss die Tür ab. Sie wollte noch in den Supermarkt. Ihre zwölfjährige Tochter Sarah hatte sich zum Abendessen Spaghetti mit Hackfleischsauce gewünscht. Anschließend würden sie es sich auf dem

Sofa im Salon gemütlich machen und eine Liebeskomödie im Fernsehen anschauen.

Lagarde saß im Seegarten des Bistros »Zum Fliegenden Fisch«. Vor ihm standen eine Bol mit Milchkaffee und ein Teller mit zwei Eclairs, seinem Lieblingsgebäck. Sie waren mit Mokkacreme und Vanillepudding gefüllt und schmeckten himmlisch. Nachdem er aufgegessen hatte, rief er einen seiner Kontaktleute im Innenministerium in Paris an. Mit Alain verband ihn eine lange Freundschaft. Er schilderte ihm den Sachverhalt zum Tod von Georges Lebeau und das Gespräch mit dem Polizeichef von Aiguines. Alain riet ihm, den Ball flach zu halten. Die meisten Polizeichefs der Kantone benahmen sich wie Pfalzgrafen und ließen sich nichts sagen. Sie leisteten normalerweise aber auch gute Arbeit. Nach Alains Ansicht sprach jedoch nichts dagegen, dass Lagarde sich ein wenig umhörte, wenn er berechtigte Zweifel an der Selbstmordtheorie hatte. Er bat ihn jedoch, weiterhin eine Zusammenarbeit mit dem Polizeichef zu versuchen, wenn er zu neuen relevanten Erkenntnissen gelangte. Es wäre besser, ihn ins Boot zu holen. Einen Polizeichef, der sein Gesicht verloren hatte, würde niemand mehr ernst nehmen. Schon gar nicht die Bewohner der provenzalischen Bergdörfer.

Nach dem Telefonat rief er Odette an. Sie hatte einen guten Flug gehabt und war inzwischen zu Hause eingetroffen. Sie vereinbarten, dass er sich jeden Tag melden würde.

Lagarde trank seinen Kaffee aus und bezahlte. Im Auto suchte er nach der Wegbeschreibung von Etienne. Er fand den Bierdeckel im Handschuhfach. Gleich hinter dem Bistro führte eine schmale asphaltierte Straße in die Berge. In engen Kurven wand sie sich durch sanfte grüne Hügel etwa einen Kilometer landeinwärts. An einem Steinmännchen unter einem Olivenbaum sollte er rechts auf einen Forstweg abbiegen, der in einem Bogen in die Nähe des Sees zurückführte. Nach fünf Minuten Fahrt durch einen Schirmpinienhain kam er an eine Lichtung. Inmitten einer blühenden Wiese stand ein Chalet. Nach der Wegbeschreibung musste es das Haus von Etienne sein. Der Kommissar parkte sein Fahrzeug unter einer mit Weinlaub überwachsenen Pergola neben einem beigen Citroën, der über so manche Dellen und Schrammen verfügte, und stieg aus.

Die Lage des Chalets war traumhaft. Man konnte auf den Lac de Sainte-Croix blicken, der jenseits von grauweißen Kalkfelsen, grüner Macchie und Korkeichen türkisblau im Tal lag. Ein Pfad schien vom Chalet aus dorthin zu führen. An einem Anleger schaukelte ein Boot auf den sanften Wellen. Lagarde wandte sich um und betrachtete das Gebäude. Zwischen zwei Olivenbäumen mit winzigen grünen Früchten gab es einen Durchgang in einer niedrigen Mauer, der auf die

Terrasse führte. Dort erhob sich ein Kamin aus roten Ziegelsteinen neben einem rechteckigen Holztisch, um den sich sechs Stühle mit bequemen Polstern gruppierten. Aus einer Amphore wuchsen Sukkulenten, und es gab sogar ein Zitronenbäumchen. Lagarde pflückte zwei Früchte von einem Mirabellenbaum und naschte sie. In einem Baum hatten sich Vögel niedergelassen, die zwitscherten, als würden sie sich unterhalten. Ansonsten lag eine himmlische Stille über diesem Ort. Von der Terrasse aus gelangte man durch eine Schiebetür direkt in den Salon.

Als Lagarde darauf zuging, ertönte grollendes Hundegebell, und ein Hund trabte heraus. Es war ein französischer Vorstehhund, der als ausgezeichneter Jagdbegleiter galt. Er hatte kastanienbraunes Fell, Schlappohren und treue Augen. Das Tier hinkte ein wenig, als ob Gelenke und Hüften aufgrund des hohen Alters abgenutzt seien. Er blieb vor Lagarde stehen und bellte ihn an. Der Kommissar rührte sich nicht von der Stelle und sprach beruhigend auf das Tier ein. Etienne trat auf die Terrasse.

»Da bist du ja, Philippe!«, freute er sich. »Der Hund tut dir nichts. Er ist harmlos und schon etwas altersschwach, so wie ich. Komm her, Napoleon!« Gehorsam trottete der Hund zu seinem Herrchen. Jetzt erst bemerkte Lagarde eine kleine weiße Katze auf einem Fenstersims, die winzigen Pfoten über der Hausmauer. Sie musterte ihn neugierig. Etienne folgte seinem Blick. »Das ist Edith«, erklärte er. »Le Chat de la Maison, die Hauskatze. Ich habe sie nach Edith Piaf genannt, weil ich ein großer Verehrer dieser wunderbaren Chansonsängerin bin.« Er ging zu Lagarde und umarmte ihn. »Salut, mein Freund! Willkommen bei mir zu Hause. Was sagst du? Ist es nicht wunderschön hier?«

»Total schön, Etienne. Was für eine Aussicht! Und so still und friedlich.«

»Ja. Jetzt komm mit rein, ich zeige dir das Haus. Dein Gepäck holen wir später.«

Im Salon stand ein bequemes Sofa mit einem bunten Überwurf an der rechten Wand, daneben ein niedriger Beistelltisch mit einer grünen Stehlampe. Gegenüber hatten auf einer alten Kommode ein Fernseher und eine Musikanlage ihren Platz. Vor dem Durchgang zur Küche befand sich die Essecke. An der blassgelben Wand hing ein Ölgemälde, das Edith Piaf zeigte. Die Küche war zweckmäßig eingerichtet, und durch eine schmale Fliegengittertür gelangte man in die Speisekammer.

Etienne ging in einen angrenzenden Raum. »Das ist dein Zimmer. Was sagst du?«

Der in einem warmen Orangeton gestrichene Raum wurde von einem französischen Bett dominiert, das von Nachtkästchen aus dunklem Holz flankiert wurde. Darauf thronten Lampen in Form von roten Zipfelmützen. An der Wand rechts von der Tür stand ein geräumiger Kleiderschrank, und in einer Nische gab es einen kleinen Schreibtisch. Durch das Fenster sah man auf eine rotviolette Bougainvillea, die sich über ein Spalier rankte. Dahinter lag der Wald.

Etienne beantwortete seine Frage selbst. »Ein bisschen spartanisch, oder? Ich wollte noch eine gemütliche Sitzgruppe und ein Schränkchen mit einem Fernseher in das Zimmer stellen, aber dafür ist kein Platz mehr.«

»Es passt alles wunderbar«, versicherte Lagarde. »Ich brauche keinen Fernseher. Wenn ich Nachrichten schauen möchte, kann ich das doch im Salon machen. Das Zimmer ist sehr schön, Etienne, wirklich. Danke für die Mühe, die du dir gemacht hast.«

Sein Freund strahlte. »Ich finde es klasse, dass wir beide für einige Tage zusammen wohnen. So wie eine richtige Männer-WG. Fühl dich wie zu Hause.« Er zeigte ihm noch das schmale Bad, das man von der Küche aus betrat. Etiennes Schlafzimmer lag neben dem Salon. Außerdem gab es noch einen weiteren Raum, den er als Arbeitszimmer nutzte.

Draußen ertönten Motorengeräusche. »Das werden Pascal und Samy sein«, vermutete Etienne. Sie gingen nach draußen, gefolgt von Napoleon. Samy parkte seinen Jeep hinter Lagardes Auto und stieg aus, während Pascal vom Beifahrersitz kletterte.

»Salut!«, rief er. »Wir haben Rindersteaks mitgebracht. Jetzt gib es erst mal ein ordentliches Abendessen. Samy, zündest du den Grill an? Ich kümmere mich um den Salat und die Aioli. Ich hoffe, du hast guten Rotwein im Haus, Etienne.«

Die Männer klopften sich zur Begrüßung auf die Schultern.

»Na, hör mal, was ist denn das für eine Frage?«

Lagarde und sein Gastgeber deckten den Tisch. Sobald die Holzkohlen glühten, legte Samy die Steaks und die Maiskolben auf den Rost. Als das Fleisch und das Gemüse gar waren, servierte er es auf einer Porzellanplatte. Etienne schenkte den Wein ein. Während sich die Männer das Essen schmecken ließen, senkte sich die Dunkelheit über die Hügel und den See. Samy hatte in der Grillpfanne mit Pinienzapfen und dürren Ästen ein Feuer entfacht, das einen harzigen Duft verbreitete. Auf dem Esstisch flackerten Teelichter. Der Mond stand hoch und bleich über den Bäumen. Aus der Ferne ertönte der Schrei einer Eule, und zwei Schüsse knallten im Gebirge.

»Die Jäger sind wieder unterwegs«, bemerkte Etienne und füllte Calvados in Cognacschwenker aus schwerem Kristall, die von Goldfäden durchwirkt waren. Sie stießen darauf an, dass sie nach so langer Zeit wieder einmal zusammen waren. Dann kamen sie auf den mysteriösen Tod von Georges Lebeau zu sprechen. Lagarde berichtete von seinem Gespräch mit dem Polizeichef Durand. Seine Freunde waren über das Ergebnis keineswegs überrascht. Der Mann galt gemeinhin als überheblich, selbstgefällig und rechthaberisch.

»Wir brauchen den Abschiedsbrief«, stellte Samy fest. »Sobald wir ihn haben, lassen wir ihn einem Graphologen zukommen, der ihn untersucht. Natürlich brauchen wir dafür eine Schriftprobe von Lebeau zum Vergleich.«

»Das ist kein Problem«, meinte Lagarde. »Ich frage Hélène. Sie hat bestimmt irgendwelche schriftliche Aufzeichnungen von ihm. Aber wie kommen wir an den Brief?«

Samy sah ihn erstaunt an. »Das ist doch kein Problem!«

»Du steigst da nicht ein, Samy!«

»Warum denn nicht?«

»Das ist eine Polizeistation. Wenn dich jemand erwischt.«

»Mich hat noch nie jemand erwischt.«

»Trotzdem, kein Einbruch.«

Samy überlegte. Dann strahlte er über das ganze Gesicht. »Ich weiß, wie wir das machen! Es ist ganz einfach. Die Sekretärin von Durand, Claudine Favre, ist meine Nachbarin. Eine sehr nette und hübsche Frau. Sie ist allein erziehende Mutter mit einer Tochter namens Sarah im Teeniealter. Ich helfe Claudine manchmal bei Reparaturarbeiten in ihrer Wohnung, und wir haben auch schon ein Glas Wein zusammen getrunken. Dabei hat sie mir ihr Herz ausgeschüttet.

Sie hasst ihren Chef. Er ist ein übler Choleriker und schikaniert sie. Sie erzählte mir auch, dass Hélène und sie seit Jahren befreundet sind. Die beiden Frauen mögen sich sehr gerne.«

»Madame Favre und Hélène kennen sich?«, fragte Lagarde.

»Ja«, antwortete Samy. »Sehr gut sogar. Sie haben beide ein Pferd, und die Tiere sind auf dem gleichen Reiterhof untergebracht. Es kommt häufig vor, dass sie zusammen ausreiten. Vor einigen Jahren hat sich Sarah ein Bein gebrochen, sie war länger bettlägerig. Nach vier Wochen war Claudines Urlaub aufgebraucht, und Durand weigerte sich strikt, sie weiterhin zu beurlauben. Auch Claudines Vorschlag, auf die Lohnfortzahlung zu verzichten, lehnte er ab. Er drohte ihr sogar mit Kündigung, wenn sie auch nur einen Tag vom Dienst fernbliebe. Claudine ist für ihn unentbehrlich, was er jedoch nie zugeben würde. Sie könnte sich natürlich eine andere Arbeitsstelle suchen, aber solche Bürojobs sind hier in den Bergen dünn gesät.

Auf jeden Fall hat Hélène ihrer Freundin geholfen. Sarah und ihre Mutter haben wochenlang bei Hélène gewohnt. Wenn Claudine auf der Arbeit war, hat sich Hélène um Sarah gekümmert. Sie hat sogar einen Rollstuhl organisiert, auf dem sie das Bein hoch lagern konnte. So hat sie die Kleine am See spazieren gefahren und ihr Geschichten erzählt. Das war wirklich toll.«

Samy sah in die Runde. »Ich rufe Claudine an und

frage sie. Sie macht im Dienst eine Kopie, die sie versehentlich in ihre Handtasche steckt. Das war es schon. Kein Einbruch, Philippe.«

Lagarde war noch immer skeptisch. Aber sie brauchten den Brief, und Durand würde ihn niemals aushändigen.

Etienne meldete sich zu Wort. »Wir müssen uns den Unfallwagen anschauen.«

»Unbedingt«, stimmte Lagarde ihm zu. »Wo ist die nächste Halle der Spurensicherung?«

»Das hat Durand sicher nicht veranlasst. Das Fahrzeug steht vermutlich auf einem Schrottplatz, oder es ist schon in der Presse gelandet. Dann ist es zu spät.«

»Weißt du, wie viele Schrottplätze es hier gibt?«

Etienne überlegte kurz. »Nur einen, soweit ich weiß, in Riez. Den Schrotthändler kenne ich. Was für einen Wagen hat Lebeau eigentlich gefahren?«

Diese Auskunft bekam er von Pascal. Er hatte vor kurzem der örtlichen Zulassungsstelle einen virtuellen Besuch abgestattet. »Es ist ein silbergrauer Mercedes Geländewagen, Baujahr 2014.« Das Kennzeichen wusste er natürlich auch.

Etienne erreichte den Schrotthändler aus Riez sofort auf dessen Handy und fragte ihn nach dem Unfallwagen. Sie hatten Glück. Das Auto befand sich tatsächlich auf seinem Gelände, war allerdings noch nicht verschrottet worden. Doch gleich am nächsten Morgen sei es an der Reihe. Etienne überzeugte ihn davon, das Fahrzeug sicher in einer Garage oder Lagerhalle unterzubringen und das Gebäude abzuschließen, bis er den Mercedes in Augenschein genommen hatte. Den neugierigen Fragen des Geschäftsmannes wich er geschickt aus. Er teilte ihm nur mit, dass er im Laufe des nächsten Tages bei ihm vorbeikommen werde. Das war kein Problem, der Schrotthändler arbeitete auch am Sonntag. Für diesen Gefallen unter Kumpels versprach Etienne ihm eine zehn Jahre alte Flasche Armagnac aus der Gascogne. Etienne schenkte zufrieden wunderbar trockenen, fruchtigen Rotwein aus der Region nach.

»Was wisst ihr eigentlich über Lebeau?«, erkundigte sich Lagarde. »Was war er für ein Mensch? Und was machte er beruflich? Ich weiß nur von Odette, dass er eine Firma besaß. Hoch-Tiefbau, soweit ich mich erinnere.«

Samy legte Scheite in das Feuer, trank einen Schluck Wein und ergriff das Wort. »Wir haben ihn nicht besonders gut gekannt. Ab und zu haben wir in der Bar von Bauduen ein Glas mit ihm getrunken und ein bisschen geredet. Das war alles. Seine Frau kennen wir nur vom Sehen. Die Ehe galt als glücklich. Jedenfalls gab es keine üblen Gerüchte. Sein Sohn Xavier studiert an der Uni von Avignon und ist nur in den Semesterferien daheim.«

»Und die Firma?«

»Hoch-Tief, wie du schon gesagt hast, dazu eine

Spezialabteilung für Sprengungen. Georges Lebeau hat den Betrieb von seinem Vater Victor geerbt. Victor Lebeau war ein bekannter Sprengmeister. Er war derjenige, der damals, neunzehnhundertvierundsiebzig, die Sprengung des alten Dorfes Les Salles-sur-Verdon durchgeführt hat, bevor das Tal geflutet wurde. Davor wurde der Ort vierhundert Meter höher auf einem Felssockel originalgetreu wieder aufgebaut. Die Kirchturmuhr, die Dorfglocke und den alten Brunnen hat man als Erinnerung an die Vergangenheit in die neue Ortschaft integriert. Alles andere wurde zerstört. Ich war ja noch nicht hier zu dieser Zeit, aber noch heute diskutieren die Einheimischen dieses Vorgehen sehr kontrovers. Damals spaltete das Projekt die Gemeinde in radikale Gegner und überzeugte Befürworter. Bei der Räumung des Dorfes vor der Flutung haben sich Tragödien abgespielt. Der Widerstand war enorm. Frühere Freunde hassten sich auf einmal, Familien brachen auseinander. Durch den Lac de Sainte-Croix wurden das fruchtbare Tal mit den Mandelbäumen und Trüffeleichen und der kleine Ort von der Landkarte gelöscht.«

Alle schwiegen eine Weile und hingen ihren Gedanken nach. Über dieses ehrgeizige Energieprojekt der französischen Regierung war damals in allen überregionalen Zeitungen ständig berichtet und debattiert worden. Die Flutung eines weiteren Tales war an einer gewaltigen Protestbewegung gescheitert.

Lagarde holte ein gefaltetes Taschentuch aus der Hosentasche und schlug es auf. »Ich habe deinen Ohrring gefunden, Pascal.« Er zeigte ihm das Schmuckstück. »Es ist deiner, nicht wahr?«

»Du hast ihn gefunden, wie froh ich bin! Der Ohrring bedeutet mir sehr viel.«

»Ich weiß.«

»Wo hast du ihn gefunden?«

»Auf dem Parkplatz des Aussichtsbalkons Boucle de La Mescla.« Lagarde lächelte seinen Freund an. »Erzählst du uns, was du dort herausgefunden hast?«

»Aber sicher. Nach unserem gestrigen Gespräch in der Kneipe habe ich mir den Unglücksort angesehen, ihn untersucht und vermessen. Die Daten habe ich in meinen Laptop eingegeben. Selbstverständlich habe ich auch Fotos gemacht.«

Samy und Etienne nickten sich wissend zu. Man hätte es sich denken können. Pascal war einige Jahre als Spurentechniker tätig gewesen und galt als Koryphäe auf diesem Gebiet. Außerdem faszinierte es ihn, einem Unglücksort seine Geheimnisse zu entlocken.

Pascal griff in seine Hemdtasche und zog einen Stapel Fotografien hervor. Er schaltete das Terrassenlicht ein, schob Gläser beiseite und reihte Bilder auf dem Tisch auf. Schließlich begann er mit ruhiger Stimme zu dozieren.

»Hypothese eins lautet: Es war ein Unfall. Dagegen sprechen aber folgende Punkte: Auf der ebenen Fläche des Parkplatzes hätte der Mercedes von Lebeau auch ohne angezogene Handbremse nicht ins Rollen kommen können. Das ist unmöglich. Nehmen wir an, er ist zu schnell in den Parkplatz eingebogen. Dann hätte eine kurze Bremsung den Wagen zum Stehen gebracht. Wäre es zu einem Bremsversagen gekommen, wäre das Fahrzeug durch die Holzabsperrung gestoppt worden. Zu diesem Zweck steht sie schließlich da. So schnell, dass der Zaun nachgibt, hätte er gar nicht fahren können. Das habe ich getestet. Daher schließe ich einen Unfall aus.

Hypothese zwei: Es war Selbstmord. Wenn Lebeau vom hinteren Rand des Parkplatzes mit Vollgas auf die Barriere zugerast wäre, hätte sie brechen können. In diesem Fall jedoch wären die Balken gesplittert und nicht glatt durchgebrochen. Hätte er es sich in letzter Sekunde anders überlegt und eine Vollbremsung hingelegt, hätten die Holzbalken auch nachgeben können. In diesem Fall müsste es tiefere Spurrillen geben. Und so ist es zwar tatsächlich, bei einem modernen ABS-Bremssystem blockieren die Reifen jedoch nicht sofort, sondern drehen sich zunächst weiter bis zum zweiten festen Andrücken, so dass es Profilspuren geben muss. Es sind aber keine vorhanden, schaut euch die Fotos an. Es existieren keinerlei noch so winzige Abdrücke. Die Spuren sind absolut glatt. Es hat in den letzten drei Wochen manchmal nachts genieselt, und unter dem lockeren Kies ist feuchter Lössboden, ich hätte also Abdrücke erkennen müssen. Deshalb kann meiner Ansicht nach nur Hypothese drei zutreffen.«

Er schwieg und schaute zufrieden in die Runde. »Ich habe keine Ahnung, worauf du hinauswillst.«

Lagarde schoss ein Gedanke durch den Kopf. Aber konnte das sein? Pascal spannte seine Freunde nicht länger auf die Folter. »Es gibt nur eine logische Erklärung: Das Fahrzeug wurde geschoben.«

»Was?« Etienne reagierte bestürzt.

»Ja, von einem Fahrzeug mit starker Maschine. Ein großer schwerer Wagen, vielleicht ein Traktor oder ein Kleinlaster. Es hat hinten an der Stoßstange des Mercedes angedockt und ihn in die Schlucht geschoben. Alle Indizien sprechen dafür.«

»Wenn du recht hast, war es Mord«, stellte Lagarde fest. Er fragte sich, wie er diese Nachricht Hélène beibringen sollte, falls sich die Arbeitshypothese als richtig erwies. Daran wollte er im Moment noch gar nicht denken.

»Gute Arbeit, Pascal. Um deine Theorie zu untermauern, brauchen wir so schnell wie möglich den vermeintlichen Abschiedsbrief und das graphologische Gutachten.«

»Vielleicht finden wir Spuren am Unfallwagen«, überlegte Etienne.

Inzwischen war es spät geworden. Das Feuer im Kamin war heruntergebrannt. Die Glut leuchtete karmesinrot. Sie tranken ein letztes Glas und beschlossen, ins Bett zu gehen. Samy und Pascal wollten nicht mehr Auto fahren und rollten ihre Schlafsäcke in Etiennes Büro aus. Sie wünschten sich eine gute Nacht, und Lagarde ging in sein Zimmer und schaltete die Nachttischlampe ein.

Lächelnd sah er auf sein Bett. Edith hatte sich auf dem zweiten Kissen zusammengerollt und schlief tief und fest. Er zog sich aus, breitete seine Kleidung über die Stuhllehne und legte sich auf die freie Seite des Bettes. Zu den leisen, unvertrauten Geräuschen, die aus dem Wald drangen, schlief er ein.

DER SCHROTTHÄNDLER VON RIEZ

Lagarde wurde von einem Fauchen geweckt. Er blinzelte irritiert, schwang sich aus dem Bett und sah aus dem Fenster. Ein Luchs verschwand im Wald. Lagarde sah gerade noch das Hinterteil, und eine Schar Feldlerchen flatterte auf.

Edith thronte wie eine Statue auf der Fensterbank und blickte dem Tier nach. Aufgeregt fauchte sie noch einmal. Er ging leise in die Küche, sah sich um und setzte Kaffee auf.

Aus Etiennes Schlafzimmer und seinem Büro war leises Schnarchen zu hören. Seine Freunde schliefen noch. Napoleon kam in die Küche und setzte sich vor seinen leeren Napf. Edith folgte ihm und miaute zum Steinerweichen.

In der Vorratskammer fand Lagarde Schalen mit Hunde- und Katzenfutter und füllte die Näpfe. In zwei weitere Gefäße ließ er frisches Leitungswasser laufen. Als die Tiere zufriedengestellt waren und einträchtig fraßen, schenkte er sich eine Tasse Kaffee mit Milch ein und setzte sich auf die Terrasse. Sie lag noch im Schatten, und es war angenehm kühl. Auf dem See waren bereits die ersten Segeljollen unterwegs. Segler waren oft Frühaufsteher.

Es würde ein sonniger warmer Tag werden. Nach der zweiten Tasse Kaffee duschte er und zog eine Jeans und ein hellblaues kurzärmliges Hemd an. Danach inspizierte er den Inhalt des Kühlschranks sowie den Brotkasten und beschloss, nach Bauduen zu fahren, um für das Frühstück einzukaufen. Er überlegte, dass er Hélène einen kurzen Besuch abstatten könnte. Dabei wollte er sie bitten, ihm Briefe oder andere handschriftliche Unterlagen von Georges zu überlassen.

Leise ging er in sein Zimmer zurück, um seine Brieftasche und sein Handy zu holen. Die Telefonnummer von Hélène hatte er gestern gespeichert. Nach wenigen Klingeltönen meldete sie sich. Sie begrüßten sich, und er fragte sie, ob er vorbeikommen dürfe. Hélène freute sich über seinen Vorschlag, und sie verabredeten sich in einer Stunde in ihrem Haus. Lagarde fand auf der Kommode im Salon einen Block und einen Stift und schrieb eine Nachricht für seine Freunde. »Frühstück um zehn Uhr. Philippe«.

Als er zu seinem Auto ging, folgte ihm Napoleon. Der Hund wedelte freudig mit dem Schwanz und bellte leise. Neben der Beifahrertür blieb er erwartungsvoll stehen.

»Du willst mit«, stellte Lagarde fest. »Also gut, meinetwegen. Aber im Dorf musst du im Wagen bleiben.« Er stieg ein, beugte sich zur Beifahrertür und öffnete sie. Mit einem Satz landete Napoleon auf dem Polster. Er setzte sich, blickte aufmerksam durch die Frontscheibe und hechelte.

Der Kommissar fuhr los und schaltete das Radio ein. Julien Clerc sang mit sanfter Stimme *Fille Du Feu*, Mädchen des Feuers, eines von Lagardes Lieblingsliedern. Leise summte er mit. Auch dem Hund schien das Chanson zu gefallen. Auf der Serpentinenstraße folgten sie einem Traktor im Schritttempo und gelangten nach wenigen Minuten in den Ort. An der Hauptstraße lag ein kleiner Supermarkt. Lagarde fand einen Parkplatz um die Ecke in einer Seitenstraße. Vor dem Lebensmittelladen wurden auf einer Auslage Obst und Gemüse angeboten.

Während Napoleon im Auto wartete, kaufte Lagarde für das Frühstück ein. Eine freundliche Verkäuferin wog Wurst und Käse für ihn ab. Neben der Theke befand sich der Fischstand, wo er frische rosa Crevetten auf gestoßenem Eis entdeckte. Jetzt fehlten noch Eier, gesalzene Butter und Fruchtsaft. In der Bäckerei nebenan besorgte er Baguettes, Croissants, glasierte Fruchttörtchen und Vanillecremeschnitten. Im Zeitschriftenladen holte er sich die Sonntagsausgabe der Tageszeitung *Var-matin*. Für Napoleon hatte er eine Tüte mit Hundekuchen erstanden. Nachdem er vor Hélènes Haus geparkt hatte, bekam der Hund einige von den Leckereien, dann ließ er ihn alleine. Während er durch den Vorgarten ging, schaute das Tier ihm mit hängenden Ohren nach. Er klingelte. Sogleich öffnete Hélène die Haustür. »Bonjour, Philippe.«

»Bonjour, Hélène.«

Sie führte ihn in die Küche. »Es ist schön, dass du mich besuchst. Setz dich doch. Ich habe Kaffee gekocht. Möchtest du eine Tasse?«

»Ja, gerne.«

Als sie zusammen am Tisch saßen, erkundigte sich Lagarde nach ihrem Befinden. Er fand, dass sie sehr mitgenommen aussah. Der schwarze Pullover betonte ihre Blässe. Die Augen erschienen in dem schmalen Gesicht riesig. Eine tiefe Trauer lag in ihnen. Sie sah ihn an und bemühte sich um ein kleines Lächeln. »Es geht mir nicht gut, Philippe, natürlich nicht. Die Beruhigungsmittel dämpfen den Schmerz ein wenig. Ich komme mir vor wie unter einer Nebelglocke. Ich mag mir gar nicht vorstellen, wie ich mich ohne Medikamente fühlen würde.«

Sie trank einen Schluck Kaffee und wechselte das Thema. »Gibt es etwas Neues?«

»Ich möchte gerne den Abschiedsbrief von Georges mit einem anderen Schriftstück von ihm vergleichen.«

»Hat Durand ihn dir ausgehändigt?« Sie war erstaunt.

»Noch nicht. Aber ich denke, ich bekomme ihn heute.«

»Siehst du, mit dir geht er anders um, weil du auch Polizist bist.«

Diese Bemerkung überging Lagarde lieber. »Hast du Briefe von Georges?«

Sie dachte nach. »Vor etwa einem Jahr war er wegen eines Bandscheibenvorfalls in einer Rehaklinik in Hyères. Von dort hat er mir geschrieben. Ich glaube, es waren zwei Briefe und mehrere Ansichtskarten. Damals hat mich das verwundert, weil er mir vorher noch nie geschrieben hatte. Soll ich sie holen?«

»Ja, bitte.«

Hélène ging in den Salon und kam kurz darauf mit einer Mappe zurück. Sie entfernte das Gummiband, öffnete sie und reichte Lagarde die Korrespondenz. Er sah die Schreiben kurz durch. »Darf ich sie mitnehmen?«

»Selbstverständlich. Ich bekomme sie ja wieder.«

In der Mappe befanden sich auch einige Schnappschüsse. »Darf ich einen Blick auf die Fotos werfen?«

»Klar. Georges hat sie zusammen mit den Briefen geschickt. Es handelt sich um seine Nordic-Walking-Gruppe. Nach seinen Schilderungen muss es ein lustiger Haufen gewesen sein. Sie hatten wohl viel Spaß.«

Lagarde betrachtete eine Fotografie genauer. Irgendetwas daran machte ihn stutzig. »Ist es in Ordnung, wenn ich die Bilder auch mitnehme?«

»Ja, bitte.« Sie hinterfragte sein Anliegen nicht. Offenbar war ihr unter dem Einfluss der starken Medikamente auch nicht klar, was eine Nichtübereinstimmung der Handschriften bedeuten könnte. Lagarde war das im Moment ganz recht, und außerdem musste ein Graphologe ihnen zunächst Gewissheit verschaffen.

Hélène sah ihn fragend an. »Wohnst du eigentlich noch im Hotel?«

»Nein, ich wohne bei einem alten Freund in seinem Chalet in den Bergen oberhalb von Bauduen. Aber ich werde dich regelmäßig besuchen und nach dir schauen. Und Odette will dich jeden Tag anrufen.«

Sie lächelte müde. »Das ist lieb. Sie ist doch hoffentlich gut nach Hause gekommen?«

»Ja. Sie war ganz begeistert von dem Flug. Jetzt bereitet sie die Restauranteröffnung vor.«

Hélène nickte erschöpft. Lagarde hatte den Eindruck, dass sie dringend Ruhe brauchte.

»Ich gehe jetzt wieder. Danke für den Kaffee. Warum ruhst du nicht ein wenig aus? Ich glaube, es würde dir guttun.«

»Das mache ich. Mir fallen gleich die Augen zu.«

»Ruf mich jederzeit an, wenn du mich brauchst.«

Sie gaben sich ein Wangenküsschen zum Abschied. Hélène blieb im Türrahmen stehen und winkte, als Lagarde und Napoleon sich auf den Weg zurück zum Chalet machten.

Die Polizeistation in Aiguines war geschlossen. Am Sonntag übernahm abwechselnd eine Gendarmerie den Bereitschaftsdienst. Ein Aushang an allen Polizeidienststellen in der Region rund um den See erklärte Personen, die Hilfe brauchten oder eine Anzeige machen wollten, wo sie sich hinwenden konnten. Die jeweiligen Adressen, Anfahrtsbeschreibungen und Telefonnummern waren ebenfalls aufgelistet. Die Nummer des Notrufes war rot unterlegt.

Claudine Favre stand in der Nähe der Kirche unter einer Platane und sah sich unauffällig um. Sie trug ein schickes pfirsichfarbenes Kostüm, hochhackige Pumps und eine elegante Handtasche. Ein zufällig vorübergehender Passant hätte sie für eine Kirchgängerin gehalten, die ein wenig zu spät zum Gottesdienst kam. Ein Großteil der Gemeinde befand sich in der Kirche, andere saßen beim Aperitif im Bistro. Hausfrauen standen in ihrer Küche und kochten den Sonntagsbraten. Claudine wusste, dass Bruno Durand sich immer sonntags um diese Zeit im »Café Central« aufhielt und mit den Dorfhonoratioren ein Glas Rotwein trank, bevor er zu seiner Mutter zum Mittagessen ging.

Nachdem sie sich überzeugt hatte, dass kein Mensch zu sehen war, überquerte sie die Straße mit raschen Schritten und gelangte über einige Stufen zur Eingangstür der Polizeistation. Noch ein letzter Blick über die Schulter, dann sperrte sie das Schloss auf und schlüpfte in den Korridor. Leise drückte sie die Tür zu, verschloss sie von innen, lehnte sich dagegen und atmete tief durch. Niemand hatte sie gesehen. Sie hatte die erste Hürde überwunden. Ihr Herzschlag beruhigte sich. Sie entriegelte die Tür zum Vorzimmer, ging hinein und schloss wieder ab. Ihr Büro war durch die hereinfallenden Sonnenstrahlen lichtdurchflutet. Staubpartikel tanzten vor dem Fenster. Es war ganz still. Sie wusste, dass sie alleine in dem Gebäude war. Im Obergeschoss befanden sich weitere Büros und ein Sitzungssaal. Der Keller diente als Lagerraum.

Claudine zog das Hängeregister heraus und griff nach der Akte von Georges Lebeau. Sie war nicht da. Hastig ging sie alle Mappen durch. Aber sie hatte sie nicht falsch eingeordnet, sie fehlte tatsächlich. Fieberhaft überlegte sie, wo die Akte sein könnte. Vielleicht hatte Durand sie geholt, um etwas nachzuprüfen, und sie auf seinem Schreibtisch liegenlassen. Er räumte nie etwas weg. Entschlossen sperrte sie die Tür zu seinem Büro auf und trat ein. Eilig sah sie die Unterlagen auf seinem Schreibtisch durch. Darunter befand sich tatsächlich die Akte Lebeau. Claudine war sehr erleichtert, dass sie die Dokumente gefunden hatte. Sie ging die wenigen Blätter durch, bis sie auf den Abschiedsbrief stieß, und nahm ihn aus der Mappe. Der Kopierer wurde eingeschaltet und brauchte endlose Sekunden, bis er betriebsbereit war. Claudine machte drei Kopien. Danach schaltete sie das Gerät wieder aus und heftete das Schreiben korrekt ab. Die Duplikate verstaute sie in ihrer geräumigen Handtasche, die am Garderobenständer lehnte.

Als sie die Mappe zurück auf den Schreibtisch von Durand legte, hörte sie, wie sich ein Schlüssel im Schloss der Vorzimmertür drehte. Claudine erstarrte. Ihr Herz pochte bis zum Hals. In Panik sah sie sich um. Wo konnte sie hin? Die Tür wurde aufgerissen und schwere Schritte kamen direkt auf sie zu. In letzter Sekunde schlüpfte sie hinter die geöffnete Tür des Chefzimmers. Eine andere Möglichkeit, sich zu verstecken, gab es nicht. Sie hielt die Luft an, als Durand sein Büro betrat. Er ging direkt zu seinem Schreibtisch und zog ungeduldig mehrere Schubladen auf. »Wo ist denn meine Lieblingspfeife?«, murmelte er. Er holte etwas aus der Lade, knallte sie zu, verließ den Raum und sperrte die Vorzimmertür ab. Dann hörte Claudine die schwere Eingangstür ins Schloss fallen.

Erleichtert schnappte sie nach Luft und wischte sich die Schweißtropfen von der Stirn. Das war knapp gewesen. Zum Glück hatte er ihre Handtasche nicht bemerkt. Sie lief ins Vorzimmer, nahm ihre Tasche und schloss die Tür von außen zu. Er hatte vergessen, das Eingangsportal zu verriegeln. Durch einen Spalt spähte sie hinaus. Gleich würde der Gottesdienst enden und die Menschen aus der Kirche strömen. Jetzt oder nie. Sie verließ die Polizeistation, versperrte die Tür und huschte um die Ecke. Eine Frau, die sie vom Sehen kannte, stand plötzlich vor ihr und grüßte sie freundlich. Claudine blieb vor Schreck fast das Herz stehen. Die Handtasche an die Brust gepresst, machte sie, dass sie fortkam.

Die vier Männer frühstückten auf der Terrasse vor dem Chalet. Napoleon und Edith dösten einträchtig im Gras unter dem Zitronenbaum. Samy und Pascal machten sich ausgehungert über die Spiegeleier mit Schinken her, die Lagarde zubereitet hatte. Während er weg war, hatten sie einen ausgiebigen Geländelauf durch die hügelige Landschaft unternommen. Etienne blinzelte noch verschlafen, trank schwarzen Kaffee und genoss ein süßes Gebäckstück. Lagarde las die Zeitung.

Plötzlich war aus der Ferne ein Motorengeräusch zu vernehmen, das stetig näher kam. Zwischen Korkeichen tauchte ein Peugeot auf, holperte über den Feldweg und parkte schließlich hinter den anderen Fahrzeugen. Claudine Favre stieg aus und kam zu ihnen auf die Terrasse. Mit einem charmanten Lächeln blickte sie in die Männerrunde. »Bonjour Messieurs! Guten Appetit!«

Samy strahlte. Er fand, dass seine Nachbarin heute Morgen besonders schön aussah. Ihr Lächeln war unwiderstehlich. »Bonjour, Claudine! Was für eine Überraschung! So schnell habe ich nicht mit dir gerechnet. Darf ich dir meine Freunde vorstellen? Etienne, Pascal und Philippe.«

»Den Kommissar habe ich bereits kennengelernt.« Ihre grünen Augen blitzten. »Er hat gestern die Bekanntschaft mit meinem Chef gemacht.«

Lagarde stand auf und bot ihr einen Platz an. »Möchten Sie eine Tasse Kaffee, Madame Favre?«

»Sagen Sie doch Claudine zu mir. Einen Kaffee nehme ich gerne.«

»In Ordnung, Claudine.« Er ging in die Küche, um ein Gedeck für sie zu holen. »Sie können gerne mit uns frühstücken. Greifen Sie zu!«

»Das ist sehr aufmerksam. Aber ein Kaffee genügt mir.«

Lagarde versorgte sie mit Milch und Zucker.

»Danke. Ich kann nicht lange bleiben. Meine Tochter wartet auf mich. Ich habe versprochen, mit ihr auszureiten und am See ein Picknick zu machen.« Sie griff in ihre Handtasche und nahm einige Blätter heraus. »Ich habe den Abschiedsbrief.«

Triumphierend lächelte sie in die Runde.

»Großartig, Claudine!« Samy war begeistert. »Jetzt bin ich gespannt auf den genauen Wortlaut. Soll ich den Brief vorlesen?« Seine Freunde nickten. Er griff nach einem Blatt und las mit lauter Stimme: »*Mein Leben hat keinen Sinn mehr. Verzeiht mir! Georges.*«

»Das ist der ganze Text?«, fragte Lagarde irritiert.

»Ja, das ist alles. Der Text wurde mit einem Computer geschrieben, der Name mit einem Füller.«

Lagarde nahm eine weitere Kopie, studierte sie und schüttelte verständnislos den Kopf. »So eine kurze Botschaft? Für seine Frau und seinen Sohn? Das ist seltsam. Es befindet sich auch kein Datum auf dem Schreiben.«

»Holst du bitte die Briefe, die Hélène dir gegeben hat?«, forderte Pascal ihn auf. »Wir schauen, ob uns etwas auffällt.«

Lagarde holte die Mappe aus seinem Zimmer und legte die Korrespondenz neben den Abschiedsbrief. Sie verglichen die handschriftlichen Namenszüge.

»Schwer zu sagen, ob der Schreiber derselbe ist«, meinte Pascal. »Die Unterschriften weichen in Details voneinander ab. Das ist bei mir zum Beispiel auch so und bei vielen anderen Menschen ebenfalls. Der Grundzug ist der gleiche, aber man nimmt sich minimale Freiheiten heraus. Wenn man in der richtigen Stimmung ist, wird man kreativ. Es ist natürlich auch ungünstig, dass wir nur ein Wort haben, das mit der Hand geschrieben ist.«

»Für mich sehen die Buchstaben ziemlich gleich aus«, bemerkte Etienne.

»Aber sehen Sie mal die Schleife vom G. Da gibt es doch eine kleine Abweichung.« Claudine deutete eifrig mit dem Finger darauf.

»Ja, schon. Aber Pascal hat ja gerade gesagt, dass es

zu individuellen Abweichungen kommen kann, auch wenn es sich um ein und dieselbe Person handelt.«

»So kommen wir nicht weiter«, stellte Lagarde fest. »Wir brauchen einen guten Graphologen.« Hoffnungsvoll sah er Etienne an. Er war schon immer bekannt gewesen für sein weitgesponnenes Netzwerk. Sein Freund enttäuschte ihn nicht. »Ich kenne tatsächlich einen Graphologen, der einen ausgezeichneten Ruf genießt. Er ist mir noch einen Gefallen schuldig. Sein Büro befindet sich in Draguignan. Wir brauchen aber nicht hinzufahren. Ich rufe ihn an und faxe ihm die Briefe. Und ich werde ihn bitten, sich zu beeilen. Wenn er Zeit hat, macht er das für mich.« Fragend sah er in die Runde. »Seid ihr einverstanden?«

»Wenn wir Glück haben, bekommen wir bald eine Antwort«, meinte Samy.

Etienne ging ins Haus, um zu telefonieren und gegebenenfalls ein Fax zu schicken. Nach einigen Minuten kam er zurück. »Es ist alles erledigt. Wir bekommen die Antwort heute Abend.«

»Großartig.« Samy nahm sich das letzte Spiegelei. Claudine trank ihren Kaffee aus und erhob sich. »Ich muss jetzt los. Sarah ist sicher schon ungeduldig.«

Die Männer bedankten sich noch einmal für ihren riskanten Einsatz. Sie begleiteten sie zu ihrem Wagen und winkten, bis er in einer Staubwolke verschwand.

»Eine tolle Frau«, schwärmte Samy.

»Dich hat es ganz schön erwischt, mein Freund«, grinste Pascal. Verlegen lenkte Samy ab. »Und was machen wir jetzt?«

»Wir machen klar Schiff, anschließend fahren wir zum Schrottplatz«, entschied Lagarde.

Sie fuhren nach Bauduen und von dort aus am See entlang nach Sainte-Croix-de-Verdon. Auf dieser Strecke lag ein Campingplatz neben dem anderen in einem lichten Seekiefernwald. Die großzügig angelegten Parzellen für die Wohnmobile und Zelte waren von dichten Hecken zu den Nachbarn hin begrenzt. Man konnte auch Mobilheime mit grünen Fensterläden und einer Veranda aus Holz mieten. Von dort aus hatte man einen schönen Blick auf den Strand, den See und die Berge. Nach fünfzehn Kilometern erreichten sie das Provence-Städtchen Riez, das zwischen terrassenförmig angelegten Olivengärten und Lavendelfeldern lag. Im Sommer produzierten fleißige Bienen Lavendelhonig. Im Winter war die Hochsaison für Trüffelbauern. Sie ernteten die edlen schwarzen Pilze hauptsächlich unter den Steineichen und boten sie, immer mittwochs ab zehn Uhr, auf einem kleinen Markt im »Café de France« an.

Der Schrottplatz befand sich außerhalb von Riez auf einem großen Gelände. Auf der Rückseite wurde er von einem Bach, den hohe Trauerweiden säumten, begrenzt. Vor dem Terrain erstreckte sich eine Wiese mit vertrockneten Grasbüscheln, durch die ein Schotterweg zum Eingang führte. Auf dem Platz gab es zwei Gebäude. Eine geräumige Lagerhalle aus Blechelementen mit einer verschmutzten Fensterfront stand auf der Nordseite. Beide Tore waren geschlossen. Gegenüber lag ein kleineres, hellblau gestrichenes Holzhaus. Die Scheibe eines vergitterten Fensters war teilweise eingeschlagen. Auf der trockenen Erde lagerten Windräder in verschiedenen Größen und Ausführungen neben einem gewaltigen Berg aus Schrottteilen, darunter ausrangierte, teilweise ausgeschlachtete Traktoren. Neben der Schrottpresse erhob sich ein Greifkran. Ein Gabelstapler hatte zwei Unfallwagen aufgeladen und fuhr langsam zu einem Platz, wo sie aufgeschichtet werden sollten. Das Terrain wurde von einem hohen Metallzaun begrenzt, der oben mit einer Stacheldrahtrolle abschloss. Lagarde registrierte, dass der Zaun unter Strom gestellt werden konnte und videoüberwacht war.

Als er seinen Renault Express neben der Lagerhalle parkte, stieg ein Mann von dem Gabelstapler und kam auf sie zu. Es war der Schrotthändler Paul Guitteny, ein mittelgroßer hagerer Mann, der eine blaue Arbeitshose, ein schmutziges T-Shirt und Stiefel mit Stahlkappen trug. Sein gebräuntes Gesicht war von Falten durchzogen, die kurzen grauen Haare standen verschwitzt von Kopf ab. Etienne begrüßte ihn mit Handschlag und stellte seine Begleiter vor.

»Wir wollen uns den Unfallwagen von Georges Lebeau ansehen.«

Guitteny nickte. »Das hast du bereits am Telefon gesagt. Und du bist meinen Fragen ausgewichen. Ihr habt doch nichts Illegales vor?«

»Aber nein. Wo denkst du hin? Uns interessiert das Fahrzeug. Wir werfen einen Blick darauf, dann sind wir wieder weg.«

»In Ordnung. Kommt mit.«

Er führte sie zu der Lagerhalle und entriegelte ein Tor. »Ich habe den Mercedes mit dem Gabelstapler in die Halle gefahren und dort abgeladen.«

»Haben Sie ihn auch aus der Schlucht geborgen?«, wollte Lagarde wissen.

»Nein, das hat eine Spezialfirma gemacht. Dafür braucht man starke Kräne, deren Arme man weit ausfahren kann und die für schwere Gewichte geeignet sind. Aber ich habe zugesehen. Zwei Arbeiter haben sich am Seil des Krans in die Schlucht hinabbefördern lassen und das Wrack an den Vorrichtungen befestigt. Dann wurde es nach oben gezogen und auf meinen Schlepper geladen. Ich habe es dann im Auftrag der Polizei hierher gebracht. Ein Riesenaufwand, das könnt ihr mir glauben.«

Er deutete auf einen silbergrauen zerbeulten Klotz. »Das ist der Unfallwagen von Lebeau. Wenn ein Fahrzeug in eine Schlucht stürzt, ist natürlich nicht mehr viel davon übrig. Im freien Fall prallt das Auto auf

Felsvorsprünge, überschlägt sich und schrammt über schräge Steinflächen. Der Aufprall muss fürchterlich gewesen sein. Der arme Kerl, so einen Tod wünsche ich nicht einmal meinem ärgsten Feind.« Er strich sich den Schweiß von der Stirn. »Schaut euch den Wagen in Ruhe an. Wenn ihr fertig seid, schließt bitte das Tor ab und bringt mir den Schlüssel. Ihr findet mich im Büro.«

Er wandte sich ab und lief über den Hof auf das kleinere Gebäude zu. Die vier Männer traten in die Halle. Lagarde zog das Tor hinter sich zu, um eventuelle Beobachter auszuschließen. Rechts neben dem Eingang befand sich ein Lichtschalter. Neonröhren knisterten, flackerten und leuchteten schließlich den Raum aus. Die vier Männer gruppierten sich um das Wrack. Die Motorhaube des Mercedes war völlig zerstört. Sie hatte sich verbogen und lag auf der zersplitterten Windschutzscheibe. Der Motorblock war eingedrückt, Schläuche und Kabel hingen heraus, der Kühler war zerfetzt. Die Batterie hatte es aus der Verankerung katapultiert. Der rechte Vorderreifen befand sich nicht mehr auf der Achse, der linke hatte seine Form verloren und bildete eine Acht. Die Dacheinfassung hatte sich gelockert und stand in einem stumpfen Winkel ab. Die Vordertüren hatten sich verbogen, die Glasscheiben waren verschwunden. Es war offensichtlich, dass das Fahrzeug mit der vorderen Seite zuerst auf den Grund geprallt war. Das Heck war weit weniger zerstört. Der Kofferraumdeckel war aufgesprungen, Stoßstange und Nummernschild waren zerkratzt. Der Anblick des Wracks war verstörend. Besonders auch deshalb, weil sie die Person gekannt hatten, die darin zu Tode gekommen war.

Pascal spielte gedankenverloren mit seinem Ohrring. Er vergegenwärtigte sich die Komponenten des Unfallherganges und rechnete blitzschnell. »Der Mercedes ist mit einer Geschwindigkeit von bis zu zweihundertdreißig Metern in der Sekunde auf dem Grund der Schlucht aufgeprallt. Da helfen kein Airbag, kein Gurt und kein stabiler Rahmen. Da hilft gar nichts mehr.«

Lagarde blickte in den Innenraum und stellte fest, dass der Airbag wie ein schlaffer Ballon vor dem Lenkrad hing. Auch der Airbag am Beifahrersitz war aktiviert worden. Sie hatten Georges nichts genutzt. Das Handschuhfach war durch den Aufprall in Falten gelegt worden. Die Verschlussklappe stand einen Spalt auf. Er sah sich um und entdeckte auf einer Werkbank ein Stemmeisen. Er holte sich das Werkzeug, beugte sich durch das Beifahrerfenster und hebelte die Klappe auf. Im Fach befanden sich die Betriebsanleitung, der Führerschein und der Fahrzeugschein. Außerdem eine Blechdose mit Bonbons und ein Handy. Sie wunderten sich, dass diese persönlichen Dinge noch im Fahrzeug lagen und die Polizei es nicht für nötig gehalten hatte, das Handschuhfach aufzustemmen. Lagarde umwickelte seine rechte Hand mit einem Taschentuch und holte das Handy heraus.

»Kann man damit noch etwas anfangen?«, fragte er Pascal. Sein Freund ergriff das Gerät, wobei er darauf achtete, das zerbrochene Gehäuse nicht zu berühren. Mit einem Kugelschreiber öffnete er es und besah sich den verbogenen Chip. »Das Handy ist für uns komplett hinüber, nicht aber für Spezialisten. Denen ist es möglich, den gespeicherten Inhalt zu kopieren.« Er seufzte enttäuscht. »Aber das kann dauern. Schade, dass wir auf die Daten nicht sofort Zugriff haben.«

Samy stand hinter dem Heck und betrachtete eingehend das Nummernschild. »Hinter der linken oberen Ecke hat sich ein kleiner Gegenstand verklemmt.« Er trat an die Werkbank und griff nach zwei Schraubenziehern und einem Stück Folie. Vorsichtig zog er damit das Teil hinter dem Blech hervor, deponierte es auf dem Kunststoffrest und legte seinen Fund auf eine Ablage.

»Was ist das?«, fragte Etienne.

»Es ist ein Stück von einem festen Stoff. Er bildet eine kleine Tasche. Darin befindet sich loses, braunes, trockenes Material.«

»Was könnte das sein?«

»Es sieht aus wie Rosshaar.«

»Rosshaar?« Etienne sah Samy verdutzt an.

»Ja. Ich nehme den Fund mit. Wir lassen ihn untersuchen. Womöglich hat er etwas zu bedeuten.«

»Es kann natürlich auch sein, dass dieser Fremdkörper erst nach dem Absturz an das Auto geraten ist«, mutmaßte Lagarde.

»Da hast du recht«, stimmte Etienne ihm zu.

Pascal schwieg, seine Gedanken rasten. Fester Stoff und Rosshaar? Konnte das sein? Wenn seine Hypothese zutraf, hatte jemand einen teuflischen Plan verfolgt. Bei dieser Vorstellung stellten sich die Haare auf seinen Armen auf. Er beschloss, seine Freunde erst in seine Überlegungen einzubeziehen, wenn der Fund untersucht worden war. Er hatte vor, ihn gleich morgen früh per Express nach Paris zu schicken. Ein ehemaliger Kollege von ihm würde ihn so schnell wie möglich analysieren. Auch das Handy mit dem Chip sollte untersucht werden.

Schließlich machte er zahlreiche Fotos vom Autowrack. Als er fertig war, verließen sie die Halle und verriegelten das Tor gewissenhaft. Etienne holte den Armagnac aus dem Renault und lieferte ihn zusammen mit dem Schlüssel im Büro ab. Der Schrotthändler freute sich sehr über den edlen Tropfen und lud ihn zu einem Glas ein. Doch Etienne lehnte ab, bedankte sich für die Hilfe und bat ihn, den Unfallwagen noch nicht zu entsorgen, sondern trocken zu lagern. Schließlich verabschiedete er sich. Er wollte zu seinen Freunden zurück und weiterermitteln. Das Jagdfieber hatte ihn bereits fest im Griff. So wie früher.

Als die Sonne hinter den Bergen verschwand, stand Lagarde in der Küche und schwenkte die Crevetten in Butter und Knoblauch. Verführerischer Duft breitete sich aus. Edith saß auf der Fensterbank und ließ die Meeresfrüchte nicht aus den Augen. Er hatte eine Crevette geschält und sie damit gefüttert, jetzt wollte sie mehr. Als Vorspeise gab es Chicorée. Er hatte ihn blanchiert und in eine Auflaufform geschichtet. Jetzt dünstete das Gemüse in einem Sud aus Olivenöl und Zitronensaft im Backofen. Den Käse hatte er zusammen mit halbierten Feigen auf einem Holzbrett angerichtet. So konnte er sein Aroma entfalten. Als Dessert würde es Mousse au Chocolat geben. Etienne hatte einen Sancerre kalt gestellt.

Als die Männer ihr Abendessen genossen hatten, tranken sie auf der Terrasse einen Mokka. Birkenscheite loderten im Kamin. Aus einem Lautsprecher ertönte leise die Stimme von Edith Piaf, die *Milord* sang. Napoleon lag unter dem Tisch und schnarchte kaum hörbar. Plötzlich fuhr er auf und spitzte die Ohren.

»Was hat er denn?«, fragte Samy.

Etienne zuckte die Schultern. »Vielleicht ist eine Maus unter den Holzdielen vorbeigehuscht.«

Napoleon erhob sich und verschwand im Haus. Sein Herrchen stand auf und folgte ihm. »Ich sehe mal nach, was ihn aufgeschreckt hat.«

Kurz darauf kam er zurück, wedelte mit einigen

DIN-A4-Blättern und lachte. »Er hat das Rattern des Faxgerätes gehört. Der Graphologe hat seine Untersuchungsergebnisse geschickt. Jetzt bin ich aber mal gespannt.«

»Liest du uns das Wesentliche vor?«, bat Lagarde ihn.

»Aber gerne.« Etienne setzte sich an den Tisch, räusperte sich und las mit sonorer Stimme vor, was der Wissenschaftler herausgefunden hatte.

»Beim Vergleich der beiden Unterschriften fallen drei Abweichungen im Abschiedsbrief auf. Das G ist mit dem E verbunden. Die Schleife vom S ist dicker und runder, und sie ist gerade und nicht gekippt.

Ich gehe zu neunundneunzig Prozent davon aus, dass die Unterschrift auf dem Abschiedsbrief gefälscht ist. Der Fälscher hat sich nicht einmal besondere Mühe gegeben.« Verblüfft hielt Etienne inne und sah seine Freunde an. Dann fuhr er fort.

»Die Persönlichkeitsanalysen aufgrund des Schriftbildes erfolgen unter Vorbehalt, es sind immer eher Interpretationen und Deutungen anstatt harter Fakten. Das ist so bei dieser Wissenschaft. Erschwerend kommt hinzu, dass der Fälscher nur das eine Wort, nämlich den Vornamen Georges, geschrieben hat. Dazu möchte ich noch anmerken, dass Selbstmörder ihre Abschiedsbriefe in den allermeisten Fällen handschriftlich verfassen, da ihnen der Computer zu unpersönlich ist.

PERSÖNLICHKEITSANALYSE GEORGES LEBEAU:

Positive Lebenseinstellung
Abenteuerlust
Kommunikationsstärke
Leidenschaftlicher Charakter
Hohe Intelligenz
Ausgeprägtes Urvertrauen

PERSÖNLICHKEITSANALYSE FÄLSCHER:
(Aufgrund der Ergebnisse gehe ich zu fünfundneunzig Prozent von einem männlichen Verfasser aus)

Psychische Belastung
Hang zu Gewalt
Verdränger
Hohe Intelligenz
Strategisches Denken«

Nachdem Etienne geendet hatte, herrschte zunächst Schweigen. Man hätte eine Stecknadel fallen hören können. Lagarde fasste sich als Erster wieder. »Wenn der Graphologe recht hat, wurde der Abschiedsbrief auf einem Computer geschrieben und die Unterschrift von Lebeau gefälscht. Dann hat jemand dessen Firma aufgesucht und das Schreiben auf Lebeaus Schreibtisch unter einen Stapel Rechnungen gelegt. Dort hat Georges' Sekretärin später den Brief gefunden.«

»Wir müssen mit ihr reden, ob ihr etwas aufgefallen ist«, entschied Samy. »Vielleicht hat sie jemanden gesehen, der in der Firma eigentlich nichts zu suchen hatte.«

Lagarde nickte. »So ein Gespräch kann Hélène sicher arrangieren.«

Pascal hatte nachgedacht und meldete sich zu Wort. »Es gibt nur eine Möglichkeit. Der Fälscher wollte einen Selbstmord vortäuschen. In Wirklichkeit hat er Georges Lebeau getötet. Das würde auch zu meiner Hypothese passen, dass der Mercedes in die Schlucht geschoben wurde.« Er blickte mit ernster Miene in die Runde. »Der Fälscher ist der Mörder von Lebeau. Jetzt müssen wir ihn nur noch finden.«

»Das Psychogramm, das der Graphologe über den Fälscher angefertigt hat, unterstützt diese These«, bemerkte Etienne. »Die Persönlichkeit weist Merkmale auf, die durchaus als pathologisch gelten können. Schade, dass wir nicht den Originalbrief haben. Da sind vielleicht Fingerabdrücke darauf.«

»Wir müssen das Motiv herausfinden«, bemerkte Lagarde. »Es wird uns zum Täter führen.«

Darin waren sich alle einig.

Als Lagarde in die Küche ging, um noch eine Flasche Wein zu holen, fiel sein Blick auf eine gerahmte Fotografie, die auf der Kommode im Salon stand. Sie zeigte Etienne in Jagdkleidung, mit einem Gewehr über der Schulter. Neben ihm saß Napoleon und blickte in die Kamera. Diese Aufnahme erinnerte ihn an die Fotos, die Georges seiner Frau geschickt hatte. Irgendetwas daran hatte ihn stutzig gemacht.

Er nahm den Sancerre aus dem Kühlschrank und entkorkte ihn. Anschließend ging er in sein Zimmer und holte die Mappe mit den Unterlagen, die ihm Hélène zur Verfügung gestellt hatte. Zurück auf der Terrasse, schenkte er Wein nach und legte die vier Schnappschüsse in einer Reihe auf den Tisch. »Georges Lebeau war vor einem Jahr in einer Rehaklinik in Hyères. Dort wurden die Schnappschüsse gemacht. Sie zeigen ihn mit seiner Nordic-Walking-Gruppe. Fällt euch bei den Fotos etwas auf?«

Samy und Etienne studierten sie sorgfältig und schüttelten dann die Köpfe.

»Nein«, antwortete Samy. »Die Gruppe macht einen entspannten Eindruck. Sie haben zusammen Sport gemacht, wie das in solchen Kliniken üblich ist. Was soll damit sein?«

Pascal griff nach einer Aufnahme und betrachtete sie mit höchster Konzentration. »Schaut euch die Gruppe genau an. Drei Frauen, vier Männer. Alle in lockerer Runde versammelt. Nur die eine Frau, diese hübsche kleine Rothaarige, steht ganz dicht bei Lebeau. Seht euch das Lächeln an, mit dem sie zu ihm aufblickt. Das sieht verliebt aus, finde ich, und sie bewundert ihn. Achtet auf die Hände! Man sieht sie nicht. Wo sind seine linke und ihre rechte Hand? Es würde mich nicht wundern, wenn die beiden hinter dem Rücken Händchen halten.«

Lagarde war verblüfft über diese These. Noch einmal sah er das Foto genau an. Pascal könnte recht haben. Wahrscheinlich war es das, was ihn beschäftigt hatte. »Ich bin beeindruckt«, sagte er.

»Das hat mit dem Blickwinkel zu tun«, erklärte Pascal. »Man nimmt primär die lustige Truppe wahr und achtet nicht auf jedes Detail. Dazu gibt es ja normalerweise auch gar keinen Grund. Und Schnappschüsse von Urlauben, Reha-Aufenthalten, Wochenendausflügen und so weiter interessieren eigentlich immer nur die Personen, die dabei waren und die abgebildet sind. Alle anderen schauen nicht genau hin, weil es sie nicht wirklich interessiert.«

»Du vermutest also, die beiden waren ein Liebespaar?«

»Möglicherweise. Ich bin ja kein Hellseher, und vielleicht halten sie sich nicht an den Händen. Oder sie sind eben doch ein Liebespaar. Solche Verbindungen werden auf Kuren häufig eingegangen. Das finde ich erstaunlich.«

»Odette hat immer gesagt, dass Hélène und Georges sich lieben.«

»Das eine schließt doch das andere nicht aus«, entgegnete Etienne. »Befreit von Alltagszwängen kommen manche Menschen eben auf solche Ideen.«

»Der Graphologe hat von Abenteuerlust und einem

leidenschaftlichen Charakter gesprochen«, merkte Samy an.

»Wie können wir herausfinden, wer die Frau ist?«, fragte Lagarde in die Runde. »Wir bekommen keinen Durchsuchungsbeschluss und daher auch keine Auskunft von der Rehaklinik.«

»Kann ich mal deinen Computer benutzen, Etienne?«, fragte Pascal.

»Ja, natürlich.«

»Hast du ein Passwort?«

»Nein.«

»Das solltest du aber haben.«

»Man sieht ja an dir, wie nützlich das ist«, grinste Etienne.

Pascal sammelte die Fotos ein. »Bis gleich.«

Nach zwanzig Minuten kam er zurück auf die Terrasse. »Die Frau heißt Yvonne Villani, ist zweiunddreißig Jahre alt, verheiratet mit Roger Villani. Das Ehepaar hat zwei Söhne im Alter von acht und elf Jahren. Die Familie wohnt in Collobrières. Das ist ein Städtchen im Maurischen Gebirge.«

»Wie hast du das so schnell herausgefunden?«, wollte Samy wissen.

»Am längsten hat es gedauert, das Passwort der Rehaklinik zu knacken. Danach war es ganz einfach. Die Daten sind natürlich alle digitalisiert. Die Patienten werden bei der Aufnahme fotografiert. Das Foto kommt in einen Ausweis, den sie immer bei sich tragen müssen. Ebenso befindet es sich in der Patientenakte. Ich wusste das genaue Datum des Aufenthaltes, weil es hinten auf dem Foto steht. Also bin ich die Patientenakten nach dieser Vorgabe durchgegangen. Glücklicherweise waren sie nach Geschlecht getrennt. In diesem Zeitraum haben siebenundsechzig Frauen eine Reha gemacht. Anhand der Fotografie habe ich die Person rasch gefunden.«

»Gute Arbeit«, lobte Lagarde ihn. »Die virtuelle Spur kann doch nicht zu Etiennes Computer zurückverfolgt werden?«

»Aber nein, wo denkst du hin? Dafür habe ich selbstverständlich gesorgt.«

»Weißt du, welche Information noch interessant für uns wäre?«

»Was willst du denn wissen?« Pascal grinste.

»Besaß Georges Lebeau noch weiteres Eigentum neben seinem Haus in Bauduen und der Firma, eine Wohnung zum Beispiel?«

»Gib mir ein paar Minuten Zeit.« Pascal ging erneut in Etiennes Arbeitszimmer.

Er kam mit einem Notizzettel zurück und setzte sich wieder zu seinen Freunden. »Laut Grundbuchregister besitzt er eine Jagdhütte in der Nähe von Moustiers-Sainte-Marie, die er von seinem Vater geerbt hat. Außerdem gehört ihm ein Appartement in Lorgues. Er hat es erst vor einem Jahr gekauft.« Pascal entfaltete eine Landkarte, die er aus dem Arbeitszimmer mitgebracht hatte, und legte sie auf den Tisch. »Schaut mal! Das Dorf Lorgues liegt fast exakt in der Mitte zwischen Collobrières und Bauduen. Wenn das nicht interessant ist. Man hat nicht weit zu fahren, und dennoch kennt einen niemand.«

Lagarde nickte. »Danke, Pascal. Das ist tatsächlich hochinteressant. Darum werden wir uns morgen kümmern.«

Das war das Stichwort für Etienne. Er trank sein Glas aus und gähnte. »Ich gehe ins Bett. Es ist schon spät.«

Seine Freunde schlossen sich ihm an.

KASTANIENFEST

Der Betrieb von Georges Lebeau lag unweit des Bergdorfes Trigance. Die Häuser, idyllisch am Hang gelegen, waren sorgfältig restauriert worden, so dass sie ihren ursprünglichen Charme bewahrt hatten. Der weiße Turm der Kirche Saint-Michel erhob sich über den Dächern. Auf einem Felsen thronte eine mittelalterliche Burg, die jetzt ein Hotel beherbergte.

Lagarde und Pascal hatten die Route gewählt, auf der Lebeau jeden Morgen, oft sogar am Sonntag, zu seinem Betrieb gefahren war, und die am Balkon von Mescla vorbeiführte.

Vom Dorf aus führte eine breite asphaltierte Straße zum weitläufigen Gelände der Hoch-Tiefbau-Firma, die zwischen Bergausläufern, Nadelwäldern und Wiesen lag. Werkstätten, Lagerhallen und Garagen befanden sich rechter Hand. Auf dem Terrain reihten sich Lastwagen, Bagger, Anhänger und Kräne. Außerdem gab es Spezialgeräte für den Tiefbau und den Straßenbau, Walzen und Kabelwinden. Auf der Südseite erhob sich das Verwaltungsgebäude. Die einstöckige Villa war vanillegelb gestrichen und hatte eine überdachte Terrasse, die zwei Seiten des Hauses einnahm.

Es war ein einmalig schönes Bürogebäude, eigentlich mehr ein Wohnhaus.

Lagarde stellte sein Auto auf dem Parkplatz direkt vor dem Gebäude ab. Pascal und er stiegen aus und liefen über einen gepflasterten Weg zur Eingangstür. Die Freunde hatten beschlossen, dass nur zwei von ihnen das Gespräch führen sollten. Sie konnten nicht überall zu viert auftreten.

Mitten im Eingangsbereich stand ein großer gläserner Schreibtisch auf den weißen Marmorfliesen. Dahinter saß eine junge attraktive Frau, die konzentriert auf den Bildschirm ihres Laptops blickte. Sie hatte dunkelblaue Augen und feine Gesichtszüge, die von einem dunkel glänzenden, perfekt geschnittenen Pagenkopf umrahmt wurden. Auf dem Namensschild, das an die Bluse geheftet war, stand *Gemma.* Als sie die Besucher bemerkte, schenkte sie ihnen ein bezauberndes Lächeln.

»Bonjour Messieurs! Sie sind bestimmt die Herren, die Hélène angekündigt hat. Sie hat mich angewiesen, Ihnen jede Frage zu beantworten, soweit ich es kann. Gegebenenfalls soll ich einen zuständigen Mitarbeiter rufen. Es geht um Georges, hat sie gesagt.« Ihre Augen wurden dunkel vor Kummer. »Gehen wir doch in einen Besprechungsraum, wo wir ungestört reden können.«

Die Männer folgten ihr in ein angrenzendes Zimmer. Sessel aus anthrazitgrauem Leder gruppierten sich um einen flachen Tisch aus Korkeiche. Darüber schwebte ein gewaltiger Lüster, gebaut aus unzähligen Lähmeisen. Diese heimtückischen Krallen waren früher um das Gelände der Burg verstreut worden, wenn ein feindlicher Angriff zu befürchten war. Die Pferde traten auf die Eisen, wurden verletzt und brachen zusammen. Dieser Leuchter war sicherlich sehr wertvoll. Große Gemälde in kräftigen Farben zierten die Wände.

»Nehmen Sie doch bitte Platz«, forderte Gemma sie auf. »Darf ich Ihnen etwas zu trinken anbieten? Kaffee, Tee, Mineralwasser?«

Lagarde und Pascal lehnten dankend ab. Gemma wischte sich rasch eine Träne von der Wange. »Entschuldigen Sie bitte. Der Tod von Georges ist mir sehr nahegegangen. Er ist uns allen hier sehr nahegegangen. Er war ein wundervoller Chef, und er hat darauf bestanden, dass Gäste immer bewirtet werden. Eine Geste der Höflichkeit, hat er gesagt. Und wenn es nur Wasser und ein Teller mit Keksen war.«

»Es ist wirklich nicht nötig«, versicherte Lagarde. »Danke, dass Sie bereit sind, mit uns zu sprechen.«

»Gerne.«

»Welche Funktion haben Sie in der Firma?«

»Ich bin Empfangsdame und die persönliche Sekretärin von Georges.« Sie schluckte. »Jetzt natürlich nicht mehr.«

»Wer leitet den Betrieb nach Lebeaus Tod?«

»Marc, ein Hoch-Tiefbau-Ingenieur. Er war die rechte Hand von Georges und kennt die Firma sehr gut. Es ist eine Interimslösung, bis die Nachfolge geklärt ist. Ich denke, Hélène wird einen Geschäftsführer einsetzen.«

»Wir haben um ein Gespräch gebeten, weil wir an der Selbstmordtheorie der Polizei berechtigte Zweifel haben.«

Gemma erschrak und hielt sich die Hand vor den Mund.

»Sie meinen, es war kein Selbstmord?«

»Wir ziehen es in Erwägung. Deshalb die Frage: Hatte Lebeau Feinde?«

Die Sekretärin dachte nach. »Nein, ich glaube nicht. Georges war sehr beliebt.«

»Und in seiner Funktion als Unternehmer? Gab es Ärger mit dem Wettbewerb oder mit Kunden?«

»Warten Sie. Kurz vor seinem Tod hatte er einen fürchterlichen Streit mit einem Bauunternehmer. In seinem Büro. Ich habe jedes Wort verstanden. Es ging um eine Ausschreibung, an der unsere Firma und auch dieser Unternehmer teilgenommen hatten, eine Riesengeschichte. Es ging um Fels-, Hang- und Böschungssicherung. Ein großes Thema hier in der Gegend, wie Sie sich denken können. Sehr lukrativ. Es ging um sechs Millionen Euro ohne die Kosten für die endgültige Ausführung. Sie ist noch in Planung, und Georges hat den Zuschlag bekommen. Der Bauunternehmer hat ihm vorgeworfen, Mitglieder des Gemeinderates mit Luxusreisen bestochen zu haben.«

»War da was dran? Sie können es uns ja jetzt sagen, wenn Sie etwas wissen. Es ist natürlich vertraulich, aber sehr wichtig und hilfreich für uns.«

»Nein, da war nichts dran.« Gemma schüttelte energisch den Kopf. »Solche unsauberen Geschäfte hätte Georges nie gemacht.«

»Wie lautet der Name dieses Bauunternehmers, und wo befindet sich sein Betrieb?«

»Lucien Deveraux. Er hat eine Firma in Draguignan.«

»Danke.« Lagarde machte sich Notizen. »Wie ging der Streit aus?«

»Deveraux hat ihm gedroht, ihn in die Schlucht zu stoßen, wenn er noch einmal mit Bestechung arbeiten würde. Georges hat ihn daraufhin hinausgeworfen.«

»Wenn die Selbstmordtheorie nicht stimmt, muss jemand den Brief auf den Schreibtisch von Lebeau gelegt haben. Er ist vor vierzehn Tagen verunglückt. Ist Ihnen jemand aufgefallen, der sich zu dieser Zeit im Gebäude aufgehalten hat, hier jedoch nicht unbedingt etwas zu suchen hatte?«

Gemma überlegte. »Nein, nicht dass ich wüsste. Wissen Sie, bei uns stehen alle Türen offen. Georges bevorzugte eine zwanglose Arbeitsatmosphäre, man konnte jederzeit in sein Büro kommen und mit ihm sprechen. Ich bin auch häufig nicht an meinem Platz.

Da könnte jeder durch die Empfangshalle und zu seinem Schreibtisch gehen. Ich habe dann etwas in der Buchhaltung im ersten Stock oder im Archiv im Keller zu erledigen. Manchmal bin ich auch auf dem Gelände unterwegs, wenn es mit den Arbeitern etwas zu besprechen gibt.«

»Ich verstehe. Können Sie uns das Büro von Georges zeigen?«

»Selbstverständlich. Kommen Sie bitte mit.« Gemma führte sie zurück in die Empfangshalle, vorbei an einem Büro mit vier Schreibtischen, die verwaist waren, und dann weiter in ein anschließendes Zimmer. Es war groß, hell und mit schlichten Möbeln eingerichtet. Nur der überdimensionale Schreibtisch war aus einem wertvollen Tropenholz gefertigt.

»Auf diesem Tisch haben Sie den Abschiedsbrief gefunden?«, erkundigte sich Pascal.

»Ja, einige Tage nach seinem Tod. Davor war ich krankgeschrieben. Der Verlust hat mich psychisch sehr belastet.«

Interessiert runzelte Lagarde die Stirn. Pascal besah sich das Fenster, dessen linker Flügel offen stand. Das Rollo war bis zur Hälfte heruntergelassen. »Wird das Fenster häufiger geöffnet?«

»In der warmen Jahreszeit steht es immer offen. Georges wollte frische Luft in seinem Büro.«

»Aber nach Feierabend wird es doch geschlossen?«

»Nun ja. Manchmal auch nicht. Georges hat oft vergessen, es zu schließen. Und ich habe auch nicht immer nachgesehen.«

»Hatten Sie keine Angst, dass eingebrochen wird?«

»Nein. Wirklich wertvoll in der Villa ist nur der Lüster, und der ist mit einer Alarmanlage gesichert. Im Safe befinden sich nie größere Geldbeträge und auch keine wichtigen Unterlagen. Dafür haben wir einen Tresor bei der Crédit Agricole in Aiguines. Die wirklichen Werte stehen auf dem Firmengelände, und das ist videoüberwacht.«

»Das Fliegengitter sitzt schief«, stellte Pascal fest.

»Ja, die Magnete sind zu schwach. Deshalb fällt es bei starkem Wind herunter. Georges wollte sie schon lange auswechseln, aber er war immer zu beschäftigt. Und wenn es eine Zeitlang nicht heruntergefallen ist, wurde es wieder vergessen.«

Pascal sah aus dem Fenster und betrachtete den Garten. Der Rasen war frisch gemäht. Auf dem Beet unter dem Fenstersims entdeckte er einen Fußabdruck. Deutlich zeichnete er sich auf der trockenen Erde ab. Er machte Lagarde darauf aufmerksam. »Vor zwei Wochen hat es manchmal nachts genieselt.«

»Kannst du einen Abdruck nehmen und ihn untersuchen lassen?«, fragte der Kommissar.

»Klar. Ich komme später noch mal her.«

Lagarde wandte sich an die Sekretärin. »Vielen Dank für Ihre Hilfe, Madame Gemma. Jetzt habe ich nur noch zwei Fragen. «

»Ja?«

Freundlich lächelte sie ihn an.

»Wie es scheint, halten Sie hier alleine die Stellung. Wo sind denn die anderen Angestellten oder Mitarbeiter?«

»Sie sind alle beim Mittagessen in der Kantine. Georges wollte immer, dass wir zusammen essen. Ein kollegiales Betriebsklima war ihm sehr wichtig. Ich bin nur geblieben, um mit Ihnen zu reden.«

»Das ist sehr nett, vielen Dank.«

»Keine Ursache. Wenn Sie mit den Kollegen aus der Verwaltung sprechen wollen, führe ich Sie gerne in die Kantine.«

»Das ist nicht nötig. Schließlich ermitteln wir nicht offiziell, wir sammeln nur Informationen.«

»Ich verstehe. Dann beantworte ich Ihre letzte Frage und schließe mich den Kollegen an. Eine Tasse Kaffee würde mir guttun.«

Lagarde musterte sie mit ernster Miene. Er musste wissen, ob seine Vermutung zutraf.

»Sie hatten ein Liebesverhältnis mit Georges Lebeau, nicht wahr?«

Ihre Gesichtszüge erstarrten. Dann brach sie in Tränen aus und sank auf einen Sessel. »Sie haben recht«, schluchzte sie verzweifelt. »Georges und ich haben uns geliebt. Er wollte sich scheiden lassen und mich heiraten.«

»Und was ist dann passiert?«

»Er hat mich vor einem Jahr verlassen, ganz plötzlich. Gleich nachdem er aus der Reha zurückgekommen war. Ich habe keine Ahnung, warum. Er hat gesagt, er könne es mit seinem Gewissen nicht länger vereinbaren, Hélène zu betrügen. Aber das habe ich ihm nicht geglaubt. Immer habe ich gehofft, dass er es sich anders überlegt, und jetzt ist er tot. Er war meine große Liebe.«

Sie ließ ihren Tränen freien Lauf. Lagarde legte ihr tröstend eine Hand auf die bebende Schulter. »Das tut mir leid, Madame Gemma. Wir lassen Sie jetzt alleine. Wenn Ihnen noch etwas einfällt, rufen Sie mich an.« Er legte eine Visitenkarte auf den Schreibtisch.

»Merci, Madame Gemma. Au revoir.«

Die Männer verließen die Villa und gingen zum Parkplatz. Dort trafen sie auf einen Bauarbeiter, die gedrungene Gestalt steckte in einem Blaumann mit dem Firmenlogo über der Brust. Ein gelber Schutzhelm saß auf seinem Kopf. Lagarde grüßte ihn freundlich und beschloss, die Gelegenheit zu nutzen. »Wir haben gerade mit Madame Gemma über Ihren Chef gesprochen. Wie war er denn so?«

»Er war ein toller Chef. Man konnte immer mit ihm reden. Wir sind alle tieftraurig über seinen Tod.«

»Das kann ich mir gut vorstellen.«

»Er hat für uns gesorgt. Wenn man Probleme hatte, konnte man zu ihm kommen, und die Bezahlung ist sehr gut. Das Essen in der Kantine ist kostenlos.

Eigentlich ist es keine Kantine, sondern ein richtiges Restaurant. Es gibt jeden Tag zwei Menus zur Auswahl.«

»Danke, Monsieur. Einen schönen Tag noch!« Lagarde wandte sich ab und ging zu seinem Auto. Der Bauarbeiter sah ihm nach, kratzte sich am Kopf und fragte sich, mit wem er da eigentlich gesprochen hatte. Achselzuckend marschierte er auf die Villa zu. Er wollte zu Madame Gemma und ihr eine Frage zu seiner Lohnabrechnung stellen.

Sie fuhren über die Zufahrt zur Hauptstraße.

»Wie bist du denn darauf gekommen?« Pascal war sichtlich verblüfft.

»Auf das Liebesverhältnis?«

»Ja.«

»Madame Gemma schien mir sehr mitgenommen von Lebeaus Tod, zu sehr für eine Sekretärin. Und sie hat ihn blind verteidigt.«

»Da wäre ich nie draufgekommen.«

Lagarde grinste. »Jeder in unserem Team hat seine speziellen Fähigkeiten. Mir ist das schiefe Fliegengitter nicht aufgefallen.«

Nach einer guten Stunde erreichten die Männer Lorgues. Die südfranzösische Kleinstadt lag inmitten von Olivenbaumhainen. Im zwölften Jahrhundert war sie von den Tempelrittern gegründet worden, was man noch an den hohen Mauern und den befestigten Toren erkennen konnte. Das Appartement von Georges Lebeau lag in der Nähe des prunkvollen Place du Revelin, in dessen Mitte sich ein barocker Brunnen erhob. Lagarde fand einen freien Platz vor einer Kunstgalerie, stieg aus und zog einen Parkschein, den er gut sichtbar auf das Armaturenbrett legte. Pascal und er überquerten den Platz, auf dem geschäftiges Alltagstreiben herrschte. Die Nachmittagssonne brannte vom Himmel. Kein Lüftchen regte sich. Doch unter den Laubkronen der Platanenallee konnten Einheimische und Touristen bei angenehmen fünfundzwanzig Grad zwischen den Marktständen flanieren. Auf einem rechteckigen Sandplatz spielten Rentner mit Schiebermützen Boules. Ihre Hunde lagen hechelnd im Schatten.

Die beiden Männer bogen links in die Rue des Mimosas, die Mimosenstraße, ab und standen nach fünfzig Metern vor der Nummer 21. Es handelte sich um ein älteres zweistöckiges Haus, das in einem Zartrosa gestrichen war. Im Parterre befand sich eine Bar Tabac. Davor saßen um einen runden Tisch drei Männer im Schatten der Sonnenschirme, lasen Zeitung und tranken Pastis. Die lavendelblauen Faltfensterläden im ersten Stock waren geschlossen. Rechts von der Bar war die Eingangstür, aus geschnitzten Holzkassetten zusammengesetzt und von einem weißen Marmorbogen eingerahmt. Darüber befand sich ein steinernes Vordach.

Lagarde und Pascal schlenderten auf den Eingang zu. Der Kommissar griff nach der schmiedeeisernen Klinke und drückte sie nach unten. Die Tür war unverschlossen. Schon befanden sie sich im dämmrigen Flur. Der graue Putz oberhalb der vergilbten Fliesen wies Risse auf und bröckelte ab. An der linken Wand war ein Plakat mit Klebestreifen befestigt. Es warb für die *Fêtes de la Châtaigne*, das Kastanienfest in Collobrières, das im Oktober stattfinden würde. Auf dem Bild rauchten an allen Ecken Feuerstellen, und Köche ließen die Früchte in Eisenpfannen tanzen.

Am Ende des Korridors befand sich eine schmale Tür mit einem Glasfenster, durch die man in den Hinterhof gelangte. Rechter Hand führte eine Holzstiege in den ersten Stock. Die Männer gingen hinauf. Die Stufen knarrten bei jedem Schritt. Neben der Wohnungstür gab es ein Messingschild mit den Initialen *G.L.* und daneben eine Klingel. Lagarde drückte auf den Knopf, und ein dezenter Ton war aus der Wohnung zu vernehmen. Niemand öffnete. Der Kommissar lauschte kurz. Dann holte er ein schmales Etui aus der Hosentasche, in dem sich ein vierteiliges Türfallen-Öffnungsnadel-Set befand. Nach wenigen Sekunden war die Wohnungseingangstür geöffnet. Rasch traten sie ein und zogen die Tür leise hinter sich zu.

In der Wohnung roch es muffig, so als ob schon längere Zeit nicht mehr gelüftet worden war. Von der Diele gingen links zwei Zimmer ab, deren Türen offen standen. Aufgrund der geschlossenen Fensterläden herrschte Dämmerlicht. Der erste Raum war der Salon. Auf den Dielen lag ein cremefarbener Teppich. Pascal besah sich den Inhalt einer Kommode. In den Schubläden befanden sich einige Zeitschriften. Die neueste Ausgabe, ein Modejournal, war drei Wochen alt. Ansonsten war die Kommode leer. Im anschließenden Raum war das Schlafzimmer untergebracht. Ein französisches Bett stand an der Stirnseite. Kissen und Decken waren mit schwarzer Bettwäsche aus Satin überzogen. Das Laken bestand aus dem gleichen schimmernden Material. Auf dem Tisch gegenüber befanden sich ein großer Flachbildfernseher und ein DVD-Player. Lagarde studierte die Titel und Bilder auf den DVD-Hüllen. Es handelte sich ausschließlich um Softpornos.

Zwischen den beiden Fenstern prangte ein großes Poster in einem Goldrahmen. Darauf abgebildet war eine fast nackte Yvonne Villani in verführerischer Pose. Sie trug nur einen Strumpfhalter, Netzstrümpfe und Lackstiefel. Die schwarze Reizwäsche betonte ihre milchig weiße Haut und die feuerroten Haare. Pascal fand die Abbildung gelungen und sehr erotisch. Unter der Fotografie stand ein weißes Sideboard, in dessen oberster Schublade Sexspielzeuge und Dessous in jeder erdenklichen Art lagen. Es gab Handschellen, Vibratoren sowie Softpeitschen in verschiedenen Farben und Ausführungen. Bondageketten mit Karabinerhaken, Seile, Spreizstangen aus Edelstahl, Knebel, Halsbänder und einige noch nicht ausgepackte Sets aus Leder und Stoff komplettierten die Sammlung. Auf dem Schränkchen standen einige gerahmte Schnappschüsse, die Georges Lebeau und Yvonne Villani in Sportkleidung und mit Nordic-Walking-Stöcken zeigten. Anscheinend waren es Bilder aus der Reha, wo sie sich kennengelernt hatten. Das Paar hatte die Arme umeinandergelegt und lachte in die Kamera. Auf einem Foto küssten sie sich. Die Sportgruppe hatte demnach von ihrer Liaison gewusst und sie gedeckt. Sie gingen über den Flur in die Küche, in die durch das Hoffenster Licht hereindrang. Sie war aufgeräumt, der Geschirrkorb war leer, und die Spüle blitzte. Auch der Abfalleimer war geleert worden. Im Kühlschrank befanden sich zwei Flaschen Champagner, ein Glas Himbeermarmelade und eine Dose mit einem Stück Butter. Auch im Küchenschrank fanden sie nichts Auffälliges.

Das Bad war bis zur Decke hell gefliest und verfügte über eine große Eckbadewanne. Auf dem Rand reihten sich Flaschen mit Badesalz und Massageöl. In einem Korb lagen flauschige Schwämme, und an einem Haken an der Tür hingen zwei sonnengelbe Bademäntel. Lagarde und sein Freund sahen sich an. »Ein Liebesnest«, stellte Pascal fest. »Sie waren anscheinend immer nur für kurze Zeit hier, denn in der ganzen Wohnung gibt es keine Kleidungsstücke außer der Reizwäsche.«

Lagarde nickte. »Hier haben sich die beiden heimlich getroffen, um ihre Liebe zu leben.« Er seufzte. »Wie soll ich das bloß Hélène beibringen?«

»Wenn es sich vermeiden lässt, überhaupt nicht.«

»Da hast du recht. Aber sie wird die Wohnung wahrscheinlich erben. Lass uns gehen, hier gibt es nichts mehr zu sehen.«

Sie verließen das Appartement, und Lagarde zog die Eingangstür wieder zu.

Gerade, als sie den Treppenabsatz erreicht hatten, öffnete sich die Haustür. Eine alte Dame trat in den Flur und betätigte den Lichtschalter. Sie war klein und zierlich, ihr kurzes Haar war kunstvoll onduliert und schimmerte silbern. Sie trug ein altrosafarbenes Kostüm. Als sie die beiden Männer auf der Treppe bemerkte, fuhr sie erschrocken zusammen. Drohend erhob sie ihren Spazierstock. »Was machen Sie hier in meinem Haus? Ich rufe die Polizei!«

Lagarde hob beschwichtigend die Hände. »Entschuldigen Sie bitte, Madame. Wir wollten Sie nicht erschrecken, und wir sind auch nicht hier eingedrungen. Wir wollten einen alten Freund besuchen, Georges Lebeau. Leider ist er nicht zu Hause.« Er schenkte ihr ein charmantes Lächeln. Misstrauisch blickte sie ihn an, schließlich ließ sie den Stock sinken.

»Ach so, Sie sind Freunde von Monsieur Lebeau. Er war schon mindestens zwei Wochen nicht mehr hier.«

»Hat er nicht ständig hier gewohnt?«

»Nein, nur ab und zu. Als er die Wohnung vor einem Jahr kaufte, hat er mir erklärt, dass er geschäftlich häufig in der Nähe zu tun hat und nicht immer den weiten Weg nach Hause fahren will. Er wohnt in Grenoble, aber das wissen Sie sicherlich.«

»Er hat Ihnen das Appartement abgekauft?«, vergewisserte sich Pascal.

»Ja, ganz recht. Ich wollte es eigentlich lieber vermieten. Eigentum gibt man nicht auf. Aber ich habe zwei bezaubernde Enkelinnen, ein Zwillingspärchen. Ihr größter Wunsch war es, nach dem Abitur nach New York zu ziehen und dort bildende Kunst zu studieren. Also habe ich das Appartement verkauft. Als ich jung war, war es unüblich, dass junge Frauen studieren. Meine Enkelinnen sollen es besser haben.«

Lagarde lächelte sie an. »Kommen Sie gut mit Georges Lebeau aus?«

»Oh ja. Er ist ein sehr netter, sympathischer Mann. Wenn er da ist, verhält er sich leise und rücksichtsvoll.«

»Hat er nicht auch eine Freundin?«, erkundigte sich Pascal.

»Ja, das ist richtig, eine hübsche junge Frau, die immer sehr höflich ist. Die beiden haben sich hier getroffen, immer nur für ein oder zwei Tage.« Sie zögerte einen Moment. »Wissen Sie, was ich glaube?«

»Was denn, Madame?«, fragte Pascal interessiert.

»Ich glaube, Georges Lebeau ist in Grenoble verheiratet, und diese junge Rothaarige ist seine Geliebte. So etwas liest man jeden Tag in den Klatschspalten. Ich vermute, das Appartement ist ein Liebesnest.«

Ihre zarten Wangen färbten sich rosa.

»Da könnten Sie recht haben Madame«, antwortete Lagarde. »Was es nicht alles gibt. Aber jetzt müssen wir weiter. Au revoir, Madame!«

»Au revoir, Messieurs.«

Auf dem Place du Revelin steuerte Lagarde ein kleines Lebensmittelgeschäft an. »Wir sind noch einige Zeit unterwegs. Lass uns Obst und Mineralwasser kaufen, und ich brauche etwas Kaltes zu trinken.«

Pascal nahm sich eine große Tafel Nussschokolade von einem Regal. Auf der Auslage vor dem Laden entdeckte Lagarde prächtige Auberginen. »Was hältst du von einem Auberginenauflauf zum Abendessen?«

Pascal strahlte. »Herrlich! Meine Mutter hat dieses Gericht manchmal zubereitet, mit viel Knoblauch. Ich finde es toll, dass du für uns kochst. So wie früher in Paris.«

Lagarde kaufte fünf glänzende Früchte und vier saftige Artischocken. Nachdem er die Papiertüte im Kofferraum verstaut hatte, machten sie sich auf den Weg ins Maurische Gebirge.

Die Bewohner von Collobrières bezeichneten ihr malerisches Bergdorf als die Hauptstadt des Maurengebirges. Es lag eingebettet inmitten von Korkeichenwäldern und Esskastanienhainen an einem kleinen Gebirgsfluss. Kartäusermönche hatten im zehnten Jahrhundert die ersten Kastanien angepflanzt, die das Überleben der Menschen in dieser armen Region ermöglichten. Lagarde fiel auf, dass etliche Korkeichenstämme geschält waren.

Der Weg in das Zentrum des Ortes führte über eine alte steinerne Brücke. Blühende Sukkulenten und Farne wuchsen aus den Mauerritzen. Am Ufer standen reglos zwei Angler. Auf der Böschung hinter ihnen bildeten Strelitzien einen gelborangen Teppich.

Lagarde fuhr geradeaus weiter, vorbei an einer Kirche, bis rechts eine steile schmale Straße in das Neubaugebiet führte. Die Familie Villani wohnte in der ersten Querstraße an der Ecke. Lagarde parkte und zog die Handbremse an der abschüssigen Straße ganz fest an. Am Zaun entlang reihten sich hohe Thujen, die das Haus vor Blicken schützten. Die Männer gingen einige Schritte bis zum Gartentor und klingelten. Sie standen vor einem kleinen gelben Haus mit einem Flachdach. Niemand reagierte auf das Klingeln. Lagarde versuchte es erneut.

»Keiner zu Hause«, bedauerte Pascal.

»Wir versuchen es am hinteren Eingang«, schlug Lagarde vor. Sie umrundeten das schmale Grundstück. Sie folgten einem Trampelpfad durch die Häuserreihen, bis sie an die hintere Gartenpforte gelangten. Auf der Terrasse saß jemand, der auf ihr Rufen nicht reagierte. Sie betraten den Garten und liefen über einen teilweise gepflasterten Weg auf die Person zu. Auf der Balustrade standen Kästen mit vertrockneten Geranien. Über drei Stufen erreichten sie die Veranda, die von einer Markise beschattet wurde. Auf einer Holzbank saß eine Frau, die rauchte und vor sich hin starrte. Ihr Profil war zart, wie gemeißelt. Die roten Haare hatte sie zu einem Zopf gebunden. Trotz der Hitze trug sie einen langärmligen schwarzen Rollkragenpullover und dunkle Leggins. Die nackten Füße ruhten auf einem Stuhl. Auf dem Tisch vor ihr standen eine Flasche Rotwein und ein Glas. Als die Männer grüßten, fuhr sie zusammen. Sie wandte ihnen ihr bleiches Gesicht zu. Die grünen Augen waren verweint, und das rechte war geschwollen und von einem violetten Bluterguss umgeben, der sich bis zur Schläfe ausdehnte.

»Madame Villani?«, fragte Lagarde.

»Ja«, antwortete sie mit tonloser heiserer Stimme. »Was wollen Sie? Warum dringen Sie einfach hier ein?«

Lagarde zeigte ihr seinen Dienstausweis und stellte sich und seinen Freund vor. »Ich bin Philippe Lagarde. Und das ist mein Kollege Pascal Noiret. Entschuldigen Sie bitte unser Eindringen, aber wir haben vorne geklingelt.«

»Das habe ich nicht gehört.«

»Wir möchten mit Ihnen über Georges Lebeau sprechen.«

»Georges ist tot.« Ihre Augen füllten sich mit Tränen. Ihr leerer Blick war auf einen fernen Punkt gerichtet. »Nie wieder werde ich ihn lachen sehen, nie wieder seine Stimme hören. Ich wünschte, ich wäre auch tot.«

»Dürfen wir uns zu Ihnen setzen?«

»Von mir aus.«

Sie zuckte gleichgültig mit den Schultern. Die Männer nahmen Platz. Lagarde ergriff das Wort. »Wir sind zu Ihnen gekommen, weil wir in Erfahrung gebracht haben, dass Sie eine Liebesbeziehung mit Lebeau hatten.«

Sie deutete ein Nicken an. »Das ist richtig, wir haben uns geliebt.«

»Woher wissen Sie, dass er tot ist?«

»Ich habe es aus der Zeitung erfahren.«

»Wann haben Sie sich kennengelernt?«

»Vor einem Jahr in einer Rehaklinik in Hyères.«

»Wir wissen auch, dass Sie sich mit ihm in einer Wohnung in Lorgues getroffen haben.«

»Ja, das war unser Liebesnest. Wir haben eine wundervolle Zeit dort verbracht, aber jetzt ist alles vorbei.«

»Sie sind verheiratet, Madame Villani, und haben zwei Kinder. Lebeau war ebenfalls gebunden. Wie haben Sie sich Ihre gemeinsame Zukunft vorgestellt?«

»Georges hatte einen riesigen Auftrag in Aussicht.

Nach der Fertigstellung hätte er Millionen verdient. Dann wollte er die Scheidung einreichen, seine Frau großzügig abfinden und die Firma verkaufen. Wir hätten mit meinen Kindern weit weg ziehen und ein neues Leben anfangen können.«

Lagarde versuchte, sie aus der Reserve zu locken. »Und das haben Sie alles geglaubt?«

»Selbstverständlich! Er hat mich nie belogen.«

»Weiß Ihr Mann von diesem Liebesverhältnis?«

»Ja, schon seit einigen Wochen. Er hat mein Handy so manipuliert, dass er mich abhören konnte, sogar wenn ich mit Georges zusammen war. Er behauptet – inzwischen glaube ich es ihm auch –, dass er Gespräche und anderes zwischen uns mitgehört hat, das Schwein.«

»Hat er Sie deshalb geschlagen?«

»Ja, immer wieder. Roger ist sehr jähzornig.«

»Warum unternehmen Sie nichts dagegen? Sie können sich doch Hilfe holen.«

»Dafür fehlt mir die Kraft. Außerdem hat er gedroht, mir meine Jungs wegzunehmen. Ich liebe sie über alles. Das könnte ich nicht ertragen.«

»Wo sind eigentlich die Jungs?«

»Sie sind mit Freunden zum Angeln gegangen und kommen erst zum Abendessen zurück.«

Sie zündete sich eine neue Zigarette an. »Warum wollen Sie das eigentlich alles wissen? Ich habe Erkundigungen eingezogen, Georges hat sich umgebracht. Das geht nicht in meinen Kopf. Wir haben uns geliebt, und wir hatten Zukunftspläne.«

»Wir sind gekommen, weil wir an der Selbstmordtheorie erhebliche Zweifel haben.«

»Er hat sich nicht umgebracht? Das habe ich immer tief in meinem Herzen gewusst.«

»Wissen Sie, ob er Feinde hatte? Hat er Ihnen etwas davon erzählt?«

»Nein, davon weiß ich nichts. Wir haben über sein Privatleben und seine Geschäfte kaum gesprochen. Wir zelebrierten unsere Liebe und malten uns unsere gemeinsame Zukunft aus.«

Sie schenkte sich Wein nach und machte einen gedankenverlorenen Eindruck. »Roger hat ihn auf dem Gewissen«, stieß sie schließlich voller Hass hervor. »Er war rasend vor Eifersucht. Bestimmt hat er ihn getötet.«

»Wie kommen Sie darauf? Gibt es konkrete Verdachtsmomente?«, wollte Pascal wissen.

»Nein, aber ich traue es ihm zu. Er wollte mein Glück zerstören, und er hat es geschafft, dieser brutale Mistkerl.«

Aus dem Haus drang plötzlich lautes Poltern. Dann stürmte ein Mann auf die Terrasse. Er war über eins neunzig groß und hatte eine bullige Statur. Seine dunklen Augen funkelten wütend, und der Schnauzbart zitterte vor Zorn. »Ich habe dir jeden Männerkontakt verboten!«, brüllte er. Sein Blick richtete sich auf die Weinflasche. »Und ich habe dir verboten zu trinken!« Er holte mit der flachen Hand aus und wollte sie ins Gesicht schlagen. Erschrocken wich sie zurück. Auf ihrem Gesicht waren Panik und blankes Entsetzen erkennbar. Pascal sprang blitzschnell auf und packte das Handgelenk des Mannes. Er drückte es erbarmungslos nach hinten, bis die Knochen knackten. Roger Villani heulte auf. Pascal ließ ihn los und trat ihn mit voller Wucht in die Kniekehle. Der Mann stürzte auf den Boden und krümmte sich vor Schmerz. Sein Blick richtete sich hasserfüllt auf den Angreifer. »Sie haben mein Handgelenk gebrochen! Das werden Sie büßen!«

Pascal musterte ihn mit einem verächtlichen Blick. »Nein, nur ein wenig überdehnt. Aber wenn Sie Ihre Frau noch einmal schlagen, werde ich es brechen. Darauf können Sie sich verlassen.« Er verabscheute nichts mehr als Gewalt gegen Kinder und Frauen. Immer noch wütend deutete er mit dem Kopf auf einen Stuhl. »Setzen Sie sich.« Der Mann gehorchte. Stöhnend rappelte er sich auf, ließ sich auf den Sitz fallen und rieb sein pochendes Handgelenk.

»Wo waren Sie vor zwei Wochen, als Lebeau in die Schlucht gestürzt ist?«, fragte Lagarde.

»Das geht Sie nichts an. Wer sind Sie überhaupt?«

Lagarde hielt ihm seinen Dienstausweis vor die Nase.

»Beantworten Sie bitte meine Frage.«

»Dieser Typ hat doch Selbstmord begangen.«

»Das steht noch nicht zweifelsfrei fest.«

In Villanis Augen flackerte Angst auf. »Sie verdächtigen doch nicht etwa mich? Ich habe ihm Prügel angedroht, zugegeben. Aber ich würde niemals jemanden töten!«

Darauf ging Lagarde nicht ein. »Also, wo waren Sie?«

»Ich war über ein verlängertes Wochenende in meiner Jagdhütte.«

»Kann das jemand bezeugen?«

»Nein, ich war alleine. Das ist ja wohl nicht verboten.«

Lagarde gab ihm keine Antwort. »Wir gehen jetzt. Wenn weitere Fragen auftauchen, kommen wir wieder. Ich gebe Ihrer Frau meine Visitenkarte, falls sie Hilfe braucht.«

»Davon gehe ich nicht aus«, knurrte Pascal. »Ich denke, wir haben uns verstanden, Monsieur Villani. Au revoir.«

Sie verließen das Grundstück durch den Hinterausgang, so wie sie gekommen waren. Villani starrte ihnen böse hinterher. Nachdem er sicher war, dass sie weggefahren waren, stürmte er aus dem Haus und stapfte in Richtung Dorfkneipe. Yvonne Villani konnte es nicht fassen, dass er sie nicht angerührt hatte. Sie trank ihren Wein aus, ging schleppenden Schrittes in die Küche und begann das Abendessen für ihre Kinder zu kochen.

Die Männer beschlossen, vor der Rückfahrt noch das Zentrum von Collobrières aufzusuchen. Pascal kannte dort ein Geschäft, in dem es hervorragenden Wein aus dem kleinen hiesigen Anbaugebiet zu kaufen gab. Sie fuhren über die Brücke und stellten den Wagen auf einem ausgewiesenen Parkplatz in der Nähe des Flussufers ab. Gegenüber befand sich ein Souvenirladen, der Korkprodukte in allen erdenklichen Ausführungen anbot. Der wertvolle Rohstoff war auf einem alten Leiterwagen ausgestellt, der vor dem Laden stand. Natürlich war neben ausgesuchten Delikatessen auch allerhand Kitsch für die Touristen dabei. Zum Ortskern waren es nur ein paar Schritte. Auf dem Platz vor dem beflaggten Rathaus erhob sich ein Springbrunnen, und vor einem Bistro, direkt an der Hauptstraße, saßen Arbeiter, die sich lautstark bei Wein und Bier unterhielten.

Pascal und Lagarde traten in den Feinkostladen und grüßten die junge Frau, die hinter der Kasse stand. Das rustikale kleine Geschäft verfügte über ein vielfältiges Angebot an regionalen Produkten. Sie beschlossen, je einen Karton mit weißem, rotem und Roséwein zu kaufen. Lagarde entdeckte glasierte Maronen, ein Lavendelschaumbad in einem Glasflakon und ein provenzalisches Kochbuch für Odette. Für Etiennes Vorratskammer kaufte er drei Dosen Maronenmus. Mit dieser köstlichen Creme konnte man beispielsweise eine Ente füllen oder Kartoffelpüree verfeinern.

Schwer beladen gingen sie zum Parkplatz zurück und verstauten ihre Einkäufe im Kofferraum. Lagarde konnte nicht widerstehen und kaufte für Odette eine große Schale aus Kork. Sie würde gut auf den Kaminsims im Speisesaal des Restaurants passen. Schließlich ließen sie das Dorf hinter sich, und Lagarde steuerte das Auto über gewundene enge Straßen durch das dichtbewaldete, einsame maurische Gebirge. Für die Rückfahrt hatte er gut zwei Stunden veranschlagt. Neben ihm starrte Pascal in Gedanken versunken aus dem Beifahrerfenster auf die wilde ursprüngliche Landschaft.

»Madame Villani tut mir leid«, sagte er. »Sie hat ihm alles geglaubt.«

»Mir auch«, erwiderte Lagarde.

Am Abend setzte leichter Nieselregen ein. Der grünblaue See war in Dunst gehüllt. Aus den Wäldern stieg Nebel auf, und das Chalet lag in einem diffusen Dämmerlicht. Edith und Napoleon hatten sich unter das Sofa im Salon zurückgezogen. Die Männer beschlossen, trotz des regnerischen Wetters auf der Veranda zu Abend zu essen. Das von Lagarde zusammengestellte Menü schmeckte allen. Es gab Artischocken mit Sauce Tartar, Auberginenauflauf, Käse und zum Dessert Mandeleis mit frischen Brombeeren. Lagarde hatte am Morgen ein Gestrüpp hinter dem Haus entdeckt, das unzählige der blauschwarzen Früchte trug.

Nach dem Essen berichteten er und sein Freund von den Ergebnissen ihrer Ermittlungsarbeit. Pascal hatte aufgrund der Beweislage eine Theorie entwickelt, wie der gefälschte Abschiedsbrief auf den Schreibtisch von Georges Lebeau gelangt war. »Nachdem der Täter Georges Lebeau getötet hatte, stieg er nachts in das Verwaltungsgebäude der Firma ein. Dort gibt es keine Alarmanlagen. Das Fenster stand offen, das Rollo war halb herabgelassen. Er musste nur das Fliegengitter entfernen, dann konnte er in das Büro klettern und den Brief dort deponieren. Es könnten natürlich auch zwei oder mehr Täter gewesen sein.«

Lagarde fuhr fort. »Die Sekretärin von Lebeau, Gemma Maxime, hat eingeräumt, ein Liebesverhältnis mit ihm gehabt zu haben. Er hat es vor einem Jahr nach der Reha beendet. Dort hatte er Yvonne Villani kennengelernt und sich in sie verliebt. Er kaufte das Appartement in Lorgues, wo sie sich häufig trafen. Der Ehemann von Madame Villani hat ihr hinterherspioniert und herausgefunden, dass seine Frau einen Liebhaber hatte. Seitdem schlägt er sie immer wieder. Zum Zeitpunkt des Todes von Georges Lebeau hat er kein Alibi.«

Samy hatte eine große Korktafel an der linken Mauer der Terrasse befestigt, auf der sie ihre Ergebnisse visualisieren wollten. Ein Kärtchen mit dem Namen *Roger Villani* und ein weiteres mit der Notiz *Mo-*

tiv Eifersucht, *kein Alibi* wurden von Etienne mit einer Pinnnadel festgesteckt.

Lagarde berichtete weiter. »Georges Lebeau hatte kurz vor seinem Tod einen Streit mit einem Bauunternehmer namens Lucien Deveraux aus Draguignan. Der Wettbewerber warf ihm vor, Gemeinderatsmitglieder bestochen zu haben, um einen äußerst lukrativen Auftrag zu bekommen.«

»Den Mann kenne ich seit Jahren sehr gut«, meldete sich Etienne zu Wort. »Wir spielen jeden Mittwochnachmittag zusammen Boules in einer Mannschaft. Das machen wir schon, seit ich hierhergezogen bin. Lucien hat sein Bauunternehmen in Draguignan, wohnt aber in Tourtour. Dort befindet sich auch unser Boules-Platz. Er ist ein bodenständiger ruhiger Typ. Da muss schon einiges passieren, bis er sich aufregt.«

»Kannst du mal mit ihm reden?«, fragte Lagarde.

»Selbstverständlich. Das wird am Mittwoch erledigt.«

Inzwischen war es bereits kurz vor Mitternacht. Samy und Pascal beschlossen, sich auf den Weg nach Hause zu machen und verabschiedeten sich. Etienne und Lagarde löschten die Glut im Kamin, räumten den Tisch ab und zogen sich in ihre Schlafzimmer zurück.

Der Junge wachte früh auf. Gerade tauchte die Sonne hinter grünen Hügeln auf und warf ihre ersten Strahlen auf das fruchtbare Tal. Ein türkisgrüner Fluss wand sich durch die Auen. Vorfreude erfüllte das Kind. Es war klein für sein Alter und dünn. Die mittelbrauen lockigen Haare fielen bis über die Ohren. Sein Gesicht war schmal mit feinen Zügen, und zarte Brauen wölbten sich über den kastanienbraunen Augen. Es war ein schönes Kind mit einem liebenswerten und sonnigen Charakter.

Sein Großvater wollte ihn um sieben Uhr abholen. Die Eltern des Jungen schliefen noch. Er zog sich Jeans, Hemd und Socken an und ging in die Küche. Dort nahm er eine Flasche Milch aus dem Kühlschrank und schenkte sich ein Glas ein. Aus einer Dose nahm er zwei Schokoladenkekse. Gerade als er im Flur seine festen Stiefel schnürte, klopfte es an der Hintertür. Der Junge lief nach draußen und gab seinem Opa einen Gutenmorgenkuss. Dann marschierten sie los. Er durfte seinen Großvater auf die Jagd begleiten.

Sie liefen eine gute halbe Stunde, bis sie zu einem Jägerstand kamen. Das Jagdrevier gehörte Großvater. Über eine schmale Leiter kletterten sie hinauf und setzten sich schweigend auf die rohe Holzbank. Sie standen auf Wildschweine an, und sie hatten Glück.

Nach einer Stunde erschien ein gewaltiger Keiler auf der kleinen Lichtung. Großvater legte mit ruhiger Hand an, zielte und schoss. Das Wildschwein schwankte. Dann lief es noch einige Meter, bevor es umfiel. Es war tot. Der Junge hatte auch schon schießen dürfen, zunächst auf Dosen, dann auf

Hasen und Rebhühner. Mit viel Geduld hatte Großvater es ihm beigebracht. Inzwischen konnte er sehr gut mit dem Jagdgewehr umgehen. Das nächste Wildschwein, das auftauchen würde, durfte er erlegen, obwohl es eigentlich verboten war. Geduldig warteten sie zwei Stunden, es tauchte aber keines mehr auf. Der Schuss hatte die Rotte wohl vertrieben, oder es war ein Einzelgänger gewesen. Schließlich stiegen sie vom Hochsitz. Später würden sie, mit zwei oder drei Helfern, den Keiler abholen, der danach sofort zerlegt werden würde.

Danach saßen sie auf einem Baumstamm mitten in einem Korkeichenwald, der ebenfalls Großvater gehörte. Der Wald erstreckte sich in das Tal, soweit das Auge reichte. Sie machten Brotzeit. Der Junge liebte es, wenn sein Opa für ihn auf einem Holzbrettchen Brot, Wurst und Käse aufschnitt. Dafür benutzte er sein scharfes Jagdmesser. Dazu tranken sie frisches Quellwasser, das sie in eine runde Flasche füllten, die in einer Hülle aus Ziegenleder steckte. Sie aßen schweigend und beobachteten Tiere. Vögel, Kaninchen, Füchse und Rehe. Ganz oben in den steilen Felswänden konnten sie mit dem Fernglas sogar Gämsen sehen, was nicht so häufig vorkam. Sein Großvater wusste alles über die Tiere und erzählte dem Jungen immer wieder davon. Mit Freude gab er sein Wissen weiter. Auch die Bäume, Sträucher und Blumen erklärte er ihm. Diesmal sprach er mit leiser, tiefer Stimme über die Korkeichen. Sein Großvater hatte die Bäume selbst gepflanzt, und der Junge lauschte fasziniert. Sein Opa bezeichnete Kork als Wunderwerk. Er war nämlich eine Anpassung an die immer wieder vorkommenden Waldbrände, die sehr gefürchtet und gefährlich waren. Offenes Feuer war in den Wäldern strengstens verboten, doch nicht jeder hielt sich daran. Der Kork machte den Baum feuerfest. Er hatte die richtige Dicke, um daraus Korken für Flaschen herzustellen. Die zweite Wahl verwendete man für Fußböden und Tapeten, das schlechteste Material zum Dämmen. Der Verkauf von Kork war äußerst lukrativ. Auch das lernte der Junge. Bald war es so weit. Ein Teil der Bäume konnte in diesem Jahr geschält werden. Der Großvater versprach seinem Enkel, dass er ihm diese Kunst beibringen werde. Dann durfte er bei der Ernte mithelfen. Der Junge strahlte. Darauf freute er sich sehr. Zum Nachtisch bekam er ein großes Stück Nougat, das sein Opa aus der Seitentasche seiner Hose holte.

Dann machten sie sich gemächlich auf den Rückweg. Als sie durch den schattigen Wald liefen, zeigte Großvater ihm Pilze. Ihre Hüte waren leuchtend orangerot, die Stiele zitronen- bis goldgelb. Es waren Kaiserlinge, die im Mittelmeerraum wuchsen und unter Korkeichen am besten gediehen. Er erzählte dem Jungen, dass bereits die Menschen in der Antike den besonders wohlschmeckenden Speisepilz zu schätzen wussten. Sie schnitten einige Exemplare ab und legten sie behutsam auf ein großes kariertes Leinentaschentuch. Aus den vier Ecken knüpfte Großvater einen Knoten. Der Junge durfte ihre Ernte nach Hause tragen. Am Abend würden sie die Pilze in der Pfanne braten und mit geschlagenen Eiern vermischen. Jetzt durften sie nicht mehr trödeln, der Keiler musste geholt werden. Ansonsten bestand die Gefahr, dass Füchse über ihn herfielen.

DIE SCHLUCHT VON VERDON

Lagarde erwachte und warf einen Blick auf den Wecker. Es war kurz nach sieben. Als er die Vorhänge zur Seite schob und nach draußen sah, stellte er fest, dass es aufgehört hatte zu regnen. Ein wolkenloser blauer Himmel wölbte sich über die Hochebene.

Nachdem er Kaffee getrunken und ein Stück Kuchen gegessen hatte, beschloss er, joggen zu gehen und danach eine Runde im See zu schwimmen. Etienne schlief noch. Samy und Pascal würden um zehn Uhr zum Frühstück kommen und frisches Baguette mitbringen. Es war also noch reichlich Zeit.

Er zog eine kurze Hose und ein Sportshirt an und schnürte seine Laufschuhe. Anschließend füllte er die Näpfe von Edith und Napoleon und trat auf die Terrasse. Die Luft war noch frisch und kühl, es roch nach feuchter Erde und Wald.

Nach einigen Dehnübungen trabte er los. Erst lief er durch den lichten Wald, dann folgte er einem Pfad, der sich in einem weiten Bogen über das Plateau schlängelte. Nach einer Stunde gelangte er an einen abschüssigen Weg, der durch Gestrüpp und Felsgeröll zum Ufer des Sees führte. Marineblau und ruhig lag er vor ihm. Er zog Shirt, Schuhe und Socken aus und legte sie auf dem schmalen Kiesstreifen ab. Dann nahm er sein Handy aus der Hosentasche und steckte es in seinen Schuh. Am Ufersaum testete er mit einem Fuß die Temperatur des Wassers und stellte fest, dass es ziemlich kalt war. Er watete ein Stück hinein, kühlte sich kurz ab und kraulte mit kräftigen Zügen los. Es war ein herrliches Gefühl, durch das frische klare Wasser zu pflügen. Er tauchte senkrecht nach unten, wo die Sicht trübe wurde. Vom Grund des Sees war nichts zu sehen. An dieser Stelle musste er ziemlich tief sein. Als er die Wasseroberfläche wieder erreicht hatte, drehte er sich auf den Rücken und ließ sich von der Strömung treiben. Am gegenüberliegenden Seeufer thronte Sainte-Croix-de-Verdon auf einem Hügel, und im Hintergrund erhob sich im Dunst ein schroffes Bergmassiv. Rechter Hand, auf einer felsigen Landzunge, ragte ein mit Zinnen gekrönter, teilweise verfallener Turm auf, über dem ein Gänsegeier kreiste.

Lagarde schwamm zum Ufer zurück. Er zog sich auf den Anleger hoch, streckte sich auf den Planken aus und konnte die wärmer werdende Sonne auf der nassen Haut spüren. Mit geschlossenen Augen genoss er die Stille der einsamen Bucht. Er würde sie Odette zeigen, wenn sie hier Urlaub machten. Es war der ideale Platz für ein Picknick. Als die Sonnenstrahlen seine Haut getrocknet hatten, setzte er sich auf und blinzelte. Libellen tanzten an ihm vorbei.

Schließlich lief er über die Bohlen zum Strand. Dort angelangt, traute er seinen Augen nicht. Auf seinem Sporthemd hatte es sich eine Würfelnatter bequem gemacht und sonnte sich. Als sie Lagarde wahrnahm, schlängelte sie blitzschnell davon und verschwand in einem Felsspalt.

Er zog sich gerade die Schuhe an, als sein Handy klingelte. Sofort wurde er von einer bedrohlichen Unruhe erfasst, als er die Nummer auf dem Display erkannte.

Hélène Lebeau schreckte aus dem Schlaf hoch. Sie fühlte sich wie gerädert, und ihr Herz raste. Sie war die ganze Nacht über von schrecklichen Alpträumen verfolgt worden. Verstörende Bilder hatten sie gequält. Georges war in eine Schlucht gestürzt. Ein schwarzer See hatte ihn verschluckt. Er war in ein gigantisches Röhrensystem gesaugt worden. Die ganze Nacht hatte sie versucht, ihn zu retten – vergeblich. In ihrem letzten Traum war sie auf einem schräg stehenden Wolkenkratzer gestanden und hatte die Hand nach ihrem Mann ausgestreckt. Kurz bevor sie ihn packen konnte, brach die Mauer in tausend Stücke, und sie fiel und fiel. Dabei war ihr Übelkeit wie eine Faust in den Magen gefahren.

Jetzt stand kalter Schweiß auf ihrer Stirn und ihre Hände zitterten. Sie beschloss, aufzustehen und sich einen starken Kaffee aufzubrühen. Das heiße dampfende Getränk nahm sie mit nach draußen. Im Morgenmantel, die Hände fest um die Bol gelegt, setzte sie sich auf die steinerne Bank im Garten. Die Blätter der Laubbäume glänzten flaschengrün vom Tau. Hélène wurde überwältigt von Trauer, die sie wie ein eiserner Harnisch umfing.

Nach einigen Minuten gab sie sich einen Ruck. Sie musste etwas tun. Ein Blick auf die nahe Kirchturmuhr sagte ihr, dass es Viertel nach sieben war. Xavier schlief noch. Sie beschloss, zum Balkon von Mescla zu fahren, wo sie sich Georges näher fühlen würde.

Sie putzte sich rasch die Zähne und zog sich an. Danach schnitt sie weiße Rosen von einem Stock und wickelte sie in feuchtes Zeitungspapier. Aus der Küche holte sie eine Vase und Kerzen. Dann machte sie sich auf den Weg.

Nach einer Dreiviertelstunde erreichte sie über die südliche Serpentinenstraße den Parkplatz an der Aussichtsplattform. Dort stellte sie ihren kanariengelben Citroën kurz hinter der hölzernen Absperrung ab. Sie stieg aus, nahm die Rosen, kletterte entschlossen über die Brüstung und trat an den Felsabbruch. Todtraurig blickte sie auf den blauen Fluss, der sich tief unten seinen Weg bahnte. Als sie mit ihrem Sportschuh auf dem Geröll wegrutschte, trat sie erschrocken einen Schritt zurück. Nachdenklich sah sie sich um. Auf dem schmalen Streifen der Böschung unterhalb des Parkplatzes entdeckte sie einen flachen

Stein. Dort, genau in die Mitte, legte sie die Blumen ab. Sie zündete die Kerzen an. Als sie ihr Werk vollendet hatte, setzte sie sich neben die Trauerstätte ins Gras und ließ ihren Tränen freien Lauf. Sie war zutiefst unglücklich und würde es auch für immer bleiben. Das war gewiss.

Als ihre Tränen versiegt waren, starrte sie in die Flammen. Schließlich holte sie eine Schachtel Zigaretten aus ihrer Jackentasche und zündete sich eine an. Sie grübelte darüber nach, wie sie ohne Georges weiterleben sollte. Das war unmöglich. Andererseits konnte sie ihren Sohn nicht im Stich lassen. Sie wusste nicht, wie sie diesen Spagat lösen sollte.

Völlig in ihre trüben Gedanken versunken, bemerkte sie nicht das schleifende Geräusch, das vom Parkplatz zu hören war, ebenso wenig das stetige Brummen eines Motors. Gerade, als sie die Zigarettenkippe im Gras sorgfältig ausdrückte, gab es einen Knall. Sie erschrak fast zu Tode. Ihr Herz hämmerte in der Brust. Plötzlich flog ihr kanariengelbes Auto über sie hinweg, krachte auf einen Felsvorsprung, drehte sich in der Luft und stürzte kopfüber in die Schlucht. Sekunden danach hörte sie, wie es auf dem Grund aufschlug. Es war ein entsetzliches Geräusch, das sie niemals vergessen würde. Fassungslos schaute sie auf die Stelle, wo sie eben noch ihr Fahrzeug gesehen hatte. Ein Adrenalinstoß fuhr durch ihren Körper. Sie rappelte sich auf, hielt sich am Ast einer Kiefer fest und spähte in die

Tiefe. Dort lag zerschellt ihr Auto, Blechteile ragten aus dem Flussbett.

Hélène hastete zur Brüstung des Parkplatzes. Der Citroën war tatsächlich weg! Sie keuchte und rang nach Luft. Ihre Beine drohten zu versagen. Panisch schaute sie sich um und suchte nach ihrem Handy, fand es in der Hosentasche und drückte die gespeicherte Nummer von Lagarde.

Nachdem Lagarde von Hélène über die dramatischen Geschehnisse unterrichtet worden war, sprintete er auf dem kürzesten Weg zum Chalet zurück. Er hatte versucht, sie am Telefon so gut es ging zu beruhigen und ihr aufgetragen, sofort die Polizei zu informieren. Sie sollte am Parkplatz auf ihn warten, und er würde sie so schnell wie möglich abholen. Als er das Haus erreichte, war er schweißgebadet. Eilig lief er in den Salon, um seine Autoschlüssel zu holen. Dabei stieß er fast mit Etienne zusammen, der auf die Terrasse wollte. Napoleon, der unter dem Tisch lag, spitzte die Ohren und knurrte. Er spürte die Anspannung, die in der Luft lag. Etienne musterte Lagarde. »Was ist denn los?«

»Hélène hat mich vor ein paar Minuten angerufen. Ihr Wagen ist in die Schlucht gestürzt.«

»Was sagst du da?« Etienne war entsetzt. »Mon Dieu! Ist ihr etwas zugestoßen?«

»Nein, sie ist unversehrt. Ich hole sie jetzt ab.« Er nahm die Schlüssel von der Kommode.

»Ich komme mit«, entschied Etienne.

Rasch stiegen sie in den Renault Express. Lagarde startete den Motor und bretterte über die Schotterpiste, vermied Schlaglöcher sowie Spurrillen und hinterließ eine dicke Staubwolke. Als er in Bauduen die asphaltierte Straße erreichte, gab er Gas. Das Auto geriet einige Male ins Schleudern, aber Etienne blieb völlig ungerührt. Als Lagarde einen Mähdrescher überholte und ihnen plötzlich ein Milchtransporter entgegenkam, der ihn zu einem riskanten Ausweichmanöver zwang, zuckte der ehemalige Polizist mit keiner Wimper. Als jedoch ein Wohnmobilbesitzer mit seinem riesigen Gefährt die einspurige Tunnelausfahrt blockierte und sich nicht traute, rückwärts zu rangieren, war es aus mit seiner Ruhe. Er bremste scharf ab, sprang aus dem Auto und winkte den überforderten Fahrer ungeduldig von seinem Sitz. Etienne übernahm das Steuer und lenkte das Monstrum zurück an eine Mauer, die die Straße vom Abgrund trennte.

Als sie in Rekordzeit am Parkplatz des Balkons von Mescla eintrafen, stand dort zum Glück schon ein Dienstfahrzeug der Gendarmerie von Trigance. Sie war als nächstgelegene Polizeistation von der Notrufzentrale verständigt worden. Als Etienne und Lagarde aus dem Auto stiegen, wurden sie von einem Gendarmen begrüßt. Es war ein schlanker Mann mittleren Alters mit einem freundlichen Gesicht. »Bonjour, Messieurs. Ist einer von Ihnen Philippe Lagarde?«

»Das bin ich«, erklärte der Kommissar. »Madame Lebeau hat mich angerufen. Ich habe ihr versprochen, sie abzuholen. Wie geht es ihr?«

»Sie steht unter Schock. Nachdem sie den Notruf abgesetzt hatte, sind wir so schnell wie möglich hergekommen. Jetzt kümmert sich meine Kollegin um sie. Wir schlugen ihr vor, den Rettungsdienst zu rufen. Das wollte sie aber nicht. Sie sagte, Sie würden sie abholen.«

»Wo ist sie denn?«, erkundigte sich Lagarde.

»Sie sitzt im Dienstwagen. Meine Kollegin ist bei ihr. Wir haben auf sie gewartet.«

Hélène saß zusammengesunken auf dem Rücksitz. Sie war in eine Decke gehüllt und trank Tee aus dem Deckel einer Thermoskanne. Neben ihr saß eine Polizistin und redete in beruhigendem Tonfall auf sie ein. Die junge Frau hatte ihre Mütze abgesetzt. Als Lagarde den Kopf ins Auto steckte, sahen die Frauen auf. Auf Hélènes bleichem Gesicht erschien ein schwaches Lächeln. »Da bist du ja, Philippe! Gott sei Dank!«

Die Polizistin wandte sich ihm zu. »Es ist gut, dass Sie gekommen sind, Monsieur. Madame Lebeau hat einen schweren Schock erlitten. Sie sollte nicht alleine sein. Können Sie sie nach Hause bringen und sofort den Hausarzt verständigen?«

»Ja, natürlich. Wir fahren gleich, Hélène. Ich will mir nur noch die Unfallstelle ansehen.«

Sie nickte. »Mein Citroën liegt zerschmettert da unten. Ich verstehe das alles nicht.«

Er drückte kurz ihre Hand. »Wir reden später in Ruhe.«

Er ging gemeinsam mit dem Gendarm und Etienne zur Brüstung. Der Wagen von Hélène war fast genau durch die Schneise gebrochen, die Georges' Fahrzeug geschlagen hatte, nur einige Zentimeter weiter links. Dabei war ein Pfosten aus der Verankerung gerissen worden.

Der Gendarm deutete auf die Stelle. »Der Citroën ist dort durchgerollt und in die Schlucht gestürzt. Madame Lebeau saß zu diesem Zeitpunkt hinter der Absperrung unterhalb des Parkplatzes. Sie hat großes Glück gehabt, dass ihr nichts passiert ist.« Der Gendarm sah ihn fassungslos an. »Was für ein schlimmer Zufall.« Er sah auf den verwaisten Parkplatz, auf dem vor kurzem noch der Citroën gestanden hatte. »Ich verstehe nicht, wie das passieren konnte. Der Boden ist doch völlig eben. Wie kann denn da ein Auto ins Rollen kommen?«

Lagarde stimmte ihm zu. »Das ist mir auch ein Rätsel.«

Der Polizist schüttelte den Kopf und fuhr sich ratlos über das Gesicht. »Sie hat gesagt, sie hat einen Knall gehört.«

»Vielleicht wurde er durch den Pfosten verursacht, der herausgerissen wurde.« Lagarde war sich sicher, dass der Rundbalken nach dem Absturz von Georges noch fest in der Erde gesteckt hatte.

»Das könnte sein. Ich habe sie gefragt, ob ihr irgendetwas Seltsames aufgefallen ist. Sie hat erzählt, dass sie tief in Gedanken versunken war und nicht auf ihre Umgebung geachtet habe. Dann sei ihr eingefallen, dass sie möglicherweise ein Motorengeräusch gehört habe. Sie ist sich aber nicht sicher und kann es auch nicht näher beschreiben. Dann stürzte der Citroën vor ihren Augen in die Schlucht. Als sie den Parkplatz erreichte, war jedoch kein Fahrzeug weit und breit zu sehen.«

Etienne und Lagarde wechselten einen raschen Blick. Der Gendarm betrachtete die hölzerne Barriere. »Meiner Ansicht nach muss hier eine stabile Mauer errichtet werden, bevor ein weiteres Unglück geschieht.« Er schwieg kurz und wirkte betroffen. Dann fuhr er fort: »Meine Kollegin hat die Personalien von Madame Lebeau aufgenommen. Ich habe den Polizeichef von Aiguines, Durand, bereits informiert. Er wird später vorbeikommen, sich die Unglücksstelle ansehen und entscheiden, welche Maßnahmen eingeleitet werden. Bis dahin bleibt alles so, wie es ist. Ich denke, wir brauchen die Kripo und die Spurensicherung. Das Gelände muss abgesperrt werden. Außerdem müssen wir eine Bergungsfirma verständigen, die das Auto aus der Schlucht holt. Das wird nicht einfach.«

»Dann können wir jetzt fahren?«, fragte Lagarde.

»Ja, selbstverständlich. Madame Lebeau soll bitte morgen früh um neun Uhr auf die Gendarmerie von Trigance kommen. Sie muss eine Aussage machen, die protokolliert wird. Der Polizeichef will sicher auch mit ihr sprechen.«

Lagarde half Hélène aus dem Dienstfahrzeug und führte sie zu seinem Renault. Sie nahm auf dem Beifahrersitz Platz und schnallte sich automatisch an. Die Gendarmen stiegen in ihren Wagen und warteten auf Durand. Sie durften die Unglücksstelle nicht verlassen.

»Einen Augenblick noch, Hélène«, bat Lagarde. Die Polizistin sprach konzentriert in ein Funkgerät, ihr Kollege schien sich Notizen zu machen. Diese Gelegenheit nutzte er.

Er lief mit Etienne zur Brüstung, und sie stiegen darüber. An der Abbruchkante blickten sie in die Tiefe. Der Anblick des zertrümmerten Citroën war fürchterlich. Keiner sagte ein Wort, aber Lagarde machte Bilder mit seinem Handy. Er fotografierte auch die Absperrung und die Rillen auf der Erde. Die Reifenspuren waren auffällig glatt. Als er alle Indizien dokumentiert hatte, fuhren sie zum Chalet zurück. Hélène hatte sich geweigert, in ihr Haus zurückzukehren. Dort wäre sie alleine. Xavier wollte nach Le Lavandou, um mit Freunden zu segeln. Bestimmt war er schon aufgebrochen. Sie wollte auch nicht, dass Lagarde ihren Hausarzt verständigte. Beruhigungsmittel hatte sie schon genug eingenommen. Sie wollte endlich wissen, was hier los war.

Als sie Etiennes Haus erreichten, saßen Samy und Pascal auf der Terrasse. Auf dem Tisch lagen zwei Baguettes. Lagarde hatte sie telefonisch informiert, dass es ein verspätetes Frühstück geben werde. Sie begrüßten sich, und der Kommissar stellte Hélène seine beiden Freunde vor. »Magst du dich hinlegen und ein wenig ausruhen?«, erkundigte er sich fürsorglich. Hélène schüttelte entschlossen den Kopf. »Ich kann jetzt nicht schlafen. Ich bin viel zu aufgeregt. Was geht denn hier vor sich? Erst stürzt Georges mit seinem Wagen in die Schlucht und jetzt mein Citroën.« Tränen schossen in ihre Augen.

»Setz dich bitte hin, Hélène. Wir frühstücken jetzt und reden. Du hast heute bestimmt noch nichts gegessen.«

Sie waren inzwischen ein eingespieltes Team. Etienne deckte den Tisch, Samy kochte Kaffee, Pascal schnitt das Brot auf, und Lagarde briet Spiegeleier. Als sie sich um den Tisch versammelt hatten, schenkte er Hélène eine Tasse Kaffee ein. »Trink einen Schluck, das wird dir guttun.« Sie gehorchte. Als sie keine Anstalten machte, etwas zu essen, bestrich der Kommissar eine Scheibe Weißbrot mit Butter und träufelte Honig darauf. »Versuche bitte, wenigstens eine Kleinigkeit zu essen.« Es war ihm klar, dass es nun an der

Zeit war, sie über ihre bisherigen Erkenntnisse aufzuklären. Letztendlich gab es auch nichts zu beschönigen. Sie musste erfahren, was sie vermuteten, und es war dringend erforderlich, dass sie sich Gedanken machten, wie es weitergehen sollte. Er sah sie ernst an und übernahm das Wort. »Wir haben uns eingehend mit der Todesursache von Georges beschäftigt. Ein Gutachter hat seinen Abschiedsbrief untersucht und ist zu dem Schluss gekommen, dass er gefälscht wurde. Deshalb gehen wir davon aus, dass es kein Selbstmord war. Einen Unfall schließen wir ebenfalls aus.«

Hélènes Gesicht verlor jede Farbe, als sie begriff, worauf er hinauswollte. »Du meinst, jemand hat ihn getötet?«

»So sieht es aus.«

»Aber warum denn? Wer sollte einen Grund gehabt haben, meinen Mann zu töten? Das kann doch nicht sein!«

»Wir wissen es noch nicht, aber wir finden es heraus. Wir haben in Erfahrung gebracht, dass er von einem Geschäftsmann wegen eines Wettbewerbs bedroht wurde. Mit ihm müssen wir noch reden. Es gibt auch noch weitere Spuren, die wir verfolgen.« Er brachte es nicht fertig, ihr von Georges' Geliebten zu berichten. Seine Freunde begriffen das sofort und erwähnten die Liebesabenteuer ebenfalls mit keinem Wort. Geschäftig belegten sie weitere Brotscheiben und machten sich über die restlichen Eier und die Avocadocreme her.

»Und was ist mit mir? Mein Citroën ist vor meinen Augen abgestürzt. Ich habe Glück gehabt, dass ich weiter unten saß, sonst hätte er mir den Kopf abgerissen. Das Auto konnte nicht von selbst ins Rollen geraten. Du hast doch gesehen, wo es geparkt war!«

Lagarde beschloss, ihr die Hypothese von Pascal darzulegen. »Wir vermuten, dass Georges' Mercedes von einem starken Gefährt geschoben wurde. Vielleicht war es bei dir genauso. Du hast schließlich Motorengeräusche gehört.«

Hélène wirkte wie versteinert, ihre Augen flackerten. »Ihr denkt, auch mich wollte jemand töten? Das ist doch absurd! Dafür gibt es keinen Grund. Ich habe keiner Menschenseele etwas getan!«

»Vielleicht war es kein Mordversuch, sondern ein Warnschuss. Wir wissen nicht, ob der Täter davon ausging, dass du im Auto gesessen hast. Möglicherweise hat er beobachtet, wie du ausgestiegen bist.«

»Und weshalb?«

Lagarde fiel nur ein plausibles Motiv ein. »Du gibst keine Ruhe, was den Tod von Georges betrifft. Du willst unbedingt wissen, was passiert ist. Ich vermute, der Täter geht davon aus, dass du jetzt eingeschüchtert genug bist und uns zurückpfeifst. Oder er denkt, wenn er dich ausgeschaltet hat, geben wir auf.«

Seine Freunde nickten voller Überzeugung. Genau

so sahen sie das auch. Hélène dachte nach. »Niemand wusste, dass ich zum Balkon von Mescla fahre. Es war eine spontane Entscheidung.«

Diesmal antwortete Etienne. »Meiner Ansicht nach hat Sie der Täter beobachtet. Oder er hat Sie zufällig gesehen und ist Ihnen gefolgt. Die Gelegenheit war günstig. Morgens um diese Zeit ist wenig los auf den Parkplätzen rund um die Schlucht. Hätte es mit dem Anschlag nicht geklappt, hätte er auf eine neue Gelegenheit gewartet.«

Samy überlegte. »Ich will Sie nicht erschrecken, Madame Lebeau, aber es ist damit zu rechnen, dass der Täter es erneut versucht, falls sein Ziel Ihr Tod war. Ich halte dieses Motiv für wahrscheinlicher. Er denkt, wir würden dann aufgeben. Schließlich kennt er uns nicht.«

Ernst blickte er in die Runde. »Wir müssen Sie in Sicherheit bringen. Hier können Sie nicht bleiben.«

Seine Freunde schlossen sich dieser Einschätzung an.

»Wo soll ich denn hin?«, fragte Hélène verzweifelt. »Außerdem ist Xavier bei mir. Ich kann ihn doch nicht alleine lassen.«

»Ich denke, Ihr Sohn kommt auch alleine zurecht. Er ist schließlich erwachsen. Wir können aber ein Auge auf ihn haben, wenn es Sie beruhigt.«

Lagarde hatte eine Idee. »Warum verbringst du nicht einige Tage bei Odette? Sie würde sich bestimmt sehr über deine Gesellschaft freuen. In Barfleur kann dir nichts passieren, da bist du aus der Schusslinie. Und niemand erfährt, wo du bist. Wir können hier weiterermitteln und brauchen uns um dich keine Sorgen zu machen.«

Hélène zögerte zunächst, dann stimmte sie zu. »Warum eigentlich nicht? Bei Odette kann ich bestimmt ein bisschen zur Ruhe kommen. Das bräuchte ich dringend.«

Lagarde war mit dieser Lösung sehr zufrieden. »So machen wir das. Ich informiere Odette über unseren Plan. Pascal, würdest du bitte per Internet einen Flug für Hélène buchen? Ich denke, die Polizei hat keine Einwände, wenn sie ihre Aussage gemacht hat und alles geklärt ist.«

Sein Freund erhob sich sofort. »Darf ich, Etienne?«

»Mein Laptop ist auch dein Laptop. Du brauchst nicht immer zu fragen.«

»Danke, Kumpel.«

Nach einigen Minuten kam er zurück auf die Terrasse. »Morgen um fünfzehn Uhr geht der nächste Flug ab Marseille. Ich habe einen Platz gebucht.«

»Gut«, erwiderte Lagarde. »Dann werde ich Odette mitteilen, wann sie Hélène vom Flughafen in Cherbourg abholen kann. Ich fahre sie nach Marseille. Jetzt haben wir nur noch ein Problem.« Für seine Freunde war es vollkommen klar, was er meinte. Hélène verstand nicht. »Was für ein Problem?«

Lagarde erklärte es ihr. »Du kannst heute Nacht nicht in deinem Haus schlafen, das ist viel zu gefährlich. Es kann schließlich sein, dass der Attentäter wiederkommt. Er weiß sicherlich, wo du wohnst.« Lagarde überlegte einen Moment.

»Am besten, du schläfst hier. Ich überlasse dir mein Schlafzimmer und übernachte auf der Wohnzimmercouch. Morgen früh, nach deiner Aussage, bringe ich dich zum Flughafen nach Marseille.«

Hélène wirkte über diesen Vorschlag gar nicht glücklich. »Das ist lieb von dir, Philippe. Aber ich möchte viel lieber bei Claudine übernachten. Sie ist eine gute Freundin, und ich glaube, dort fühle ich mich besser aufgehoben.«

Lagarde wollte sie auf keinen Fall unter Druck setzen. Sie hatte schon genug mitgemacht. Deshalb willigte er ein. »In Ordnung. Sprich dich bitte mit Claudine ab, wie ihr es machen wollt. Allerdings gibt es eine Bedingung.«

»Welche?« Hélène runzelte die Stirn.

»Ich schlafe dort auf dem Sofa.«

Sie seufzte. »Einverstanden. Claudine können wir einweihen. Aber wie erklären wir das ihrer Tochter?«

»Pass auf: Claudine und du habt mich eingeladen. Ich habe versprochen, für euch zu kochen. Irgendwann am Abend werde ich müde und erkläre, dass ich nach zwei Gläsern Wein nicht mehr Auto fahren will. Also darf ich im Gästezimmer schlafen.«

»Das könnte funktionieren.«

»Ich kann doch auch bei Claudine übernachten und aufpassen.«

Lagarde musste unwillkürlich grinsen. Samys Motivation war offensichtlich. »Nein, das mache ich.«

Sein Freund war ein wenig enttäuscht, akzeptierte aber die Entscheidung. »In Ordnung.«

Nach einem Telefonat mit Claudine berichtete Hélène, dass ihre Freundin noch im Dienst war. Um sechzehn Uhr hatte sie Feierabend. Sie wollte noch kurz etwas erledigen und würde dann zu Hause auf ihre Freundin warten. Samy erbot sich, Hélène hinzufahren, weil er in der Nähe wohnte. Nachdem das geklärt war, wollte sie sich hinlegen und ausruhen. Sie machte einen völlig erschöpften Eindruck. Etienne bot ihr das Sofa in seinem Schlafzimmer an. Es lag nach hinten zum Wald, wo es am ruhigsten war.

Nachdem sie sich zurückgezogen hatte, setzte Samy frischen Kaffee auf. Als die Männer sich wieder um den Tisch versammelt hatten, breitete Pascal Fotos aus. Er hatte vorhin Lagardes Handy an den PC von Etienne angeschlossen und die Bilder ausgedruckt. In Hélènes Anwesenheit hatte er sie nicht zeigen wollen. Er konnte sie auf keinen Fall noch mehr belasten. Unter diese Bilder reihte er seine Aufnahmen von Lebeaus Unfallstelle.

»Achtet auf die Reifenspuren des Mercedes und des Citroën«, sagte er. »Sie sind im Abdruck nahezu identisch. Es sind glatte Schleifspuren. Der Wagen von Madame Lebeau wurde ebenfalls in den Abgrund geschoben, da bin ich mir sicher.«

Seine Freunde besahen sich die Fotos genau und stimmten ihm zu. Er hatte völlig recht. Diese Feststellung erfüllte sie mit Besorgnis. Sie hatten hier in ein Wespennest gestochen, daran gab es keinen Zweifel mehr. Und keine Macht der Welt konnte sie jetzt noch aufhalten. Sie würden keine Ruhe geben, bis sie diese rätselhaften Fälle gelöst hatten.

Die Männer tranken Kaffee und bewachten den Schlaf von Hélène. Mit gedämpften Stimmen berieten sie ihr weiteres Vorgehen.

Jean Sagnol, der alte Bürgermeister von Les Salles-sur-Verdon, war vor einigen Tagen dreiundachtzig Jahre alt geworden. Obwohl er schmächtig war, hatte er einen gewaltigen Schmerbauch. Wie immer, wenn er das Haus verließ, war er tadellos gekleidet, und so trug er auch heute ein Jackett mit Krawatte. Die dünnen weißen Haare waren streng nach hinten gekämmt und mit Pomade fixiert. Seit ihm seine Hüfte zu schaffen machte, benutzte er zum Gehen einen Spazierstock. Die Diagnose des Dorfarztes lautete Altersarthrose. Er war stolz darauf, in seinem Alter trotz der Krankheit ohne Medikamente zurechtzukommen.

Wie jeden Morgen trat er um Punkt acht Uhr vor die Tür. Sein Haus war, wie der gesamte neue Ort, auf einem Hügel erbaut. Es war einstöckig und verfügte über ein flaches Ziegeldach mit zwei Kaminen. Ein zweites Haus mit blauen Fensterläden schloss direkt daran an. Das Ensemble lag in einem Steinkiefernwäldchen, das den Blick auf den Lac de Sainte-Croix freigab. Möwen zogen ihre Kreise in der eisblauen Luft über dem See, und es roch nach Holzrauch und frisch gemähtem Gras.

Jean Sagnol atmete tief ein und war froh, seiner zeternden Ehefrau entronnen zu sein. Nachdem er mit dreiundsechzig Jahren aus dem Amt geschieden war, hatte ihn plötzlich der Teufel geritten. Er wollte es noch einmal wissen und hatte sich wegen Leticia von seiner ersten Frau getrennt. Leticia war Brasilianerin und dreißig Jahre jünger als er, was damals keine Rolle gespielt hatte. Jetzt jedoch schon. Diese fatale Entscheidung war der größte Fehler seines Lebens gewesen, da war er sich sicher.

Entschlossen straffte er die Schultern. Er war schließlich eine wichtige und angesehene Persönlichkeit in diesem 250-Seelen-Ort. Vor einer Frau brauchte er sich nicht zu fürchten. Er lief um das Haus in seinen Garten, auf den er sehr stolz war. In der Form eines Hufeisens lagen akkurat angelegte Gemüsebeete um den gestutzten Rasen, Bohnenstangen erhoben sich in Reih und Glied, die Tomaten gediehen prächtig. Dahlien und Gladiolen wuchsen entlang dem Gartenzaun und blühten in vielfältigen leuchtenden Farbtönen. Rechter Hand an einer Schuppenwand standen die Hasenställe. Der alte Bürgermeister liebte seine Tiere, pflegte sie und säuberte ihre Behausungen regelmäßig.

Nachdem er sie mit speziellem Futter versorgt hatte, suchte er, wie jeden Morgen, sein Stammcafé auf, um dort in Ruhe zu frühstücken. Daheim war das nicht möglich. Das Lokal lag im Ortskern von Les Salles-sur-Verdon. Sein Weg führte ihn durch eine mit Zypressen gesäumte Gasse zur Hauptstraße, der er bis zum großen Parkplatz folgte. Dort bog er links ab, umrundete die Kirche und gelangte auf einen Platz. Trotz der kranken Hüfte kam er mit Hilfe des Stockes gut voran. Inmitten der Grünanlage thronte ein aus graugelben Steinen erbauter schlichter Springbrunnen. Er stammte, ebenso wie die Kirchenuhr und die Glocke, aus dem alten Dorf, das geflutet worden war. Sonst war nichts davon übriggeblieben bis auf die Gräber am Seegrund.

Jean Sagnol war damals ein Befürworter des gigantischen Projektes gewesen, und er war heute noch stolz darauf. Durch diese Entscheidung hatte das neue Dorf einen enormen Aufschwung erfahren und lebte jetzt vom Tourismus. Eines der Hotels mit Seeblick, die fast immer ausgebucht waren, gehörte ihm. Neben der Kirche mit dem efeubewachsenen Turm befand sich das Tourismusbüro. Zufrieden beobachtete er eine Gruppe japanischer Touristen, die begeistert die Ansichtskarten betrachteten und sich nicht entscheiden konnten, welche sie wählen sollten. Sie trugen Wanderschuhe, die prallen Rucksäcke waren geschultert. Die Frauen hatten kleine Sträuße bereits verblühender gelber Mimosen in der Hand. Ein Mädchen hielt eine Selfie-Stange vor sich und fotografierte sich beim Eisessen.

Als Sagnol den Bauernstand von Monique passierte, schenkte sie ihm zwei reife Aprikosen und ein Stück Birnenkuchen mit Lavendel zum Kosten. Freundlich lobte er ihre Backkünste. Der Metzger Jules baute gerade auf dem Gehsteig den Grill auf und winkte ihm fröhlich zu. In gut zwei Stunden würde er saftige Kapaune und knusprige Lammschultern zum Verkauf anbieten.

Als der alte Bürgermeister das Café erreichte, saßen seine Freunde bereits um den Tisch und begrüßten ihn herzlich. Sie hatten ihm einen Platz frei gehalten. Jeden Morgen frühstückten sie gemeinsam, lasen die Zeitung und diskutierten über die aktuellen Berichterstattungen. Sagnol bestellte einen Milchkaffee und zwei Croissants. Während er das mürbe Gebäck in das Getränk stippte, regte sich Paul, ein Friseurmeister im Ruhestand, fürchterlich über die schlechten Resultate der hiesigen Fußballmannschaft auf. Dann zerpflückten die agilen Senioren genüsslich die Politik in Paris und sorgten sich um die Verödung ganzer Landstriche, die die Funktionäre bereits vergessen und abgeschrieben hatten.

Als Sagnol sein Frühstück beendet hatte, erhob er sich und verabschiedete sich von seinen Freunden. Er drehte jeden Morgen dieselbe Runde, um fit zu bleiben. Sie war drei Kilometer lang, verlief über das Hochplateau, schlug einen Bogen und führte am See entlang zurück in das Dorf. Sagnol benötigte dafür zwei Stunden. Eine tolle Leistung für einen älteren Herrn mit Hüftschaden, fand er. Auch seine Freunde bewunderten ihn für sein Durchhaltevermögen. Sie vereinbarten, sich am Abend zu einem Aperitif zu treffen.

Der alte Bürgermeister ließ den Ort hinter sich und wanderte in gemütlichem Tempo über die Hochebene. Der Pfad führte ihn zunächst durch blühende Wiesen, über denen der süße Duft von Pollen schwebte. Hinter einem Gatter graste eine Ziegenherde. Der nächste Abschnitt bestand aus einer Geröllландschaft, die von wilder Macchia und niedrigem Ginstergestrüpp überwachsen war. Der Weg führte stetig auf und ab, und Sagnol begann zu schwitzen. Die Sonne stand am indigoblauen Himmel und heizte die Luft auf. Er war erleichtert, als er einen Schirmpinienhain erreichte und das Nadelgeäst einen schattigen Baldachin bildete. Als sich die Bäume näher zusammendrängten, machte Düsternis sich breit.

Sagnol beschlich ein unheimliches Gefühl. War da ein Knacken gewesen? Folgte ihm jemand? Wurde er beobachtet? Er hatte das Gefühl, dass Augen sich in seinen Rücken bohrten. Sein Brustkorb wurde eng, und er bekam schwer Luft. Eilig lief er weiter.

Als er den Waldrand erreichte, breitete sich Erleichterung in ihm aus. Das Atmen fiel ihm nun weniger schwer. Kopfschüttelnd schalt er sich selbst für seine Furcht. Er hatte Gespenster gesehen. Jetzt befand er sich direkt über dem See, und der schmale Weg führte an einer steilen Felswand entlang, aus deren Spalten verkümmerte Seekiefern wuchsen. Auf der anderen Seite des Pfades ragten hohe zerklüftete Felsen auf. Gewaltige Gesteinsbrocken erhoben sich, und plötzlich hatte er den Eindruck, dass sämtliche Geräusche verstummt waren. Es raschelten keine Blätter mehr. Das Murmeln des Sees war verklungen, das Singen der Vögel hatte aufgehört. Es war völlig windstill geworden. Nackte Angst breitete sich in ihm aus. Die Pflanzen schienen in der Bewegung erstarrt, Seegras und Halme standen reglos. Panik packte ihn. Es gelang ihm nicht, sich zu beruhigen. Er konnte das drohende Unheil förmlich spüren. Vergeblich versuchte er, sich auf den Gedanken zu konzentrieren, dass sich der alte Bürgermeister von Les Salles-sur-Verdon nicht ins Bockshorn jagen ließ. Es gab keinen Grund, sich zu fürchten. Diesen Pfad hatte er bestimmt schon hundertmal beschritten. Doch es half nicht. Die Angst blieb und schnürte ihm die Kehle zu.

Als hinter einem gewaltigen Felsbrocken ein langer Schatten auf den Weg fiel, begann sein Herz zu rasen.

Mathieu und Pierre hatten sich entschlossen, den Sommerferienkurs Mathematik am Nachmittag zu schwänzen. Das Wetter war viel zu schön, um in einem Klassenzimmer zu sitzen und Geometrieformeln zu pauken. Ihren Müttern hatten sie natürlich nichts davon erzählt.

Die beiden vierzehnjährigen Jungen sausten auf ihren Mountainbikes durch Les Salles-sur-Verdon und folgten dann einer Straße, die sich in Serpentinen einen Berg hinaufschraubte. Ihr Atem beschleunigte sich kaum. Sie waren aufgrund des Rugbytrainings und der Spiele absolut fit und sportlich.

Als sie die Kuppe erreicht hatten, stiegen sie ab und schoben ihre Räder über einen von Flechten überwucherten Trampelpfad. Sie bahnten sich den Weg durch Brennnesseln und Springkraut. Nachdem sie an einem Fuchsbau vorbeigekommen waren, erreichten sie eine schroffe Kalksteinklippe. Davor, auf einem grasbewachsenen kreisrunden Platz, stellten sie die Bikes ab. Voller Vorfreude zogen sie sich rasch bis auf die Badehosen aus. Die Jungen waren begeisterte Felsenspringer. Die Klippe, von der sie sprangen, führte beinahe senkrecht in die Tiefe. Der Abstand zwischen der oberen Kante und dem Ufersaum betrug ungefähr zwölf Meter. Den Jugendlichen aus der Gegend diente dieser Felsquader als steinerner Sprungturm. Es war viel Übung erforderlich, um diese gefährliche Herausforderung zu meistern. Ganz wichtig dabei war, so weit wie möglich hinauszuspringen und Abstand zum Fels zu gewinnen. Beide nahmen Anlauf, rannten mit lautem Jubelgeschrei zur Gesteinskante und hechteten kopfüber in den Abgrund. Elegant wie Fischotter durchstießen sie die leuchtende Wasseroberfläche, um gleich darauf prustend wieder aufzutauchen. Die nassen Haarschöpfe glänzten in der Sonne, und die gebräunte Haut schimmerte golden. Sie klatschten sich ab und lachten unbeschwert. Zweifellos ein perfekter Sprung. Schließlich schwammen sie zurück zum Ufer. Mühelos und geschickt wie Bergziegen kletterten sie seitlich über den abgeschrägten Hang wieder zum Plateau hinauf.

Nachdem sie einige Male gesprungen waren, krönte Mathieu den letzten Sprung mit einer Schraube und Pierre mit einem Salto. Schließlich setzten sie sich auf einen flachen Stein über der Klippe. Von der Stelle aus hatte man einen großartigen Blick über den See.

Mathieu packte seinen Rucksack aus. Seine Mutter hatte ihm Proviant für den Kurs mitgegeben. Sie wusste, dass ihr Sohn immer Hunger hatte. Ein großes knuspriges Baguette war der Länge nach halbiert und in der Mitte durchgeschnitten. Seine Mutter hatte es mit Butter bestrichen und dick mit Salami, Käse und Gurken belegt. Mathieu überließ Pierre eine Hälfte. Er wusste, dass die Mutter seines Freundes in der Arbeit war und ihm deshalb keine Brotzeit gemacht hatte. Sie teilten sich auch eine Flasche Orangensaft, und zum Nachtisch gab es Kirschkuchen. Während sie sich ihr Picknick schmecken ließen, erzählte Pierre von seinen neuen Nachbarn.

»Sie sind gestern eingezogen. Es ist ein nettes Ehepaar, und sie haben zwei Töchter, Zwillinge in unserem Alter. Sie sind total hübsch und haben lange rote Locken und Sommersprossen. Wir könnten sie doch mal fragen, ob sie Lust haben, mit uns schwimmen zu gehen? Oder Eis zu essen?«

Sein Freund grinste. »Gute Idee.« Seit einigen Monaten interessierte er sich für Mädchen. Vorher hatten ihn diese ständig kichernden, albernen Geschöpfe nur genervt.

Nachdem sie ihre Mahlzeit beendet hatten, dösten sie eine Weile in der Sonne und genossen die wärmenden Strahlen. Schließlich beschlossen sie, noch ein letztes Mal zu springen, bevor sie nach Hause aufbrachen.

Als Mathieu sprang, drehte er kurz den Kopf. Ein Geräusch hatte seine Aufmerksamkeit erregt. Es war der schrille Schrei eines Vogels gewesen. Dabei bemerkte er aus dem Augenwinkel etwas, das in einem Baum hing und dort nicht hingehörte. Der Anblick war verstörend. Dadurch war er so abgelenkt, dass er die Arme gerade noch nach vorne reißen konnte, bevor der See ihn verschluckte. Um ein Haar wäre er mit seinem Kopf und dem Oberkörper auf die Wasseroberfläche geprallt. Pierre hatte vom Plateau aus erschrocken das seltsame Verhalten seines Freundes beobachtet und folgte ihm mit einem perfekten Sprung. Als sie wieder aufgetaucht waren, sah er Mathieu mit großen Augen an. »Was war denn das jetzt? Du hättest dir schwere Prellungen zuziehen können!«

Jetzt erst bemerkte er den panischen Gesichtsausdruck seines Freundes. »Was ist denn los?«

»Komm mit«, forderte Mathieu ihn auf. Er kraulte voraus und zog sich auf der anderen Seite der Klippe aus dem Wasser. Pierre folgte ihm verwundert. »Was willst du denn hier?«, fragte er. »Du weißt doch, dass wir an dieser Stelle nicht hochkommen.«

»Wir müssen aber. Ich habe etwas entdeckt.« Mathieu begann zu klettern. Pierre schüttelte verständnislos den Kopf. Die steile Felswand bot kaum Spalten und Höhlungen zum Festhalten. Sie war blank geschliffen. Dennoch machte er sich an die schwierige, fast unmögliche Aufgabe. Er würde seinen Freund niemals im Stich lassen. Nach wenigen mühsamen Metern riskierte er einen Blick nach unten. Wenn sie auf dem glatten Stein abrutschten, würden sie auf dem Geröll am Seeufer aufschlagen. Er verspürte ein leichtes Schwindelgefühl. Dennoch kletterte er weiter. Plötzlich rutschte sein Fuß weg. Panisch schrie er auf und klammerte sich an einer Wurzel fest.

Endlich erreichten sie einen breiten Felssims. Keuchend zogen sie sich über die scharfe Kante und ließen sich, erschöpft von der Anstrengung, ins Gras fallen. Als sich ihr Atem beruhigt hatte, zeigte Mathieu auf einen Baum, der sich auf dem kleinen Plateau erhob und seine Wurzeln in den Stein krallte. Pierre sah in die Richtung und erstarrte. Sein Gesicht wurde blass.

Im Geäst hatte sich ein Mensch verfangen. Wie ein verendeter riesiger schwarzer Vogel hing er zwischen den Zweigen und bewegte sich nicht. Die Jungen erhoben sich und traten mit pochenden Herzen näher heran. Das Gesicht des Mannes war blutüberströmt. An der Schläfe klaffte eine Wunde. Seine Augen waren weit aufgerissen und starrten trübe auf den See. Seine Glieder waren merkwürdig verdreht. Es war offensichtlich, dass er tot war. Pierre begann zu schluchzen und hielt sich die Augen zu. Er hatte noch nie einen toten Menschen gesehen. Mathieu konnte den Blick nicht von dem Mann wenden.

»Es ist Monsieur Sagnol, der alte Bürgermeister«, flüsterte er entsetzt. »Er ist abgestürzt. Wir müssen die Polizei rufen. Mein Handy ist im Rucksack, komm!«

Claudine Favre wohnte in einem Weiler in der Nähe von Moustiers-Sainte-Marie. Dort hatte Lagarde in einem kleinen, gutausgestatteten Lebensmittelladen für das Abendessen eingekauft und folgte jetzt der schmalen Straße, die durch die Berge führte. Nach zwei Kilometern erreichte er den Ort, der von Obstplantagen umgeben war. Reife Aprikosen und Birnen hingen an den alten knorrigen Bäumen. Entlang der Hauptstraße reihten sich geduckte Steinhäuser mit marineblauen und schilfgrünen Fensterläden. Es gab einen Bäcker und eine Bar Tabac, und am Dorfplatz erhob sich die Kirche.

Nach der Wegbeschreibung, die er von Claudine bekommen hatte, sollte er bis zum Friedhof weiterfahren und dann, an einer Marienstatue, links abbiegen. Über eine enge Kopfsteinpflastergasse, die bergauf führte, gelangte er an eine Windmühle. Das nächste Gebäude war das Haus von Claudine. Links versetzt auf einem Hügel lag der Bauernhof von Samy.

Er parkte am Straßenrand, stieg aus und betrachtete das kleine Anwesen. Der gepflasterte Vorplatz war durch einen Zaun von der Straße abgegrenzt. Am linken Rand erhob sich ein Zwetschgenbaum. Ein Gittertor versperrte die Zufahrt. Auf dem Platz war ein froschgrüner Peugeot abgestellt, der Claudine gehörte. Das schmale Haus war einstöckig, ockerfarben gestrichen, die Fensterläden waren blau und das Dach mit ausgebleichten Ziegeln gedeckt. Der Eingang bestand aus einer Glastür, die mit Eisenstäben gesichert war. Rechts daneben war ein Panoramafenster. Zarte bunte Gardinen verhinderten neugierige Blicke in das Innere des Hauses. Auf der Fensterbank blühten in einer Tonschale Petunien.

Als er das Gittertor beiseiteschob, öffnete sich die Haustür. Heraus kam Claudine, die ihn herzlich begrüßte. »Kommen Sie herein, Monsieur le Commissaire! Darf ich Ihnen eine Tüte abnehmen?«

»Bonjour, Madame Favre. Danke, ich mache das schon.«

Sie lächelte. »Mon Dieu! Ein echter Kavalier.«

Der Eingang führte direkt in den Salon. An der hinteren Glasfront stand eine rustikale Holzkommode neben einem Sessel und einer Stehlampe. Die Glastür stand weit offen und führte auf die Terrasse. Dahinter erstreckte sich ein Garten, so breit wie das Haus, der von einer hohen Mauer begrenzt wurde. Auf der rechten Seite des Zimmers stand ein Fernseher auf einer Glasvitrine. Vor dem Sofa befand sich ein Glastisch, auf dem sich Zeitschriften und Bücher stapelten. Um einen runden Esstisch gruppierten sich vier Stühle. Hinter einer Theke verbarg sich eine offene Küche. Dahinter führte eine gewundene Treppe mit glänzenden hellen Holzstufen in den ersten Stock.

»Schön haben Sie es hier!«, meinte Lagarde.

»Danke. Ich habe mich bemüht, für meine Tochter und mich ein gemütliches Zuhause zu schaffen. Das Haus ist nicht besonders groß, aber wir fühlen uns sehr wohl.«

»Sie wohnen zu zweit hier?«

Schief lächelte sie ihn an. »Ja. Einen Mann gibt es nicht. Sarahs Vater hat sich kurz nach ihrer Geburt aus dem Staub gemacht. Wir haben nie wieder etwas von ihm gehört.«

»Das tut mir leid, Madame Favre.«

»Das braucht Ihnen nicht leidzutun, wir kommen prima zurecht. Männer werden überschätzt.«

Lagarde musste grinsen. »Wahrscheinlich haben Sie recht.«

Sie blickte auf seine Einkaufstüten. »Stellen Sie Ihre Einkäufe doch auf dem Tresen ab. Muss etwas in den Kühlschrank?«

»Ja, das Hackfleisch, der Schinken und die Sahne.«

Sarah war begeistert gewesen, dass ein echter Kommissar für sie kochen wollte und dass sie sich ein Menü aussuchen durfte. Das Mädchen liebte italienische Küche und hatte sich Schinken mit Melone, Lasagne, Salat und Panna cotta mit Johannisbeer-Mousse gewünscht. Außerdem wollte sie ihm unbedingt beim Kochen helfen.

Sie verstauten die Lebensmittel im Kühlschrank. »Darf ich Ihnen etwas zu trinken anbieten?«, fragte Madame Favre. »Einen Pastis vielleicht? Oder lieber ein Bier? Ich habe eiskaltes Kronenbourg.«

»Ein Pastis wäre wunderbar.«

»Machen Sie es sich doch auf der Terrasse bequem. Ich komme sofort.«

Lagarde trat auf den gepflasterten Außenplatz. Dort standen ein einfacher rechteckiger Holztisch und zwei gepolsterte Bänke unter einem Sonnenschirm. Die Sonne war bereits über das Hausdach gewandert. Der Garten erstreckte sich nach Osten, und in der Ferne war schemenhaft ein kahler Höhenzug erkennbar. Auf dem Rasen flatterte Wäsche in der Seebrise, und in der Nachbarschaft sägte offenbar jemand Holz. Vor der hohen Mauer befand sich eine angrenzende Garage, deren Tor geöffnet war. Über die Mauer würde man nur mit einer Leiter kommen. Auf der Wiese reihten sich weiße, rosafarbene und purpurrote Stockrosen. Über den Zaun, der den Garten begrenzte, konnte man durchaus ohne größere Probleme auf das Grundstück gelangen. Die größte Sorge bereitete Lagarde der niedrige Zaun auf der Stirnseite. Er bestand aus grünem Maschendraht, und dahinter erstreckte sich Brachland, das in einen Olivenhain überging. In diesem silbrigen Irrgarten konnte man sich gut verstecken. Niemand würde einen entdecken, wenn man es nicht wollte. Der Vordereingang war mit einem Zylinderschloss einigermaßen gesichert, doch die Verriegelung an der Terrassentür war eigentlich überflüssig. Ein leichter Ruck, und schon konnte man das Haus betreten.

Claudine kam mit einem Tablett auf die Terrasse und stellte zwei Gläser mit Anisschnaps und eine Glaskaraffe, in der Eiswürfel schwammen, auf den Tisch. Sie goss Wasser in die Gläser, und das Getränk verfärbte sich milchig gelb. Sie hob ihr Glas. »À votre Santé.«

»À votre Santé.«

Nachdenklich musterte sie ihren Besucher. »Glauben Sie wirklich, dass Hélène hier in Gefahr ist?«

»Ich hoffe es nicht. Niemand außer uns weiß, dass

sie sich hier aufhält. Ich bin aber trotzdem froh, wenn sie morgen abreist. In Barfleur ist sie in Sicherheit.«

»Sie hat erzählt, dass ihr Wagen in die Schlucht gestürzt ist. Das habe ich schon gewusst. Mein Chef Durand hat sich vor Ort umgesehen.«

»Hat er etwas dazu gesagt?«

»Nein, zu mir nicht. Aber er sah sichtlich bestürzt aus. Das kenne ich gar nicht von ihm.«

»Nun, wie es aussieht, war es ein Mordversuch. Einen Unfall halte ich für ausgeschlossen.«

Sie nickte ernst. »Jetzt muss sich Durand doch endlich einmal in Bewegung setzen.«

»Ich erwarte, dass er das tut. Ich will Ihnen keine Angst machen, Madame Favre, aber irgendetwas geht hier vor sich. Ich weiß nur noch nicht, was. Aber ich werde es herausfinden.«

Ihre grünen Augen weiteten sich vor Schreck. »Sarah ist doch nicht in Gefahr, oder?«

»Ich bin ja hier, Madame Favre.«

»Sind Sie bewaffnet?«

»Ja, selbstverständlich.«

Diese Information schien sie zu beruhigen.

»Wo ist eigentlich Hélène?«, wollte er wissen.

»Sie hat ein Beruhigungsmittel genommen und schläft. Wenn das Abendessen fertig ist, soll ich sie aufwecken.«

»Wie sind die Räumlichkeiten im ersten Stock aufgeteilt?«

»Wenn man die Treppe hochkommt, ist auf der linken Seite mein Schlafzimmer. Dort schlafe ich heute Nacht mit Hélène. Geradeaus befindet sich das Zimmer von Sarah. Rechts davor ist das Badezimmer. Dazwischen führt eine Stiege auf den Dachboden. Das ist alles.«

»Wo schlafe ich?«

»Unter der Treppe gibt es einen Zugang zu einem kleinen Anbau, in dem ich mir ein Büro eingerichtet habe. Es gibt auch eine bequeme Schlafcouch. In dem Zimmer können Sie übernachten. Gleich links neben der Eingangstür ist eine Toilette. Ich hoffe, es ist Ihnen nicht zu einfach?«

»Aber nein, das ist perfekt. Wenn jemand zu Hélène will, muss er die Treppe benutzen. Dieses Vorgehen würde allerdings ein hohes Maß an Kaltblütigkeit und Skrupellosigkeit voraussetzen«, versuchte er sie zu beruhigen. »Und wo ist Sarah?«

»Sie ist noch bei einer Freundin. Die Mädchen müssen für das kommende Schuljahr ein Biologieprojekt vorbereiten. Sie wird aber bald kommen. Schließlich freut sie sich darauf, mit Ihnen zu kochen.«

Kurz darauf traf das Mädchen ein. Während Lagarde und Sarah in der Küche hantierten, tranken Claudine und Hélène ein Glas Wein auf der Terrasse und unterhielten sich leise. Hélène war vom Klappern der Töpfe aufgewacht und nach unten gekommen. Sie konnte es nicht ertragen, alleine zu sein. Das Mädchen und der Kommissar hatten viel Spaß beim Kochen. Sie unterhielten sich und hörten Musik. Lagarde fand die Tochter von Claudine ganz bezaubernd. Sie war intelligent, lebhaft und interessierte sich für alles. Pausenlos bombardierte sie ihn mit Fragen. Außerdem war sie ein hübsches Mädchen mit dunklen Locken und ebensolchen Augen. Sie sah ihrer Mutter überhaupt nicht ähnlich.

Als sie gemeinsam um den festlich gedeckten Tisch auf der Terrasse saßen, war die Sonne hinter den Bergen verschwunden. Der Himmel hatte sich glutrot verfärbt. Es wurde langsam dunkel. Im Olivenhain zirpten Zikaden, und irgendwo heulte ein wildes Tier. Die Schatten im Garten wurden länger, und schließlich war er ganz in Dunkelheit getaucht. Die Terrasse wurde von einer Wandlampe und Kerzen erleuchtet. Sie aßen das köstliche Menü und redeten über Alltäglichkeiten. Lagarde bemühte sich, die Damen gut zu unterhalten, und Claudine versuchte, ihre Anspannung zu verbergen. Hélènes Nerven flatterten, was jedoch von den Medikamenten gedämpft wurde. Die Frauen lobten die Kochkünste der beiden, und Sarah strahlte.

Nach dem Essen wollte sie Monopoly spielen. Zwei Stunden kämpften sie um Grundstücke und Häuserzeilen, bis schließlich das Mädchen gewann.

Um zweiundzwanzig Uhr gähnte sie, gab ihrer Mutter einen Kuss, wünschte allen eine gute Nacht und ging ins Bett. Die Frauen zogen sich ebenfalls zurück. Lagarde überprüfte die Türschlösser und betrat dann durch eine tapezierte Tür Claudines Büro. Er schaltete eine kleine Lampe ein, die auf einem Sekretär stand, und sah sich um. Der schmale Anbau verfügte über zwei Fenster. Eines ging auf den Garten hinaus, das andere nach Norden. Zur Vorderseite des Hauses führte eine einfache Holztür, die verriegelt war. Ein bunter Flickenteppich bedeckte einen Großteil der unbehandelten Dielen, und auf der breiten Schlafcouch lagen Kissen und Decken bereit.

Er zog Krawatte und Sakko aus und streifte die Schuhe von den Füßen. Seine gesicherte Waffe legte er unter das Kopfkissen. Gähnend streckte er sich aus und verschränkte die Hände hinter dem Kopf. Als die Geräusche im ersten Stock verstummt waren, schaltete er das Licht aus und starrte an die Zimmerdecke. Durch das Fenster drang Mondlicht herein.

Plötzlich hörte er leise Schritte auf der Treppe. Alarmiert fuhr er hoch, entspannte sich jedoch gleich wieder. Die Schritte kamen von oben und näherten sich. Er vernahm ein leises Klacken, und die Verandatür wurde vorsichtig aufgeschoben. Lagarde stand auf und spähte aus dem Fenster. Claudine hatte sich auf die Bank gesetzt und zündete sich gerade eine Zigarette an. Den restlichen Wein goss sie in ein Glas. Sie wollte wohl noch ein wenig für sich sein, bevor sie sich schlafen legte. Ein anstrengender Tag mit beunruhigenden Ereignissen lag hinter ihr. Nach einer Weile klackte die Terrassentür erneut, und die Schritte auf der Treppe wurden leiser. Lagarde hielt die Augen offen und lauschte aufmerksam in die Stille hinein.

Gegen zwei Uhr vernahm er plötzlich einen Laut. Das Geräusch kam vom Vorplatz und hörte sich so an, als ob das Gittertor klapperte. Stieg jemand darüber? Er schlüpfte in die Schuhe, griff sich seine Waffe und eine Taschenlampe, war gleich darauf an der Außentür und entriegelte sie. Vorsichtig zog er sie auf und horchte in die Nacht. Jetzt war es wieder still. Die Pistole im Anschlag trat er hinaus und studierte aufmerksam die mondbeschienene Landschaft. Niemand war zu sehen, und ein Blick um die Hausecke zeigte ihm, dass der Vorplatz ebenfalls leer war.

Dann versetzte ein Rascheln über seinem Kopf ihn in höchste Alarmbereitschaft. In der linken Faust hielt er die Lampe und führte den Lichtstrahl in das Blättergewirr des Zwetschgenbaumes, gleichzeitig richtete er seine Waffe darauf aus, den Finger entschlossen am Abzug. Die runden braunen Augen eines Waschbären leuchteten golden im Lichtkegel. Das possierliche Tier saß auf einem Ast und betrachtete den Kommissar interessiert. In einer Pfote hielt es eine halb aufgefressene Zwetschge. Der Waschbär schmatzte genüsslich und ließ den Kommissar nicht aus den Augen. Auf der Erde lagen bereits einige blanke Kerne. Lagarde schüttelte lächelnd den Kopf und knipste die Lampe aus. Dann ging er zurück in den Anbau.

Samy saß auf einer Holzbank vor seinem Bauernhof. Er hatte Claudines Haus genau im Blick. Inzwischen war es dunkel geworden. Der volle Mond verlieh dieser Sommernacht einen silbrigen Glanz. Der ehemalige Polizist war von einer großen Unruhe erfüllt, was sonst gar nicht seine Art war. Er wusste, dass Lagarde die Frauen und das Mädchen beschützen würde. Außerdem hielt er es für nicht besonders wahrscheinlich, dass der Täter erneut zuschlagen würde. Jemanden in einem Haus zu überfallen und zu bedrohen war etwas ganz anderes, als einen Anschlag auf einem frei zugänglichen Parkplatz in der Wildnis zu verüben. Dennoch, er konnte sich nicht entspannen. Im Laufe des Abends hatte er vier Ster Holz, das er vorher gesägt und gehackt hatte, gestapelt, um sich zu beschäftigen und ein wenig abzulenken.

Gegen Mitternacht beschloss er, sicherheitshalber eine Runde um Claudines Grundstück zu drehen. Die Lichter in ihrem Haus waren schon lange erloschen. Er nahm sich Zeit und beobachtete die Umgebung genau. Nichts rührte sich, niemand war unterwegs. Ihm fiel nichts Verdächtiges auf.

Nachdem er seinen Kontrollgang beendet hatte, setzte er sich mit einer Flasche Bier wieder auf die Bank. Jetzt ins Bett zu gehen war unvorstellbar. Er überlegte, ob er sich endlich ein Herz fassen und Claudine zum Essen einladen sollte. Etienne hatte recht gehabt: Samy hatte sich verliebt.

Claudine lag im Bett und konnte nicht einschlafen. Sie war zu unruhig. Bevor sie zu Bett gegangen war, hatte sie noch einmal nach Sarah geschaut. Ihre Tochter schlief tief und fest. Neben Claudine schnarchte Hélène leise. Das Beruhigungsmittel hatte sie müde gemacht. Claudine drehte sich auf die Seite und schloss die Augen. Morgen hatte sie einen anstrengenden Tag vor sich, sie musste jetzt endlich schlafen.

Ein leises Knarren ließ sie auffahren. Was war das für ein Geräusch gewesen? Im ersten Moment konnte sie es nicht zuordnen. Sie wusste aber, dass sie es kannte. Atemlos lauschte sie. Es war wieder still. Dann überfiel sie eine schlagartige Erkenntnis: Die zweite Stufe der Treppe knarzte, wenn jemand sie betrat. War es Lagarde? Doch warum sollte er mitten in der Nacht in den ersten Stock schleichen? Schlagartig krallte sich Angst eiskalt in ihr Herz. Jemand war ins Haus eingedrungen und auf dem Weg in den ersten Stock. Sie wusste, dass die fünfte Stufe ebenfalls knackte, und schon drang das bedrohliche Geräusch in ihre Ohren. Hélène war plötzlich auch wach und sah ihre Freundin ängstlich an. »Was ist denn los?«

»Jemand ist im Haus. Los, komm! Wir müssen uns in Sarahs Zimmer verbarrikadieren, beeil dich.« Sie packte ihre Freundin bei der Hand. Mit der anderen holte sie einen Gegenstand aus der Nachttischschublade. Gemeinsam huschten sie, so schnell wie möglich, über den Flur und verschwanden geräuschlos in Sarahs Zimmer. Sie lauschten. Die zwölfte Stufe knackte. Gleich war der Eindringling im ersten Stock. Claudine drehte leise den Schlüssel im Türschloss und klemmte die Lehne eines Stuhls unter die Klinke.

»Komm von der Tür weg!«, befahl sie ihrer Freundin. »Geh zum Bett! Beruhige Sarah, falls sie aufwacht.« Sie baute sich vor dem Bett ihrer Tochter auf, hob die Hände und richtete voller Entschlossenheit eine Pistole auf die Tür. »Wenn der Einbrecher mein Kind bedroht, erschieße ich ihn.« Ihre Stimme klang eiskalt.

Kaum hatte Lagarde sich nach der Begegnung mit dem Waschbären wieder auf die Couch gelegt, hörte er ein Geräusch und fuhr hoch. Sekunden später vernahm er den Laut erneut und konnte ihn sofort zuordnen. Jemand war auf der Treppe, auf dem Weg zu Hélène, Claudine und Sarah.

Er sprang vom Bett, griff nach seiner Pistole und öffnete die Tür. Als er das Licht anknipste, vernahm er ein erneutes Knarren.

Ein Schatten verschwand um die Ecke im ersten Stock. »Stehen bleiben!«, brüllte Lagarde. »Ich bin bewaffnet!« Er stürmte die Stufen hinauf.

Ein Mann versuchte gerade, die Tür zu Sarahs Zimmer zu öffnen. Aus dem Raum erklang eine hysterische Stimme. »Verschwinde, du Schwein, sonst knall ich dich ab!« Claudine gab einen Warnschuss ab. Eine Kugel durchschlug das Türblatt und bohrte sich in die Verkleidung über der Treppe. Das Holz splitterte, und Sarah begann zu schreien. Als der Eindringling Lagarde entdeckte, stürzte er die Stiege zum Dachboden hinauf, bevor Lagarde erkennen konnte, wer der Mann war. Er folgte ihm und packte seinen Fuß. Der Mann schüttelte ihn ab und trat mit voller Wucht auf seine Finger, ehe er schnell durch die Luke schlüpfte und die Klappe zuwarf. Dann war ein Rumpeln zu hören. Lagarde vermutete, dass er einen schweren Gegenstand auf die kleine Falltür zog.

Rasch wog Lagarde seine Möglichkeiten ab. Blitzschnell lief er die Leiter hinunter. Seine Finger brannten wie Feuer. »Bleibt im Zimmer!«, schrie er, während er durch den Flur rannte und die Treppe hinabstürmte. Er sprintete durch die offenstehende Terrassentür in den Garten. Mit einem Satz war er am Holzzaun, sprang und zog sich hoch. Als er auf der anderen Seite im Gras landete, hörte er ein Keuchen. Er richtete die Pistole auf den Mann, der auf ihn zu rannte. Als er Samy erkannte, ließ er die Waffe sinken und sah zum Dachfenster hoch. Es war verschlossen.

»Er steigt auf der anderen Seite aus!«, rief er. Samy begriff sofort, und gemeinsam rannten sie um das Haus.

Als sie um die Ecke bogen, sahen sie, wie ein Mann von einem Weinrebenspalier auf den Boden sprang und davonrannte. Das Dachfenster stand nun sperrangelweit offen. Sie folgten dem Mann, so schnell sie konnten, doch er verschwand im Olivenhain. Als sie den Wald erreichten, konnten sie ihn nicht mehr sehen.

Sie blieben stehen und lauschten. Ein Stück rechts von ihnen hörten sie Geräusche, als ob jemand aus dem Gehölz floh. Sie rannten darauf zu und sahen gerade noch, wie ein Mann in einen Wagen sprang, den Motor aufheulen ließ und davonraste. Das Fahrzeug verschwand in der Dunkelheit. Es schien so, als ob der Eindringling diesen Feldweg kannte. Das Kennzeichen hatten sie nicht lesen können, sie wussten nur, dass das Fahrzeug eine dunkle Farbe hatte und ungewöhnlich breit war.

Frustriert gingen sie zum Haus zurück. Der Einbrecher war ihnen entwischt.

Sie hatten sich im Salon versammelt, und Samy kochte Tee. Hélènes Hände zitterten, und Claudine wirkte völlig erschöpft, während sie ihre Tochter im Arm hielt. Lagarde versuchte, sie zu beruhigen. »Er ist weg, und er kommt nicht zurück. Samy und ich halten Wache, bis es hell wird. Ihr braucht keine Angst mehr zu haben. Hélène fliegt heute nach Cherbourg, dort kann ihr nichts zustoßen.« Er blickte ernst auf Claudine, dann auf ihre Tochter. »Mit euch beiden hat das Ganze nichts zu tun. Aber ich mache mir schwere Vorwürfe, dass ich dem Arrangement hier zugestimmt habe. Das war ein großer Fehler.«

»Du kannst nichts dafür«, antwortete Hélène mit müder Stimme. »Ich wollte unbedingt hier übernachten. Dadurch habe ich Claudine und Sarah in große Gefahr gebracht. Es tut mir so leid.« Sie brach in trostloses Schluchzen aus. Claudine löste sich von ihrer Tochter und nahm die Freundin in die Arme. »Das ist Unsinn, Chérie! Ich war doch einverstanden. Schließlich hätte ich auch nein sagen können. Es ist ja zum Glück nichts passiert, denn Philippe und Samy haben schnell reagiert. Nur schade, dass der Kerl euch entwischt ist.«

Samy nickte. »Fast hätten wir ihn gehabt. Aber jetzt wissen wir, dass es sich um einen männlichen, sportlichen Täter handelt, der ein großes dunkles Auto fährt. Immerhin.«

»Sollten wir nicht die Polizei rufen?«, überlegte Lagarde.

»Sie ist doch schon da«, erklärte Samy achselzuckend. »Wenn wir sie rufen, kommt die Gendarmerie von Moustiers-Sainte-Marie. Wir erzählen alles, was passiert ist, und das war es dann. Also wozu? Wir müssen den Typen finden.«

»Ich finde, er hat recht«, meinte Claudine. »Ich mache mir Sorgen um mein Mädchen. Meinst du, du kannst noch ein wenig schlafen?«

Sarah lächelte sie liebevoll an. »Ich bin zu Tode erschrocken, als der Schuss knallte. Aber als ich dann begriffen habe, dass du alles tun würdest, um mich zu verteidigen, und wie du mit der Waffe in der Hand vor meinem Bett gestanden hast wie eine Löwin, die ihr Junges beschützt, das fand ich richtig cool. Ich bin stolz auf dich.«

»Woher hast du die Pistole, Claudine?«, wollte Samy wissen.

»Ich habe sie gekauft, gleich nachdem Sarah geboren war und wir hierher gezogen sind. Es ist alles legal, ich habe einen Waffenschein. Wenn eine Frau und ein Kind außerhalb wohnen, müssen sie sich verteidigen können.«

Samy nickte. Das fand er auch, Waffengesetze hin oder her.

Nachdem die Frauen und das Mädchen wieder ins Bett gegangen waren, setzten sich Lagarde und Samy auf die Terrasse und hielten sich mit Mokka wach. Der Mond verlieh der Oberfläche des Sees einen metallischen Glanz. Sie nahmen den lehmigen Duft der feuchten Erde wahr, und Samy griff nach seiner Kaffeetasse. »Verdammt, was war das für ein Fahrzeug?«

Lagarde schüttelte den Kopf. »Ich weiß es nicht.«

Samy überlegte. »Die Rückfront erinnerte mich an irgendetwas, aber ich kann es im Moment nicht greifen. Warte mal! Irgendetwas war da … Ich habe den Wagen heute schon einmal gesehen! Heute Nachmittag habe ich Hélène zu Claudine gefahren, aber vorher wollte sie nach Hause, um sich von Xavier zu verabschieden und eine Reisetasche zu packen. Ich habe im Auto auf sie gewartet. Am Caravan-Parkplatz am See stand der Wagen. Ich denke jetzt, der Mann hat uns beobachtet, also hat er auch gesehen, dass ich wieder weggefahren bin. Er ist davon ausgegangen, dass die Frauen mit dem Mädchen alleine im Haus sind.«

Samy war wütend. »Wir schnappen den Kerl.«

»Ja.«

»Wie sah er eigentlich aus? Würdest du ihn wiedererkennen?«

»Wohl kaum, es ging alles sehr schnell. Die Statur war groß und kräftig. Er war schwarz gekleidet und trug eine Mütze und Handschuhe. Das Gesicht konnte ich nicht erkennen.«

»Also keine Fingerabdrücke …«

»Nein, und es gibt vermutlich auch keine Reifenspuren. Der Tag war heiß und trocken. Ein Teil der Zufahrt zum Olivenhain ist sogar geschottert. Da kann man nichts erkennen. Wenn es hell ist, schaue ich mir den Dachboden an. Ich glaube aber nicht, dass ich eine Spur finden werde. Der Mann ist clever, wir dürfen ihn nicht unterschätzen.«

»Wenn er Claudine oder Sarah etwas getan hätte, würde ich ihn umbringen.«

»Ich weiß.«

Samy wechselte das Thema.

»Meinst du, ich kann Claudine mal zum Essen einladen?«

»Klar. Ich glaube, sie mag dich.«

Samy strahlte. »Echt?«

»Echt.«

Als die Sonne hinter den Bergen erschien, machten sie Frühstück.

PÉTANQUE-SPIEL IN TOURTOUR

Über dem See wölbte sich ein weiter blauer Himmel. Weiße Schafswolken zogen gemächlich gen Osten. Darunter erstreckte sich eine Wiese mit blühendem Mohn bis zu einem Steineichenwald. Die Eingangspforte zu dem Areal bildete ein römischer Torbogen. Es roch nach provenzalischen Kräutern und Pilzen.

Samy hatte geduscht, sich sorgfältig rasiert und war noch rasch beim Friseur gewesen. Er hatte sich für Jeans, dunkle Turnschuhe und ein blaues Hemd entschieden. Der orientalisch holzige Duft seines Eau de Toilette erfüllte den Innenraum des Autos. Er hatte mit Claudine vereinbart, dass er sie um dreizehn Uhr an der Kirche von Aiguines abholen würde. Um diese Zeit hatte sie Mittagspause. Er war von Moustiers-Sainte-Marie über die Brücke von Galetas nach Aiguines gefahren und näherte sich jetzt der Ortsmitte. Auf beiden Seiten der Hauptstraße bevölkerten Menschen die Cafés und Restaurants. Auf den Terrassen unter den bunten Markisen gab es keinen freien Tisch mehr.

Er entdeckte Claudine, die im Schatten einer Stechpalme neben dem Kirchenportal stand. Sie winkte ihm zu. Samy parkte in der zweiten Reihe und stieg aus. Sie begrüßten sich mit Wangenküsschen, und sie schenkte ihm ein strahlendes Lächeln. Claudine sah hinreißend aus. Das jadegrüne Sommerkleid betonte ihre schönen Augen, und ihre Lider glänzten silbrig hinter dichten schwarzen Wimpern. Die Haare hatte sie in der Mitte gescheitelt, geflochten und in einem Kranz um den Kopf gesteckt.

Samy hielt ihr die Wagentür auf. »Bitte schön, Madame.«

»Danke! Wo gehen wir denn essen?«

»Lass dich überraschen.«

Samy verließ den Ort in Richtung Westen. Die Straße wand sich kurvenreich in die Höhe, bis sie nach fünf Kilometern ihr Ziel erreichten. Der Roc du Maillet war ein Aussichtspunkt am Südufer des Verdon. Dort gab es ein altes Landgut, das sich an einen Hang klammerte. Früher hatten die Eigentümer von der Schafzucht gelebt. Sie gehörte in der wilden Schluchtenlandschaft zu den wichtigsten Einnahmequellen in der Landwirtschaft. Im Herbst zogen tausende von Schafen in Herden in die Täler, und im Sommer grasten sie im Gebirge. Seit Jahrhunderten folgten sie dem gleichen Weg.

Jetzt war das Landgut ein Restaurant mit einem unprätentiösen traditionellen Ambiente. Auf der Karte fand man typische provenzalische Gerichte aus regionalen Produkten. Das Lokal war bei Einheimischen sehr beliebt, die Touristen fanden es wunderbar ursprünglich. Der Charakter des Gutes war bei der Restaurierung vollständig erhalten geblieben. Es war ein langgestrecktes einstöckiges Bauwerk mit einem kompakten Turm als Anbau. Die verwitterte Schafstränke bildete den Blickfang im Hof. Das Lokal hatte dem jahrhundertealten Olivenbaum, der sich darüber beugte, seinen Namen zu verdanken: *L' Olivier d'Argent*, silbriger Olivenbaum. Hinter einer Steinmauer erhob sich ein gewaltiges Bergmassiv, dessen Flanken von Gebüsch überwachsen waren. Daneben stürzte ein tosender Wasserfall in die Tiefe.

Claudine war noch nie in dem Restaurant gewesen und schien begeistert. Samy hatte einen Tisch im Garten reservieren lassen, der wie eine Terrasse über der Schlucht lag. Der freundliche Kellner führte sie an ihren Platz, fragte nach dem Getränkewunsch und schlug für die Gäste die Speisekarte auf. »Die Spezialität des Hauses ist Lammkeule von Jungtieren«, informierte er sie. »Als Fisch des Tages haben wir heute frischen Zander.«

Claudine bedankte sich für die Einladung und bewunderte die Aussicht. Der Blick auf die Schlucht war spektakulär. Zwischen einer vertikal abstürzenden rauen Felswand und einem steilen grünen Hang schimmerte der smaragdfarbene Verdon. Auf der senkrechten Steinplatte hing ein Kletterer in der Wand. Nur von einem roten Seil gesichert schien er wie ein

Gecko daran zu haften. Allein bei diesem Anblick wurde ihr schwindlig.

Sie bestellten beide die Lammkeule mit kleinen Rosmarinkartoffeln, überbackene grüne Bohnen im Speckmantel und dicke Bohnen in Tomatensauce aus dem Backofen. Bei der gemischten Vorspeise erzählte Claudine von einem Telefonat, das sie vorhin mit Hélène geführt hatte. »Sie hat heute Morgen auf der Gendarmerie von Trigance ihre Aussage gemacht und das Protokoll unterschrieben. Die Polizisten waren sehr nett. Anschließend hat Philippe sie nach Marseille zum Flugplatz gefahren.« Lagarde und sie duzten sich nach der zurückliegenden schrecklichen Nacht. »Durand kam nicht auf die Wache, um mit ihr zu sprechen.« Sie seufzte. »Natürlich nicht. Das hätte ich ihr gleich sagen können. Er hatte Wichtigeres zu tun.«

»Was denn?«, wollte Samy wissen.

»Er war auf einen Sektempfang beim Bürgermeister eingeladen. Unser Dorfoberhaupt feiert heute sein fünfjähriges Dienstjubiläum.«

»Ich verstehe. Durand betreibt Netzwerkpflege.«

»So ist es.«

»Hat er nichts dagegen, dass du heute länger Mittagspause machst?«

»Nein, in der Hinsicht ist er großzügig. Hauptsache, ich mache meine Arbeit. Wann, ist ihm egal. Wenn er nach dem Sekt und den Häppchen wie fast jeden Tag bei seiner Mutter zu Mittag isst, hält er danach einen Mittagsschlaf und trinkt noch Kaffee mit ihr. Deshalb wird er mein Fehlen wahrscheinlich gar nicht bemerken.«

»Wo ist eigentlich Sarah? Sie war auch eingeladen.«

»Sie ist schon wieder mit ihrer Freundin unterwegs. Das Biologieprojekt ist ziemlich umfangreich. Heute sammeln sie Pflanzen und trocknen sie.«

Samy zögerte. Dann fasste er sich ein Herz. »Wir könnten doch einmal zusammen einen Ausflug machen oder eine Wanderung mit Picknick am Fluss. Oder wir fahren ans Meer. Was meinst du?«

»Das ist eine schöne Idee, ich würde mich freuen. Sarah bestimmt auch.«

Samy hatte sich die Reaktion etwas enthusiastischer vorgestellt. Er sah Claudine besorgt an. »Habe ich etwas Falsches gesagt? Bin ich dir zu nahe getreten?« Er fuhr sich nervös durch die Stoppelhaare. »Das wollte ich nicht. Es tut mir leid.«

Claudine griff nach seiner Hand. Sie fand sie ungeheuer männlich mit den kräftigen Fingern und den breiten Gelenken. »Du hast gar nichts falsch gemacht. Wenn du Lust hast, können wir am Samstag einen Ausflug machen. Vielleicht nach Port Grimaud? Dort soll es sehr schön sein.«

Sie sah ihn mit schiefem Kopf an und lächelte. Ihre roten Lippen glänzten.

»Du siehst wunderschön aus«, sagte er.

»Danke. Weißt du, mich bedrückt etwas, deshalb mache ich keinen besonders fröhlichen Eindruck.«

»Was bedrückt dich denn?«

»Hast du die Nachricht noch nicht gehört? Sie verbreitet sich wie ein Lauffeuer um den See.«

Samy schüttelte verwundert den Kopf. »Ich weiß nicht, was du meinst.«

Traurig sah sie ihn an. »Der alte Bürgermeister von Les Salles-sur-Verdon, Jean Sagnol, ist verunglückt. Er hat gestern, wie jeden Tag, einen Spaziergang am See entlang gemacht. Dabei ist er wohl abgestürzt. Zwei Jungs haben ihn am Nachmittag gefunden. Es muss ein furchtbarer Anblick gewesen sein, die beiden haben einen Schock erlitten. Die Bergwacht hat ihn geborgen.«

»Das tut mir leid, aber ich kannte ihn überhaupt nicht.«

»Ich kannte ihn vom Sehen. Er war ein freundlicher älterer Herr.«

»Wie konnte das denn passieren? Ist er abgerutscht? War er tatterig und unsicher beim Laufen?«

»Nein, überhaupt nicht. Er war topfit für seine dreiundachtzig Jahre. Ja, er benutzte einen Spazierstock, aber damit konnte er recht gut gehen. Das sagen alle, die ihn kannten.«

Samy sah sie nachdenklich an. »Schon wieder ein Sturz. Sie häufen sich in dieser Gegend auf beunruhigende Weise.«

Claudine nickte ernst. »Das finde ich auch. Und dazu noch der Überfall letzte Nacht.«

Der Hauptgang schmeckte hervorragend. Das Fleisch und die verschiedenen Beilagen waren in kleinen Tonschüsseln mit Deckel und winzigem Knauf serviert worden. Sie hatten das Thema gewechselt und erzählten ein wenig aus ihrem Leben.

Schließlich brachte der Kellner das Dessert. Sie hatten hausgemachte Mousse au Chocolat gewählt, die herb und süß zugleich schmeckte und auf der Zunge zerging. Nachdem sie einen Mokka getrunken hatten, bat Samy um die Rechnung. Claudine musste ins Büro zurück. Als er in Aiguines vor der Kirche geparkt hatte, sah er ihr in die Augen. »Darf ich dich küssen?«

Sie nickte. Er gab ihr einen zärtlichen Kuss auf den Mund. »Es war schön mit dir.«

»Ja, es war wirklich schön. Danke für die Einladung.« Einen Moment zögerte sie. »Hast du Lust, heute Abend auf ein Glas Wein vorbeizukommen? Sarah übernachtet bei ihrer Freundin.«

»Sehr gerne.«

»Gegen acht?«

»Ich werde da sein.« Zärtlich strich er über ihre Wange.

»Ich freue mich.« Sie stieg aus und ging über die Straße. Bevor sie die Polizeistation betrat, drehte sie sich noch einmal um und winkte. Dann war sie verschwunden. Samy sah ihr versonnen nach. Er zog sein

Handy aus der Brusttasche und rief Lagarde an. »Salut, Philippe. Wo steckst du?«

»Ich bin gerade auf dem Rückweg von Marseille. Hélène ist abgeflogen.«

»Das ist gut.«

»Ja. Gibt es irgendetwas?«

»Allerdings. Hör zu.« Er berichtete seinem Freund, was er von Claudine erfahren hatte.

»Schon wieder ein Sturz?« Lagarde wirkte beunruhigt. »Das kann kein Zufall sein. Wie gehen wir vor?«

»Ich schlage vor, wir hören uns einmal um und sehen uns die Unglücksstelle und den Fundort an. Ich habe einen guten Freund bei der Bergwacht. Er wird sie uns zeigen.«

»Gute Idee, das machen wir. Rufst du ihn an? Vielleicht hat er heute am späten Nachmittag Zeit. Wir sollten uns dort so schnell wie möglich umschauen. Ich bin gegen achtzehn Uhr wieder zurück. Sagst du mir Bescheid?«

»Ich melde mich. Bis später.«

»Bis später.«

Lagarde schaute gedankenverloren auf die Straße, die vor ihm in der gleißenden Sonne lag. Was war hier los? Wer steckte hinter diesen schrecklichen Ereignissen? Und vor allem, was trieb ihn an?

Etienne freute sich wie jeden Mittwoch auf das Pétanque-Spiel in Tourtour mit seinen Kumpels. Fröhlich pfeifend stieg er in sein Auto. Napoleon sprang auf den Beifahrersitz. Natürlich durfte er auch mitkommen.

Nach sechsundzwanzig Kilometern auf der Landstraße, die durch eine dünnbesiedelte, bewaldete Gebirgslandschaft führte, erreichte er das Dorf. Es lag auf einem einsamen Bergkegel. Von dort aus bot sich ein weiter Blick über Kirschgärten, Melonenfelder und Weinberge. In der Ferne, am dunstigen Horizont, erahnte man das Meer. Tourtour wurde von den Einheimischen liebevoll *Dorf im Himmel der Provence* genannt. Es galt als einer der schönsten Orte Frankreichs.

Etienne passierte die romanische Kirche Saint-Denis, die sich trutzig über dem Dorf erhob. Davor, auf einem kleinen Platz, befand sich ein Springbrunnen, in dessen Mitte rosa Geranien blühten. Hinter der Kirche bog Etienne links ab und folgte einer von Zypressen gesäumten Straße zu einem Parkplatz.

Das Boulodrome befand sich am Ortsrand. Es bestand aus zwei rechteckigen Sandplätzen, die von einer niedrigen Umfassung aus Stein begrenzt wurden. Dazwischen erhob sich ein Flutlichtmast, damit man bis weit in den Abend spielen konnte. Jetzt lagen die Spielflächen im Schatten großer Platanen. Der Mistral hatte den Himmel leuchtend blau gewaschen. Auf den umliegenden Bergen sowie in den Senken bildeten Sträucher, Waldinseln, Zwetschgenbaumplantagen und Tomatengärten bunte Farbtupfer. In Südfrankreich gab es in fast jedem Ort einen solchen Platz, auf dem die begeisterten Freizeitspieler ihre schweren silbernen Kugeln um das Couchon, das Schweinchen, eine kleine farbige Holzkugel, platzierten. Auf grün lackierten Holzbänken, die sich am Spielfeldrand reihten, saßen die Zuschauer. Daneben standen Kühltaschen mit der Verpflegung.

Etienne und Napoleon gingen zu dem Platz, der für die Männer um diese Uhrzeit reserviert war. Dort warteten seine Freunde bereits auf ihn. Sie alle trugen bequeme Freizeitkleidung und hatten die Holzschatullen mit den Kugeln unter den Arm geklemmt oder vor sich liegen. Da war Alain, mittelgroß, dünn, mit schütteren Haaren. Sein Spiel war von überbordendem Ehrgeiz geprägt. Bernard, klein, übergewichtig, mit einer weinroten Schiebermütze. Er war mehr am Wein danach interessiert. Robert, breit, vierschrötig, die wenigen grauen Haare über die Glatze gekämmt. Seit dem plötzlichen Tod seiner Frau fühlte er sich einsam und suchte Gesellschaft. Claude, mit dem kahlen eierförmigen Kopf, hager und immer gutgelaunt, nahm das Match nicht so ernst wie die anderen. Schließlich Lucien Deveraux. Der Bauunternehmer hatte kurzgeschnittene graue Haare, ein rundes Gesicht und ein Doppelkinn. Der Schnauzbart war ebenfalls grau, der

Kinnbart saß genau mittig und war exakt gestutzt. Der Mann war korpulent und fast zwei Meter groß. Seine Firma in Draguignan florierte, und er hatte viel Arbeit. Der Mittwochnachmittag jedoch gehörte dem Boules-Spiel.

Die sechs Freizeitspieler begrüßten sich lautstark, händeschüttelnd und einander auf die Schultern klopfend. Schließlich bildeten sie zwei Mannschaften. Jeder Spieler hatte zwei Kugeln, die so nah wie möglich bei der rosafarbenen Holzkugel platziert werden mussten. Begeistert warfen sie ihre polierten, teils sogar gravierten Kugeln aus einem in den Sand gemalten Kreis heraus, die Füße mussten dabei zusammenbleiben. Abstände wurden mit einem Metermaß akribisch gemessen und verglichen. Kugeln der gegnerischen Mannschaft, die sehr nahe beim Schweinchen lagen und Punkte brachten, versuchte man wegzuschießen. Zuschauer folgten gebannt dem Spielverlauf, kommentierten ihn mit ausholenden Gesten und tranken dabei Wein oder Anisschnaps. Napoleon lag im Schatten eines Ginsterbusches und schlief.

Nach zwei Stunden hatte die Mannschaft von Etienne gewonnen. Wie immer suchten sie anschließend das Café bei der Kirche auf, um einen Pastis zu trinken. Es lag in einer abschüssigen Gasse und hieß »Chez Suzette« nach der Besitzerin. Die Wirtin war eine herzliche, lustige Frau in den Fünfzigern, deren Markenzeichen kurze bunte Glockenröcke waren, die sich um die drallen Hüften spannten. Die einfachen Sitzgelegenheiten waren auf einer Terrasse vor einer mittelalterlichen hohen Mauer gruppiert, über die violette Glyzinien kletterten. Gegenüber, neben dem grüngerahmten Eingang zum Café, gab es einen Souvenirladen, in dem Honig, Lavendelelixiere und Seife verkauft wurden.

Die Männer versammelten sich gutgelaunt um den einzigen noch freien Bistrotisch und riefen nach der Wirtin. Nach dem Spiel hatten sie Durst. Nachdem die eisgekühlten Getränke serviert worden waren, stießen sie an, analysierten und diskutierten mit lebhaften Gesten den gesamten Spielverlauf. Deveraux bestellte eine zweite Runde, die auf seine Rechnung ging.

Als sie schließlich aufbrachen, bat Etienne den Bauunternehmer um ein Gespräch unter vier Augen. Deveraux war erstaunt, setzte sich aber bereitwillig wieder hin und ließ sich zu einem Glas Rotwein einladen. Etienne überlegte, wie er das Gespräch beginnen sollte. Er wollte nicht zu viel preisgeben. Nachdenklich drehte er das Glas in der Hand. Deveraux sah ihn fragend an und lächelte. »Worüber willst du mit mir sprechen, Etienne?«

»Es geht um Georges Lebeau.«

»Ja, ich habe natürlich davon gehört. Er ist mit seinem Wagen in die Schlucht gestürzt. Was für ein furchtbares Unglück.«

»Durand, der Polizeichef von Aiguines, geht von einem Selbstmord aus.«

»Lebeau? Selbstmord? Das kann ich mir nicht vorstellen.«

»Seine Frau Hélène auch nicht. Sie hat einen Freund gebeten, sich ein wenig umzuhören. Philippe Lagarde und ich kennen uns von früher. Er wohnt für einige Tage bei mir, und ich habe angeboten, mit dir zu sprechen.«

»Worüber denn genau?«

»Lebeaus Sekretärin hat uns von einem Streit erzählt. Dabei sollst du gedroht haben, ihn in die Schlucht zu stoßen.«

Deveraux sah ihn verblüfft an. »Das habe ich doch nicht so gemeint! Ich war wütend auf ihn, weil er mir einen großen Auftrag weggeschnappt hat. Aber deswegen bringe ich doch niemanden um. Mein Geschäft läuft hervorragend! Außerdem wollte ich ihn bei der Bauaufsicht anzeigen. Dann hätte ich den Auftrag vielleicht doch noch bekommen.«

»Weswegen wolltest du ihn anzeigen?«

»Wegen Bestechung.«

»Was?«

»Er hat einige Gemeinderatsmitglieder, die im Bauausschuss sitzen, bestochen, damit er den Auftrag bekommt.«

»Kannst du das beweisen?«

»Ja, der Vorsitzende des Ausschusses wollte reden.

Ihm ist die Sache zu heiß geworden. Aber jetzt, nachdem Lebeau tot ist? Ich weiß nicht. Eigentlich hat der Gemeinderat jetzt keinen Grund mehr auszupacken. Der Auftrag wird sicherlich neu vergeben.«

»Womit hat er sie bestochen?«

Deveraux schmunzelte. »Auf klassische Art und Weise. Und es hat funktioniert.«

»Wie meinst du das?«

»Nun ja, er hat sie zu einer dreitägigen Luxuskreuzfahrt auf dem Mittelmeer eingeladen. Sie sind in Le Lavandou gestartet und wollten, mit einem Zwischenstopp in Saint-Tropez und Cannes, nach Monte Carlo segeln. Mit dabei waren auch mehrere junge attraktive Damen eines Escortservice. Es wurde viel gefeiert und getrunken.«

Er machte eine vielsagende Pause, bevor er fortfuhr. »Danach war die Angelegenheit mit der Abstimmung geregelt. Sie haben sich kaufen lassen. Doch einer bekam Gewissensbisse. Er meinte, er könne dieses Votum nicht mit seinem Gewissen vereinbaren. Es gebe schließlich andere Angebote, die günstiger und umfangreicher in der Leistung seien.«

»Und was ist dann passiert?«

»Lebeau hat in einem Gespräch mit ihm beiläufig erwähnt, dass während des Ausflugs Handyfotos gemacht wurden. Sie würden die Männer auch in Gesellschaft mit den Damen zeigen. Er deutete an, dass diese Aufzeichnungen in die falschen Hände gelangen könnten. Und dass die Frau des Gemeinderates möglicherweise wenig Gefallen daran finden würde. Sie hat das Vermögen mit in die Ehe gebracht, die Konsequenzen wären also fürchterlich für ihn gewesen. Er wäre politisch, gesellschaftlich und finanziell ruiniert gewesen. Seine Kinder hätte er nie mehr gesehen.«

»Harte Bandagen.«

»Ja.«

»Und jetzt ist Lebeau tot. Wie heißt der Gemeinderat?«

»Etienne, das kann ich dir nicht sagen. Ich habe ihm versprochen alles zu vergessen.«

»Na, komm schon! Es ist wichtig, denn es spricht viel dafür, dass Lebeau getötet wurde. Deshalb musst du mir den Namen sagen.«

Deveraux zupfte nervös an seinem Bart.

»Also gut. Aber von mir hast du ihn nicht.«

»Einverstanden.«

»Ehrenwort?«

»Wenn es irgendwie geht, halte ich dich aus der Sache raus. Mehr kann ich nicht versprechen.«

»Also gut. Er heißt Nicolas Fillon und wohnt in Moustiers- Sainte-Marie.«

»Danke.«

Etienne bestellte zwei Mokkas. Danach wollte er nach Bauduen zurückfahren.

Am späten Nachmittag trafen sich Lagarde und Samy auf einem Wanderparkplatz, der über einen geschotterten Weg zu erreichen war. Der Platz bildete den Ausgangspunkt für Wandertouren in die Berge oder am See entlang, die alle in verschiedenen Farben auf einer Tafel aufgezeigt wurden. Die schwierigsten und längsten Strecken waren rot markiert. Kleinere Rundgänge waren blau eingezeichnet und auch für Kinder geeignet.

Die ehemaligen Polizisten warteten auf Cyril Jauffret. Er war Mitglied bei der Bergwacht und ein Freund von Samy. Lagarde sah auf seine Armbanduhr.

»Cyril wird gleich kommen«, meinte Samy. »Er ist immer zuverlässig und meistens pünktlich.«

»Hast du ihn kennengelernt, als du hierhergezogen bist?«

»Ja, kurz danach. Ich habe mir überlegt, wie ich Anschluss finden könnte. Ich kannte ja niemanden hier. Dann sah ich zufällig ein Plakat der Bergwacht, die um Mitglieder warb. Ich klettere gerne und sicher, das weißt du ja, und so bin ich Mitglied geworden. Mir hat diese ehrenamtliche Tätigkeit sehr gut gefallen. Wir haben einige Menschen aus äußerst misslichen Situationen retten können. Manche waren schwer verletzt und hätten nicht mehr lange überlebt. Man kann sich das gar nicht vorstellen, wie sich Wanderer und Bergsteiger manchmal auf den Weg machen. Einmal, im Winter, eroberte eine junge Frau einen schneebedeckten Gipfel mit Flipflops.« Er lachte. »Es ist unglaublich.«

»Bist du noch dabei?«

»Nein. Ich bin letztes Jahr aus dem Verein ausgetreten.«

»Warum? Als du gerade davon erzählt hast, klangen Engagement und Begeisterung heraus.«

»Ich hatte Differenzen mit dem Leiter der Sektion, Thomas Rocher. Immer wieder. Er ist arrogant, rechthaberisch und nicht teamfähig. Nur seine Meinung zählt, sonst keine. Damit bin ich nicht klargekommen.«

»Ich verstehe.«

»Ja, ich hatte schon immer Probleme damit, Befehlen widerspruchslos zu folgen. Natürlich muss einer bei einem gefährlichen Einsatz das Sagen haben. Anders geht das nicht, man kann vor Ort nicht anfangen zu diskutieren. Aber auch danach war keine Manöverkritik erwünscht, was sage ich, nicht geduldet.« Samy lächelte. »Schade eigentlich, ich mochte die Einsätze und die Übungen gerne. Merkwürdig ist, dass der Vater von Thomas ein ganz netter älterer Herr ist, ganz anders als sein Sohn. Casimir war damals im alten Les Salles-sur-Verdon ein kleiner Ziegenbauer. Er war damals absolut gegen die Sprengung des alten Dorfes und die Flutung des Sees. Wie andere Bewohner auch, fürchtete er, dass er seinen Besitz verlieren würde, auch wenn es nicht viel war. Die Menschen hier liebten ihren Grund und Boden und die Tradition. Sie wurden vor der Flutung in neue Häuser umgesiedelt, die die französische Regierung bezahlte. Unterhalb des neuen Dorfes hat Casimir ein Stück Land am See als weitere Entschädigung bekommen. Als der Tourismus noch in den Kinderschuhen steckte, richtete er dort einen Campingplatz ein. Inzwischen gibt es auf dem großen Areal dreißig Homemobils, zwei Schwimmbecken, einen Supermarkt und ein Bistro. Die Idee wurde ein Erfolgsmodell. Sein Sohn Thomas führt jetzt die Geschäfte. Casimir ist krank und hat sich zur Ruhe gesetzt.«

Ein Jeep ruckelte über den Schotterweg und zog eine gewaltige Staubwolke hinter sich her. Der Fahrer parkte neben den beiden anderen Fahrzeugen und sprang aus dem Auto. Es war ein großer, sonnengebräunter Mann mit lockigen blonden Haaren. Er trug eine über den Knien abgeschnittene Jeans und feste Bergstiefel. »Salut!«, rief er. »Entschuldigt die kleine Verspätung. Ich wurde aufgehalten.« Offensichtlich nicht im mindesten schuldbewusst grinste er sie fröhlich an. Samy stellte ihm Lagarde vor. »Warum wollt ihr die Stelle eigentlich sehen?«, fragte der junge Mann.

»Wir finden, dass sich die Abstürze hier in letzter Zeit häufen«, erklärte Lagarde.

»Ja, das stimmt. Wir haben innerhalb der Einsatzgruppe auch schon darüber gesprochen.« Er runzelte die Stirn. »Aber wir haben keine Erklärung dafür.«

»Wir auch nicht. Deshalb möchten wir die Stelle sehen.«

»In Ordnung. Aber sagt Thomas nichts davon! Er reißt mir sonst den Kopf ab. Nichts hasst er mehr, als wenn man ihm Informationen vorenthält und er nicht über alles Bescheid weiß.«

»Wir sagen ihm nichts«, beruhigte Samy ihn. »Dieses Treffen bleibt unter uns. Lasst uns jetzt gehen.«

»Vom Parkplatz aus führt ein Pfad zum See«, erklärte Cyril. »Von dort aus ist es nicht mehr weit zur Absturzstelle. Wir haben Sagnol vom Bergkamm aus geborgen. Vom See her wäre es schwieriger gewesen. Dort sind die Felsen steil und glatt.« Er setzte sich in Bewegung. Lagarde und Samy folgten ihm.

Sie liefen auf einem gewundenen Pfad, der stetig bergauf führte. Die Landschaft war karg und steinig. Dornengestrüpp krallte sich in die trockene Erde. Es duftete nach Salbei. Auf einem flachen Felsen sonnte sich ein Salamander, seine Zeichnung leuchtete sonnengelb. Nach zwanzig Minuten gelangten sie zu einer Weggabelung. Cyril hielt sich rechts und folgte dem Weg, der oberhalb des Sees entlangführte. Die hohen Steinbrocken rechter Hand warfen bereits lange Schatten. Links gab es eine schmale Böschung, die in zerklüftete Felsen überging. In der Tiefe funkelte der See ultramarinblau.

»Hier ist die Stelle«, erklärte Cyril und blieb stehen. »Wenn ihr nach unten seht, könnt ihr den Baum erkennen, in dem sich der Körper von Jean Sagnol verfangen hat. Beim Sturz ist er offensichtlich mehrfach auf Felsen, Vorsprünge und Kanten aufgeschlagen. Er hatte Schürfwunden, schwere Prellungen, einen gebrochenen Arm und eine tiefe Wunde am Kopf. Bestimmt hatte er nach solch einem Sturz auch innere Verletzungen. Wir vermuten, dass er schon tot war, als er in den Baum fiel.«

Sie schwiegen betroffen. Lagarde blickte in die Tiefe. Vom Kamm bis zu dem Baum waren es bestimmt mindestens dreißig Meter. Grashalme auf der Böschung waren umgeknickt. Er deutete darauf. »Wart ihr das beim Abstieg?«, wollte er wissen.

»Nein, wir sind zwei Meter rechts davon hinuntergestiegen. Die Stelle war für die Bergung günstiger.« Auf dem Platz, auf den er zeigte, waren Gebüsch und Gras niedergetrampelt.

»Warum hat Sagnol sich so weit vorgewagt?«, fragte Lagarde. »Er hat den Weg verlassen. Warum? Das war doch gefährlich. Es gibt überall Geröll, auf dem man wegrutschen kann.«

»Der alte Herr beobachtete gerne Tiere. Oft erzählte er im Bistro davon. Vielleicht hat er einen der scheuen Eisvögel entdeckt, die es hier manchmal gibt, und wollte ihn betrachten. Dadurch war er abgelenkt und ist zu nah an den Abgrund geraten.«

Samy griff nach den überhängenden Zweigen eines Weißdornstrauches, der oberhalb der Böschung wucherte, und hob sie hoch. Darunter befand sich eine Schleifspur. Sie war etwa sechzig Zentimeter breit und führte direkt zur Abbruchkante. Cyril wirkte beunruhigt. »Was hat das zu bedeuten?«

Lagarde und Samy wechselten einen ernsten Blick. »Das kann alles Mögliche bedeuten«, antwortete Lagarde. »Aber es gefällt mir nicht. Machst du bitte Fotos, Samy?«

Während sein Freund die Spuren dokumentierte, betrachtete der Kommissar eingehend die Umgebung. »Gab es sonst noch etwas, das euch aufgefallen ist?«, wandte er sich an Cyril.

»Ja, eine Sache war seltsam. Der alte Bürgermeister hatte einen Spazierstock dabei. Den haben wir drei Meter entfernt von der Absturzstelle gefunden. Da vorne, bei dem hohen Felsquader.«

»Lehnte er am Felsen? So, als hätte man ihn kurz abgestellt?«

»Nein, er lag auf der Erde. Als hätte ihn jemand einfach dort hingeworfen. Oder weggeworfen.«

»Oder nach jemandem geworfen«, dachte Lagarde. »Nach jemandem, vor dem er Angst hatte.«

»Wo ist der Stock jetzt?«

»Die Gendarmerie hat ihn mitgenommen. Wahrscheinlich bringen sie ihn der Witwe.«

Sie suchten das Gelände nach weiteren Spuren ab. Sorgfältig gingen sie den Pfad entlang. Sie schauten in die Ritzen und Höhlungen der Felswand. Büsche,

Sträucher und Pflanzen wurden genau untersucht, ebenso die Böschung und die Absturzstelle. Es gab keine weiteren Auffälligkeiten.

Nachdem sie die Suche beendet hatten, machten sie sich schweigend auf den Rückweg zum Parkplatz. Jeder hing seinen Gedanken nach. Sie bedankten sich bei Cyril und verabschiedeten sich. Der junge Mann stieg in seinen Jeep und fuhr winkend davon. Wieder hinterließ er eine graue Staubwolke.

Samy hatte sich nach der Begehung der Unglücksstelle auf den Heimweg gemacht. Die Einladung von Lagarde auf ein Glas Wein im »Fliegenden Fisch« hatte er etwas verlegen abgelehnt. Er wollte sich unbedingt noch frisch machen, bevor er Claudine besuchte. Lagarde hatte keine Lust, das Lokal alleine aufzusuchen, und beschloss, einkaufen zu gehen. Er hatte Pascal und Etienne versprochen, heute Abend zu kochen. Seine Freunde hatten sich Fisch gewünscht. Für einen Aperitif, den er ausprobieren wollte, brauchte er Champagner, Campari und Orangensaft.

Nachdem der Kommissar seine Einkäufe erledigt hatte, fuhr er zum Chalet. Etienne war noch nicht aus Tourtour zurückgekehrt. Für solche Fälle lag ein Hausschlüssel unter der Amphore. Als er mit seinen Tüten in den Salon trat, strich Edith schnurrend um seine Beine. Für sie hatte er ein Stück Fischfilet gekauft, das er jetzt kleinschnitt und in ihren Napf gab.

Anschließend begann er, die Goldbrassen auszunehmen, zu säubern und zu würzen.

Als Pascal eintraf, bat er ihn, den Grill auf der Terrasse anzuschüren. Inzwischen waren die Kartoffeln gar. Sie wurden geschnitten und in der Pfanne mit Butter und Kräutern der Provence aus dem Garten gebraten. Schließlich schob er den Radicchio-Auflauf, beträufelt mit feinstem Olivenöl, in die Backröhre. Vor dem Servieren wollte er noch gehackte Walnüsse darüberstreuen. Die Fischsuppe, die er als Entrée vorgesehen hatte, wurde langsam erhitzt. Sie durfte auf keinen Fall aufkochen. Schließlich machte er sich an die Crème brûlée. Die Taler aus Ziegenkäse, einem nussig-frischen Picodon, ruhten auf einem Holzbrett.

Lagarde hatte gerade den Aperitif gemixt, als Etienne eintraf. Pascal stand am Grill und sorgte für glühende Kohlen. »Bonsoir, mes amis!« Etienne war bester Laune. »Meine Mannschaft hat gewonnen, und zwar bravourös! Und mit Deveraux habe ich auch gesprochen. Das war interessant, ihr werdet euch wundern.«

Lagarde schenkte den Aperitif ein. »Ich schlage vor, wir essen und besprechen uns danach.«

Seine Freunde waren einverstanden. Sie wollten in Ruhe ihren Drink nehmen und anschließend das Menü genießen. Die Fälle würden ihnen nicht davonlaufen. Sie ließen es sich schmecken und waren voller

Lob für den Koch. Als das Feuer im Kamin brannte und Etienne den Mokka gebracht hatte, begannen sie mit ihrer Besprechung.

Pascal berichtete, dass die Ergebnisse aus Paris eingetroffen waren. Er hatte das zertrümmerte Handy aus dem Handschuhfach und den Stofffetzen vom Nummernschild des Unfallwagens an eine Spezialabteilung der Spurensicherung geschickt. Ebenso den Fußabdruck, den sie hinter Lebeaus Verwaltungsgebäude entdeckt hatten. Pascal entschied sich, mit dem Abdruck zu beginnen.

»Es handelt sich um einen Sportschuh für Männer der Marke Nike. Vor einem Jahr brachte der Hersteller eine Sonderedition für das gehobene Kundensegment heraus, sozusagen eine Exklusivserie, die limitiert war. Der Prime Lion ist schwarz mit silbernen Streifen auf der Seite, die den Sprung eines Löwen andeuten. Die Sohle hat ein einzigartiges Muster, das sich von dem der Damensportschuhe dieser Serie unterscheidet, die goldene Streifen haben. Bemerkenswert ist, dass dieser springende Löwe tatsächlich aus Edelmetallen besteht. Nach einem Monat war die Spezialedition ausverkauft. Die Kunden waren weltweit begeistert. Es gab jedoch keine Nachfolgeserie, da es immer wieder zu Problemen mit den Streifen kam. Es schien unmöglich, das Gold oder das Silber nachhaltig in das Leder zu integrieren. Der Schuh wurde auch in Frankreich tausendfach verkauft. Man hätte ihn aber natürlich auch im Internet bestellen können. Er kostete sechshundertvierzig Euro.«

Etienne war verblüfft. Er ging davon aus, dass alle seine Schuhe zusammen nicht so viel gekostet hatten. »Welche Größe ist es?«

»Vierundvierzig.«

»Okay, dann ergänze ich das Täterprofil auf unserer Pinnwand um die Schuhgröße.«

»Du kannst auch dazuschreiben, dass er vermutlich wohlhabend ist«, meinte Lagarde.

»Ja, davon können wir ausgehen. Außer, er hat sie geschenkt bekommen.«

»Wir können nicht alle Eventualitäten berücksichtigen«, merkte Lagarde an. »Wir halten uns an das Wesentliche und Offensichtliche. Sonst verzetteln wir uns.«

Pascal ergriff erneut das Wort: »Philippe hat recht. Der Täter hätte sie auch stehlen können. So kommen wir nicht weiter. Also gut, jetzt zum Handy. Die gespeicherten Daten waren teilweise zerstört. Das hatten wir uns schon gedacht, nachdem wir den Zustand des Mobiltelefons gesehen hatten. Die Pariser Kollegen haben mir alle Nachrichten von der Mailbox überspielt, die noch gerettet werden konnten. Außerdem habe ich eine Liste mit den gewählten ein- und ausgehenden Nummern. Heute Nachmittag habe ich mich eingehend damit beschäftigt, die Nachrichten mehrfach angehört und versucht, alle vorhandenen

Telefonnummern zuzuordnen. Durch den Aufprall beim Absturz war die Menge relativ übersichtlich, sonst hätte ich viel mehr Zeit gebraucht. Außerdem hatte ein Assistent meines Kontaktmannes in Paris anhand der Nummern bereits versucht, die Besitzer ausfindig zu machen.«

Er trank einen Schluck Wasser und sah konzentriert auf seine Notizen. »Es handelt sich um Gespräche mit Geschäftspartnern, Zulieferern, Kunden, Baubehörden, Architekten und so weiter. Der übliche Geschäftsbetrieb. Dann gab es natürlich Telefonate mit seiner Frau und seinem Sohn. Ich konnte keinerlei Kontakt zu seiner Geliebten Yvonne Villani feststellen. Vermutlich hat er dafür ein Prepaidhandy benutzt.«

Nachdenklich betrachtete er die Pinnwand. Dann schrieb er eine Zahlenfolge auf ein Blockblatt, riss es ab und heftete es fest. Darauf stand: *0151/1 731 967.*

»Das ist die einzige Handynummer, die nicht zugeordnet werden konnte. Weder vom Assistenten, noch von mir. Jemand hat zweimal auf dem Handy von Lebeau angerufen, jedoch keine Nachricht hinterlassen. Ich gehe davon aus, dass der Anbieter im Ausland sitzt, in der Ukraine zum Beispiel, oder in Nigeria. Dann ist es kaum möglich, eine Auskunft zu bekommen und die Nummer einer Person zuzuordnen. Aber ich bleibe dran. Vielleicht kann ich alte Kontakte aktivieren.« Er machte eine Pause und sah auf sein Glas. »Ist dein Weinkeller leer, Etienne?«

»Niemals, wo denkst du hin? Ich hole noch eine Flasche von dem weißen Burgunder.« Geschäftig verschwand er im Haus.

Nachdem alle Gläser gefüllt waren, kam Pascal zu dem Stofffetzen am Nummernschild. »Bei dem Stoff handelt es sich um hochwertiges Leinen. Das Material, das daran haftete, ist Rosshaar. Wir gehen davon aus, dass es sich um eine Matratze handelt. Es gibt nur noch eine Firma in Frankreich, die dieses Leinen und diese spezielle Rosshaarmischung verwendet. Sie heißt Mercure und sitzt in Avignon. Die Marke heißt *Coucher bien*, also *Schlafe wohl*. Diese Matratze ist dünn und flexibel, man kann sie falten und knicken. Es gibt sie in verschiedenen Größen und Mustern. Man nimmt sie zum Beispiel gerne für Kinderwägen, weil sie nicht so steif ist und dabei völlig allergenfrei. Oder für Pflegebetten, weil sie bei neunzig Grad in der Maschine gewaschen werden können. Dieses Fabrikat ist gängig und sehr beliebt. Man kann es überall kaufen, im Fachhandel, in Kaufhäusern, im Internet und auf Wochenmärkten.«

Lagarde überlegte. »Und was sagt uns das jetzt?«

Pascal sah ihn mit ernster Miene an. »Ich habe eine Theorie.«

Lagarde grinste. »Selbstverständlich hast du eine Theorie.«

»Passt auf. Wir haben doch festgestellt, dass der Wagen von Lebeau geschoben worden sein muss. Die

Spuren von Hélènes Citroën sind, abgesehen von der Breite natürlich, identisch. Stellt euch jetzt vor, ein schweres Fahrzeug fährt hinter ein anderes und beginnt es zu schieben, wie in unserem Fall unerbittlich auf den Abgrund zu. Auf diese Weise könnte es passieren, dass an der Stoßstange des Täterwagens Kratzer entstehen. Deshalb schützt er sie mit dieser Matratze, die er beispielsweise mit einem Gartendraht festbindet oder mit einem Expander fixiert. Das geht nur, weil man sie knicken kann. Wenn ich die Effektivität des Schubs berücksichtige, gehe ich allerdings weniger von einer Stoßstange als von einem Kuhfänger aus.«

Etienne starrte ihn mit offenem Mund an. »Ein Kuhfänger, klar.« Erstaunt schüttelte er den Kopf. »Darauf muss man erst mal kommen. Wie diabolisch!« Er stand auf und ergänzte die Notiz *breit, groß, dunkel* um den Zusatz *wahrscheinlich mit Kuhfänger*.

»Welche Fahrzeuge verfügen über einen Kuhfänger?«

»Geländewagen, Lastkraftwagen oder Kleinbusse«, antwortete Lagarde. »Inzwischen gibt es sie aber wohl schon für fast alle Fahrzeugtypen. Diese martialisch aussehenden Frontschutzbügel kommen bei uns nicht so häufig vor. In den USA gehören sie bei vielen Modellen bereits zur Standardausführung.«

Etienne nickte. Dann fragte er: »Bist du fertig, Pascal?«

»Ja.«

»Gut. Dann berichte ich euch jetzt von dem Gespräch mit Lucien Deveraux.«

Er erzählte, was er von dem Bauunternehmer erfahren hatte. »Lucien hat herausgefunden, dass Lebeau den Vorsitzenden des Bauausschusses, Nicolas Fillon, mit einer Luxuskreuzfahrt bestochen hat, um einen großen Auftrag zu bekommen. Als sich der Gemeinderat dennoch weigerte, sich für dessen Angebot einzusetzen und dafür zu stimmen, hat er ihn erpresst. Lebeau hätte die Existenz dieses Mannes komplett ruinieren können. Und er hatte ihn auch für zukünftige Projekte in der Hand. Deveraux hat von einer weiteren Ausschreibung berichtet, bei der es um Brückensanierungen geht. Ein Auftrag gigantischen Ausmaßes. Das heißt, Lebeau hätte den Politiker immer weiter erpressen können.«

»Womit hat er ihn denn erpresst?«, fragte Lagarde.

»Mit kompromittierenden Fotos und Filmen mit Escortdamen. Fillon hat ein ganz starkes Motiv.«

»Wir müssen mit ihm reden«, bekräftigte Pascal.

»Falls er mit uns reden will. Lebeau ist tot, und Deveraux hat keine Beweise.«

»Uns wird schon etwas einfallen.« Davon war Pascal fest überzeugt. Nicolas Fillon kam auf die Liste der Verdächtigen, die auf die Pinnwand geheftet war.

Jetzt war der Kommissar an der Reihe und berichtete von der Begehung auf dem Seehöhenweg und der Unglücksstelle.

»Es ist unklar, ob es sich wirklich um einen Unfall handelte. Selbstverständlich kann jeder in den Bergen ausrutschen und abstürzen. Jungen, durchtrainierten, fitten Menschen passiert das auch. Ein kleiner Fehler, eine Unachtsamkeit, ein falscher Schritt, schon ist es passiert. Auffällig und verdächtig ist die Schleifspur, die Samy entdeckt hat.« Er hatte Samys Kamera mit in das Chalet genommen und dort die Fotos ausgedruckt. Jetzt legte er sie auf den Tisch.

»Die Spur ist so breit wie ein Mensch«, stellte Etienne fest.

»Wenn man stürzt, hinterlässt man durchaus geknickte Halme und Zweige, aber keine Schleifspur«, merkte Pascal an. »Es sieht aus, als hätte jemand Jean Sagnol gepackt, zum Abgrund geschleift und hinuntergestoßen.«

»Die Sache mit dem Stock ist auch merkwürdig«, sinnierte Lagarde. »Wenn der alte Bürgermeister für eine gewisse Zeit auf seinen Stock verzichtete, vielleicht weil er sich etwas Interessantes anschauen wollte, wofür er beide Hände brauchte, hätte er ihn an einen Fels gelehnt. Er hätte ihn doch nicht auf die Erde fallen lassen. In seinem Alter bückt man sich nicht mehr so leicht.«

»Womöglich ist er umgefallen?«, überlegte Etienne.

»Womöglich.« Lagarde glaubte es aber nicht. Wenn man auf eine Gehhilfe angewiesen war, ging man achtsam mit ihr um. »Wir müssen mit der Familie von Sagnol sprechen, am besten gleich morgen.« Seine Freunde fanden das auch. Er erhob sich, ging in die Küche und bereitete für das Ermittlerteam einen starken Mokka zu. Zurück auf der Terrasse studierte er erneut die Anmerkungen auf dem Kork.

»Roger Villani hatte ein Motiv, Georges zu töten. Nach unserem bisherigen Wissensstand kannte er Jean Sagnol aber gar nicht. Nicolas Fillon hat ebenfalls ein Motiv. Wahrscheinlich hat er auch den alten Bürgermeister gekannt. Aber warum sollte er ihn in den Abgrund stoßen?«

»Vielleicht hat Sagnol einen von beiden beobachtet, als Georges getötet wurde?«, spekulierte Etienne.

»Cyril von der Bergwacht hat erzählt, dass Sagnol immer die gleiche Runde ging. Der Balcon de la Mescla befindet sich etliche Kilometer entfernt. Zu Fuß hätte er das nicht geschafft.« Er trank einen Schluck Kaffee. »Das passt alles nicht zusammen. Vielleicht handelt es sich tatsächlich um Einzeltaten, die nichts miteinander zu tun haben? Wobei eine derartige Häufung äußerst ungewöhnlich ist. Eine weitere Option ist, es waren doch Unfälle, und wir haben die Fakten falsch gedeutet.« Etienne schnaubte ungläubig. Lagarde ließ sich nicht beirren. »Die dritte Möglichkeit ist, dass es eine Verbindung gibt.«

»Eine Verbindung, die für uns bisher noch im Verborgenen liegt«, ergänzte Pascal.

»Genau. Was verbindet Georges Lebeau und Jean

Sagnol? Was haben sie getan, dass jemand zum Mörder wird? Und die nächste Frage ist: Hat der Täter sein teuflisches Werk nun vollendet? Oder geht das Töten weiter?«

Bedrücktes Schweigen breitete sich über die Veranda.

MARIETTE

Als Lagarde erwachte, lag Edith zusammengerollt auf der Decke zu seinen Füßen. Er machte sich auf den Weg in die Küche, und sie folgte ihm maunzend. Ihre Näpfe wurden mit Trockenfutter und Wasser gefüllt. Danach setzte er Kaffee auf. Während das Wasser durch den Filter lief und sich ein aromatischer Duft im Haus verbreitete, duschte und rasierte er sich und zog sich an. Mit einer Bol Milchkaffee in der Hand trat er auf die Terrasse und fragte sich, was der Tag bringen würde. Nachts hatte es geregnet, und die feuchte Erde dampfte. Nebelschwaden umhüllten die Bäume und verschluckten alle Geräusche. Es war ganz still, und er meinte, er könne den See riechen.

Lagarde fand diesen Landstrich sehr schön und eindrucksvoll. Doch allmählich vermisste er das Meer. Er sehnte sich nach dem unbändigen Ärmelkanal, der die wilde Küste der Halbinsel Cotentin umtoste. Und nach seinem Schiff und den Angeltouren. Am meisten jedoch fehlte ihm Odette. Er wollte mit ihr am Meer im warmen Sand liegen, durch Kiefernfächer in die Sonne blinzeln und träumen. Gestern Abend hatte er lange mit ihr telefoniert. Hélène und sie kamen gut miteinander zurecht. Sie hatten gestern das Restaurant der Obhut von Jacques, dem Chefkoch, überlassen und am Nachmittag einen langen Strandspaziergang unternommen. Wenn Odette im Restaurant beschäftigt war, saß Hélène im Apfelgarten oder auf der Galerie und las. Lagarde hatte Odette versprochen, so bald wie möglich nach Hause zu kommen. Doch zuerst mussten sie den Fall lösen. Er war gespannt, was Leticia Sagnol, die Witwe des alten Bürgermeisters, erzählen würde. Wenn sie überhaupt dazu bereit war.

Er trank seinen Kaffee aus und ging in die Küche. Dort stellte er fest, dass nur noch ein Rest Baguette im Brotkasten war. Sie hatten gestern Abend fast zwei Stangen gegessen. Etienne und Pascal, der auf dem Sofa übernachtet hatte, schliefen noch. Lagarde beschloss, zum Bäcker nach Bauduen zu fahren, und hinterließ für seine Freunde eine kurze Nachricht. Napoleon durfte mitkommen.

Als er das Geschäft in der Ortsmitte erreichte, klebte ein handgeschriebener Zettel auf der Glastür. *Wegen Krankheit geschlossen*. Er fuhr weiter nach Les Salles-sur-Verdon, dem nächstgelegenen Ort. Dort gab es sicher auch eine Bäckerei.

Er entdeckte den Laden am Marktplatz, der sich an die Kirche anschloss. Direkt davor fand er einen Parkplatz. Napoleon musste im Auto warten. Lagarde reihte sich in die Schlange ein, die bis auf den Gehsteig reichte. Während er geduldig wartete, betrachtete er das einstöckige Gebäude, in dem die Bäckerei untergebracht war. Farbe blätterte von der ehemals lavendelfarbenen Fassade, der Putz bröckelte von den Laibungen. Die Fenster waren schon lange nicht mehr gestrichen worden. Ein Kamin saß schief auf dem First. Das Haus hatte offensichtlich schon bessere Tage gesehen.

In der Auslage, hinter der blank geputzten Scheibe, standen glasierte Obstkuchen, Fruchttörtchen, Birnentartes, mit Himbeersahne gefüllte Biskuitrollen und Vanillecremeschnitten. Lagarde überlegte, ob er Kuchen mitnehmen sollte. Er war der Letzte in der Reihe. Als er vor der Theke stand, nahm er den Duft von frischem Baguette, buttrigen Croissants und Zimtschnecken wahr. Das Gebäck stapelte sich auf Porzellanplatten, und die Stangenbrote standen in einem Weidenkorb.

Die Bedienung lächelte ihn freundlich an. »Was darf es sein, Monsieur?« Die Stimme kam Lagarde bekannt vor. Er betrachtete die Frau genauer. Sie war groß und schlank, einige Jahre jünger als er. Über ihr gepunktetes Sommerkleid war eine Schürze gebunden. Das Gesicht war schmal, mit weit auseinanderstehenden Augen. Die goldbraun glänzenden Haare trug sie schulterlang. Sie hatte sich kaum verändert, nur ein paar Fältchen um die Augen waren neu. Die Frau war die schöne Bäckerstochter, in die er sich während des

Trainings hier verliebt hatte. War das lange her … Er hatte sie wohl für eine Weile angestarrt.

»Monsieur?«

Ihre Stimme hatte noch genau denselben Klang wie früher. Dunkel, sanft und ein wenig heiser. Sie hatte ihn damals verrückt gemacht. »Mariette!«

Sie riss die Augen auf. »Mon Dieu, Philippe! Was machst du denn hier? So eine Überraschung!«

»Ich wohne für ein paar Tage bei einem Freund.«

»Ich habe dich erst gar nicht erkannt, dabei hast du dich nicht viel verändert, deine blauen Augen sind immer noch gleich.« Sie lachte. »Und bestimmt bist du noch so charmant wie damals!«

Er lächelte sie an. »Wir hatten eine schöne Zeit zusammen.«

»Ja, die hatten wir.« Sie sahen sich in die Augen und schwiegen.

Eine Kundin hatte in der Zwischenzeit die Bäckerei betreten und die Szene eine Weile mit Interesse verfolgt. Schließlich meldete sie sich zu Wort. »Excusez-moi! Ich möchte nicht stören, aber ich hätte gerne fünf Croissants.«

»Selbstverständlich, Madame, sehr gerne.« Mariette besann sich wieder auf ihre Aufgabe und bediente die Kundin freundlich. Nachdem die den Laden verlassen hatte, fragte Lagarde: »Wie geht es dir?«

»Ganz gut.« Sie lächelte ihn an. Bevor er weiterfragen konnte, kamen zwei Kunden in die Bäckerei.

»Ich möchte dich nicht weiter bei der Arbeit stören«, sagte Lagarde. »Aber ich möchte so gerne wissen, wie es dir ergangen ist und in Ruhe mit dir reden. Darf ich dich morgen zum Essen einladen?«

»Ich würde mich sehr freuen. Um zwölf Uhr schließe ich den Laden.«

»Dann hole ich dich um zwölf hier ab.«

»Schön. Ach ja, wolltest du nicht etwas kaufen?«

»Ja, drei Baguettes.« Als er das Brot bezahlen wollte, wollte sie kein Geld von ihm nehmen. Stattdessen packte sie drei Éclairs ein. Mit Schokoladen- und Mokkafüllung. Sie wusste noch, dass es sein Lieblingsgebäck war.

»Merci, Mariette! Bis morgen.«

»Bis morgen.«

Sie schaute ihm lange nach. Er hatte noch den gleichen Gang wie damals. Energisch und doch irgendwie sanft.

Beim Frühstück erzählte Lagarde seinen Freunden, dass er Mariette in Les Salles-sur-Verdon getroffen hatte. Etienne wusste sofort, von wem er sprach. »Die Bäckerstochter?«

»Genau.«

»Ist sie immer noch so schön?«

»Oh, ja.«

»Wollte ihr Vater dich damals nicht erschießen, weil du ihr den Kopf verdreht hast?«, fragte Pascal.

Lagarde grinste. »Er hat damit gedroht. Kurz darauf war unsere Trainingseinheit zu Ende, und wir kehrten nach Paris zurück.«

»Siehst du sie wieder?«, wollte Etienne wissen.

»Ich habe sie morgen zum Mittagessen eingeladen.«

»Aha. Weißt du schon, in welches Restaurant ihr geht?«

»Darüber habe ich mir noch keine Gedanken gemacht.«

»Gegenüber der Kirche ist ein sehr gutes Speiselokal, ›Le Vieux Castel‹, das ›Alte Schlösschen‹. Dort gibt es typisch provenzalische Speisen, eine Spezialität sind Wildgerichte. Der Wildschweinbraten in Senfsauce ist ein Traum. Du solltest aber einen Tisch bestellen, es ist sehr beliebt, auch bei den Touristen.«

»Das hört sich gut an! Danke für den Tipp.«

Pascal trank seinen Kaffee aus und begann den Tisch abzuräumen. »Was machen wir jetzt?«

»Wir sollten versuchen, mit der Frau des alten Bürgermeisters zu reden«, schlug Etienne vor. »Mal hören, was sie zu dem Unglück sagt.«

»Nach unserer Besprechung habe ich ein wenig über die Familiengeschichte der Sagnols recherchiert. Es gibt zwei Frauen. Sagnol hat sich mit dreiundsechzig Jahren von seiner ersten Frau scheiden lassen und Leticia, eine Brasilianerin, geheiratet. Damals gab es im Dorf einen ziemlichen Wirbel deswegen. Wahrscheinlich hat er deshalb damit gewartet, bis er in Pension war. Er hat sie in einem Heiratsportal im Internet kennengelernt. Sie ist dreißig Jahre jünger als er, und die beiden haben einen gemeinsamen Sohn, Pietro. Er ist siebzehn Jahre alt und sitzt zurzeit im Jugendgefängnis in Toulon. Diebstähle, kleinere Einbrüche, Körperverletzung, Drogendealerei.«

»Woher weißt du das?« Etienne war erstaunt.

»In der virtuellen Welt kann man alles finden, wenn man weiß, wie es geht.«

»Und die erste Frau?«

»Lina Sagnol, neunundsiebzig Jahre alt. Sie hat die Trennung von ihrem Mann nie verwunden. Aus der Ehe gingen zwei Kinder hervor. Janine und Michel, beide Anfang fünfzig. Die Adresse ist merkwürdig. Sie scheinen zusammen auf dem Campingplatz unterhalb des Dorfes am Seeufer zu wohnen. Der Platz gehört Casimir Rocher.«

»Wie gehen wir vor?«, überlegte Lagarde. »Warum sollten sie mit uns reden?«

»Ich kenne Leticia Sagnol vom Sehen«, erklärte Etienne. »Und Lina Sagnol verkauft manchmal selbstgebackenen Kuchen und Handarbeiten an einem Stand auf dem kleinen Wochenmarkt am See. Wir sagen einfach, dass wir ihnen gerne kondolieren möchten, und fragen, ob wir in irgendeiner Weise helfen können. Das ist glaubwürdig. Den alten Bürgermeister kannten schließlich viele Leute.«

»Gute Idee, das könnte klappen.«

Als sie vor dem Haus in Les Salles-sur-Verdon standen, reagierte zunächst niemand auf ihr Klingeln. Das Gebäude wirkte verlassen. Die Vorhänge waren zugezogen. Doch dann hörten sie Schritte, und eine Frau öffnete die Haustür. Sie war höchstens einen Meter fünfundfünfzig groß und sehr schlank. Sie war ungeschminkt, und ihr Teint schimmerte olivfarben. Das schwarze Haar war zu einem Zopf gebunden, und goldene Kreolen blitzten hervor. Fragend schaute sie die Besucher an.

»Bonjour, Madame Sagnol«, übernahm Etienne das Wort und stellte sich und seine Begleiter vor. »Wir haben Ihren Mann vom Sehen gekannt und möchten Ihnen gerne unser aufrichtiges Beileid aussprechen.«

Über das abweisende Gesicht huschte ein Lächeln. »Das ist sehr nett von Ihnen, Messieurs. Bisher waren noch nicht viele Leute da, um zu kondolieren. Mein Mann wurde in der Gemeinde und darüber hinaus sehr geschätzt, aber mich schneiden die meisten Leute. Wahrscheinlich, weil ich keine Französin bin, aber vor allem, weil sie mir die Schuld am Scheitern von Jeans erster Ehe geben. Kommen Sie doch herein!«

Sie führte den Besuch durch einen engen Korridor in den Salon. Aufgrund der zugezogenen Vorhänge war es dämmrig und stickig in dem Raum. Überall standen weiße Kerzen, die im Luftzug flackerten. Die Möblierung war altmodisch und schlicht, bis auf einen riesigen Flachbildschirm, der auf einem Sideboard stand. Sie zeigte auf eine beigebraune Sitzgruppe. »Nehmen Sie doch Platz. Darf ich Ihnen einen Kaffee anbieten?«

»Gerne, wenn es keine Umstände macht.«

»Aber nein. Ich bekomme so gut wie nie Besuch und freue mich, mit jemandem sprechen zu können.« Madame Sagnol verließ das Wohnzimmer, und die Männer ließen in der Zwischenzeit ihre Blicke durch den Raum schweifen. Kurze Zeit später kam sie mit einem Tablett zurück und schenkte Kaffee ein.

»Wann ist denn die Beerdigung?«, fragte Etienne.

»In zwei Tagen.« Sie wischte sich eine imaginäre Träne aus dem Augenwinkel. Auf Lagarde machte sie nicht den Eindruck einer trauernden Witwe. Sie schien seltsam unberührt.

»Es gibt einen festlichen Trauergottesdienst, anschließend findet eine Prozession zum Friedhof statt, wo Jean im Familiengrab in Les Salles beigesetzt wird. Es werden sicher viele Menschen kommen, die sich von ihm verabschieden möchten. Er war schließlich achtundzwanzig Jahre lang Bürgermeister. Das Bestattungsunternehmen hat sich um alles gekümmert. Darum war ich sehr froh, ich hätte nicht die Kraft dafür gefunden.«

»Wir kommen natürlich auch.«

»Das ist sehr freundlich, danke.«

»Haben Sie jemanden, der Ihnen in diesen schweren Tagen beisteht?«

»Oh ja, meinen Sohn Pietro. Ein ganz lieber Junge.«

Lagarde fragte sich, warum sie log. »Es tut uns sehr leid, dass Ihr Mann verunglückt ist. Können Sie sich erklären, wie es zu dem Unfall kam? Hat er sich vielleicht mit dieser Tour übernommen?«

Ihre Miene verzog sich zu einer bösen Grimasse. Blitzschnell hatte sie ihre Züge jedoch wieder im Griff. »Ich glaube nicht, dass es ein Unfall war. Jean lief diese Strecke seit vielen Jahren. Er kannte sie gut, und sie ist überhaupt nicht gefährlich, wenn man auf dem Wanderpfad bleibt.«

Verblüfft sah Lagarde sie an.

»Was glauben Sie, was passiert ist?«

»Jemand hat ihn hinuntergestoßen.«

»Wie kommen Sie denn darauf?«

»Seine Kinder aus erster Ehe waren furchtbar wütend auf ihn.«

»Sie meinen, seine Kinder haben ihren eigenen Vater in den Abgrund gestoßen?«

»Ja, wahrscheinlich war es Michel. Der ist völlig irre.«

»Haben Sie darüber mit der Polizei gesprochen?«

»Nein. Ich kann es nicht beweisen, und niemand würde mir glauben. Aber ich bin mir sicher.«

»Was veranlasst Sie zu diesem Verdacht?«

»Kürzlich gab es einen riesigen Familienstreit. Jean hatte die Kinder zu einem Notartermin bestellt. Sie sollten einen Vertrag unterschreiben, dass sie auf ihr Erbe verzichten. Sie haben sich geweigert, stellen Sie sich das vor! Nicht einmal zu dem Termin sind sie erschienen. Dabei ist es doch nur natürlich, dass Pietro und ich erben. Ich war mit ihm verheiratet, und Pietro ist sein Sohn. Uns steht alles zu.«

»Und wie hat Ihr verstorbener Mann das Erbe dann geregelt?«

»Jean hat sie enterbt. Er hat beim Notar angegeben, dass seine Tochter Janine psychisch krank sei und sein Sohn Michel Alkoholiker. Sie hätten sich nie um ihren Vater gekümmert und ihre Fürsorgepflicht eklatant vernachlässigt.«

»Ist das rechtlich möglich?«

»Wahrscheinlich werden sie das Testament anfechten. Falls wir verlieren sollten, bekommen sie ihren Pflichtteil. Mehr nicht. Jean hat mir bereits vor Jahren die Hälfte des Hauses und einen Teil seines Vermögens durch eine Schenkung übertragen. Als Michel von dem Notartermin erfahren hatte, hat er getobt vor Wut. Er hat hier Sturm geklingelt und wollte die Tür einschlagen. Er hat gebrüllt, dass er seinen Vater umbringen werde, wenn er das Testament nicht ändert.«

»Hat er es geändert?«

»Nein, selbstverständlich nicht.«

»Wirklich ein schlimmer Familienstreit«, bedauerte Pascal.

Sie zuckte ungerührt die Schultern. »Ich habe wegen Jean meine geliebte Heimat verlassen, meine Familie. Das Erbe steht mir zu und meinem Sohn.«

»Sie sprachen von einem Vermögen?«, fragte Lagarde. »Hat Ihr Mann als Bürgermeister so viel verdient?«

»Nein. Als das neue Dorf gebaut und das alte gesprengt werden sollte, hat er Ackerland für die Bauplätze verkauft. Das war ein äußerst einträgliches Geschäft.«

Lagarde hatte genug gehört. Es war Zeit zu gehen. Er erhob sich. »Wir wollen Sie nicht länger aufhalten, Madame Sagnol. Vielen Dank für den Kaffee. Wir sehen uns bei der Beerdigung.«

»Danke, dass Sie vorbeigekommen sind. Ich bringe Sie noch zur Tür.«

Als die Männer wieder im Auto saßen, fragte Pascal: »Und jetzt?«

»Jetzt reden wir mit Sagnols erster Frau«, entschied Lagarde. Er startete den Motor und fuhr auf der Hauptstraße durch das Dorf. Am Ortsausgang gab es ein Hinweisschild zum Campingplatz am See, *Camping les Pins*. Die schmale Straße machte einen weiten Bogen und führte zum Lac de Sainte-Croix. Eine halbkreisförmige Bucht lag in der Sonne, und dahinter erhoben sich bewaldete Hügel. Weit draußen auf dem See blähte die frische Brise die Segel der Surfer. Auf einem Bootssteg lagen Teenager und sonnten sich. Am breiten Kiesstrand hatten sich Grüppchen unter Sonnenschirmen niedergelassen. Im seichten Wasser plantschten Kinder und kreischten vergnügt. Die Straße verlief weiter durch ein Pinienwäldchen. Schließlich erreichten sie den Eingang zum Campingplatz. Die Schranke stand offen, Lagarde parkte vor der Rezeption, und die Männer stiegen aus. Töpfe mit Oleander bildeten einen Halbkreis um den Eingangsbereich des Häuschens. Die Tür war einladend geöffnet. Auf der Terrasse saßen zwei Frauen mit Strohhüten und riesigen Sonnenbrillen an einem Bistrotisch und tranken Kaffee. Sie betraten die Rezeption. Hinter dem Tresen stand ein junger Mann, der die Besucher gutgelaunt begrüßte. »Was kann ich für Sie tun, Messieurs?«

»Wir möchten zu Madame Sagnol«, erklärte Etienne. »Können Sie uns freundlicherweise sagen, wo wir sie finden?«

»Sie wohnt in dem kleinen Haus ganz hinten am Campingplatz. Sie passieren das Gebäude mit den Waschräumen und einige Campingparzellen. Dann sehen Sie es schon. Es hat einen hellen Anstrich und dunkelrote Fensterläden.«

»Danke, Monsieur.«

»De rien. Keine Ursache.«

Lagarde fuhr im Schritttempo über das weitläufige Gelände. Zahlreiche Stellplätze waren belegt. Dort standen Wohnwagen, Caravans, Hauszelte mit Vordächern und bunte Halbkugeln aus Kunststoff. Jemand grillte, und es duftete nach gebratenem Fleisch. Auf einem Spielplatz tollten Kinder herum.

Schließlich erreichten sie das Haus, in dem Lina Sagnol und ihre erwachsenen Kinder wohnten. Es war ein erdgeschossiger kleiner Flachbau mit einem nach hinten abfallenden Dach. Auf der Wiese davor stand eine Sitzgruppe unter einem verbogenen Sonnenschirm. Ein olivfarbener Kastenwagen parkte am Wegrand. Da es keine Klingel gab, klopfte Etienne an die Holzpforte. Nach einer Weile war ein Schlurfen zu vernehmen. Dann öffnete sich quietschend die Tür. Vor ihnen stand eine alte Dame, die sie misstrauisch musterte. Sie hatte ein blasses Gesicht, das von Falten durchzogen war. Die wasserblauen Augen wirkten trüb, und die grauen Haare trug sie kurzgeschnitten. Plötzlich erkannte sie Etienne, der ab und zu am Marktstand einen Kuchen bei ihr kaufte. »Bonjour, Monsieur Etienne! Was machen Sie denn hier? Wollen Sie mich besuchen?«

»Ja, Madame Sagnol. Meine Freunde und ich wollten schauen, wie es Ihnen nach dem schrecklichen Unglück geht, und fragen, ob wir etwas für Sie tun können.«

»Sie meinen Jeans Unfall?«

»Ja, Madame.«

Tränen verschleierten ihre Augen. »Es ist so schrecklich! Wie konnte das nur passieren? Seit Jahr und Tag läuft er diesen Weg. Ich verstehe es nicht.« Sie holte ein Taschentuch aus ihrer Schürzentasche und wischte sich die Augen trocken. »Entschuldigen Sie, darf ich Ihnen etwas zu trinken anbieten? Eine kalte Orangenlimonade? Heute ist es wieder ziemlich heiß.«

»Das ist sehr nett, Madame Sagnol.«

»Dann kommen Sie doch mit. Am besten, wir gehen in die Küche. Meine Kinder schauen im Salon Fernsehen. Dabei werden sie nicht gerne gestört.«

Sie folgten der Frau in das Innere des Hauses. Es roch nach Putzmittel und Zitrone. Madame Sagnol lief schwerfällig und gebückt, als hätte sie Schmerzen. Als sie am Wohnzimmer vorbeikamen, dessen Tür halb offen stand, warf Lagarde einen kurzen Blick hinein. Der Raum war winzig und abgedunkelt. Was er sah, beunruhigte ihn.

Auf dem verschlissenen Sofa saß eine Frau. Strähniges Haar hing wirr in ihr bleiches, aufgedunsenes Gesicht. Sie war stark übergewichtig und wiegte sich unablässig hin und her. Ihr Blick war auf den Bildschirm gerichtet und schien leer. Die Augen glänzten wie im Fieber. Das sackartige Kleid, das sie trug, war ausgewaschen. Diese Frau musste Janine sein. Im Sessel, die Beine weit von sich gestreckt, fläzte ihr Bruder Michel, ein wuchtiger Mann mit groben Gesichtszügen. Sein Hemd war nicht zugeknöpft, und ein stark behaarter Bauch wölbte sich hervor. Er hatte eine Flasche Bier in der Hand. Gierig nahm er einen langen Schluck und rülpste laut. Auf dem Couchtisch standen eine halbleere Flasche Schnaps und ein Wasserglas. Im Fernsehen lief ein Rugbyspiel in voller Lautstärke.

Madame Sagnol führte sie in die kleine blitzblanke Küche und schloss leise die Tür. Sie bot ihrem Besuch einen Platz an, und die Männer setzten sich um den Holztisch. Lina Sagnol nahm Gläser aus einer Vitrine und holte Limonade aus dem Kühlschrank. Mit zittriger Hand schenkte sie ein und setzte sich dazu. Sie schien verlegen. »Meine Kinder haben die Trennung von meinem Mann und mir nicht gut verkraftet. Jean hat sich danach nicht viel um sie gekümmert. Besonders Janine hat sehr darunter gelitten. Sie ist krank und weigert sich zu sprechen. Mein Sohn hat seine Arbeit verloren. Er gibt seinem Vater die Schuld.« Sie seufzte schwer. »Es ist nicht einfach für uns. Wir haben nicht viel Geld. Ich verkaufe auf dem Markt Kuchen und Strickwaren, damit wir über die Runden kommen.«

»Gehört Ihnen das Haus?«, fragte Etienne.

»Nein, es gehört meinem Bruder, Christian Pineau. Er hat es Casimir vor zwanzig Jahren abgekauft. Casimir Rocher, ihm gehört der Campingplatz. Ich musste mit meinen Kindern unser gemeinsames Haus verlassen, als Jean die Scheidung einreichte. Damals wusste ich nicht wohin. Christian hat mir geholfen. Er ist ein erfolgreicher und großzügiger Mann. Als wir noch im alten Dorf gewohnt haben, hatte er eine kleine Landwirtschaft. Er züchtete Truthähne, hatte Bienenstöcke und einen Obstgarten mit Birnen und Aprikosen. Er wollte seinen Hof nicht verlieren und hat gegen die Sprengung des Dorfes rebelliert. Ohne Erfolg. Doch dann wandte sich alles zum Guten. Auf dem Land, das er als Entschädigung bekommen hatte, errichtete er eine Ferienhaussiedlung. Die Touristen fühlen sich dort sehr wohl. Die Anlage ist fast immer ausgebucht, sogar in den Wintermonaten. Die Kinder lieben den Abenteuerwasserspielplatz. Die Erwachsenen mögen die Ruhe, die schöne wilde Landschaft, das Sternerestaurant und die vielen Freizeitmöglichkeiten.« Sie erhob sich mühsam. »Ich habe Ihnen gar nichts zur Limonade angeboten. Dabei habe ich heute Morgen Mandelplätzchen gebacken.« Sie gab das Gebäck auf einen Teller und stellte ihn auf den Tisch. Keuchend nahm sie wieder Platz. »Ich habe Asthma«, erklärte sie.

Plötzlich wurde die Küchentür aufgerissen. Michel torkelte mit der Schnapsflasche in der Hand herein. Seine Augen waren blutunterlaufen. »Ist noch kaltes Bier im Kühlschrank?« Verblüfft sah er in die Runde. »Was wollt ihr denn hier?«

»Wir besuchen Ihre Mutter«, erklärte Lagarde. »Nach dem Tod Ihres Vaters wollten wir unser Beileid aussprechen.«

Es war, als hätte er in ein Wespennest gestochen. Michels Augen sprühten zornige Funken. »Er hat uns enterbt, das Schwein!«, brüllte er. »Aber ich gehe vor

Gericht, das lasse ich mir nicht gefallen. Diese brasilianische Hexe bekommt keinen Cent! Und ihr nichtsnutziger Sohn auch nicht. Die wollte meinen Vater schon lange loswerden. Nur wegen des Geldes hat sie ihn geheiratet. Zuerst hat sie es mit Voodoozauber versucht. Sie hat Nadeln in eine Puppe gesteckt. Das habe ich mit eigenen Augen gesehen. Als das nichts geholfen hat, hat sie ihn in die Schlucht gestoßen, das habgierige Biest!« Speichel tropfte aus seinem Mund. Er taumelte und hielt sich am Türrahmen fest.

»Wollen Sie behaupten, dass Leticia Sagnol Ihren Vater getötet hat?«, fragte Lagarde.

»Genau das behaupte ich, oder es war ihr Sohn. Der sitzt zwar im Knast, hat aber manchmal Ausgang. Gelockerter Jugendstrafvollzug!«, höhnte er. »Damit die armen kleinen Kriminellen keinen Schock kriegen.«

»Können Sie diese schweren Anschuldigungen beweisen?«, hakte Pascal nach.

»Natürlich nicht. Die Schlampe und ihr Balg sind hinterhältig und gerissen. Aber mit denen werde ich schon fertig. Die sollen sich mal warm anziehen.« Er schaffte es, ein Bier aus dem Kühlschrank zu nehmen. Umständlich steckte er die Flasche in den Hosenbund und nahm einen kräftigen Schluck vom Schnaps. Dann schwankte er aus der Küche zurück in den Salon. Die Wohnzimmertür fiel krachend ins Schloss. Madame Sagnol sah sie beschämt an. »Entschuldigen Sie bitte diesen Auftritt. Wenn Michel getrunken hat, ist er unausstehlich. Normalerweise ist er ein lieber, sanftmütiger Mann.«

Da war sich Lagarde nicht so sicher. Er gab seinen Freunden ein Zeichen. Sie sollten aufbrechen, bevor die Situation doch noch eskalierte. Sie bedankten sich bei Madame Sagnol für die erfrischende Bewirtung und verabschiedeten sich. Die Frau brachte sie zur Tür und winkte ihnen nach. Wie sie da stand, machte sie einen völlig verlorenen Eindruck.

Die Männer saßen auf der Terrasse, tranken Kaffee und diskutierten ihr weiteres Vorgehen. Samy hatte sich wieder zu ihnen gesellt. Napoleon hörte das Fahrzeug als Erster und knurrte tief. Ein großer weißer BMW kam aus dem Wald, holperte über den Schotterweg und steuerte direkt auf das Chalet zu. Die Chromleisten der Limousine glänzten im Sonnenlicht. Der Fahrer stellte den Wagen ab, stieg aus und ging entschlossen auf die Männer zu. Es war ein großer stattlicher Mann um die fünfzig. Er war mit einer Jeans und einer grünen Trainingsjacke bekleidet und trug eine große Brille. Etienne hielt den Hund am Halsband fest.

»Bonjour«, grüßte der Mann. Freundlich lächelte er in die Runde. »Mein Name ist Dominic Marceau. Ich bin ein Freund von Georges und Hélène. Und ich möchte Philippe Lagarde sprechen. Hélène hat mir gesagt, dass ich ihn hier finden werde.«

Der Kommissar erhob sich und stellte sich vor. »Setzen Sie sich doch zu uns und trinken Sie einen Kaffee.«

»Gerne.«

Auf ein scharfes Kommando von Etienne hin legte sich Napoleon auf seine Decke und hörte auf zu knurren. Den fremden Besucher ließ er nicht aus den Augen. Monsieur Marceau nahm Platz. Samy schenkte ein und stellte Milch und Zucker neben die Tasse.

»Merci. Sie werden sich sicher wundern, warum ich hier plötzlich auftauche. Ich habe Hélène gestern auf ihrem Handy angerufen. Sie hat mir erzählt, was bisher alles vorgefallen ist. Darüber bin ich sehr beunruhigt. Sie hat gesagt, dass Sie sowohl einen Unfall als auch einen Selbstmord ausschließen.«

Lagarde nickte. »Das ist richtig.«

»Georges und ich waren sehr gut befreundet. Zu seiner Beerdigung konnte ich leider nicht kommen. Ich war geschäftlich auf Martinique und saß dort wegen eines schweren Unwetters fest.« Nachdenklich strich er über das glattrasierte Doppelkinn. »Ich möchte Ihnen etwas erzählen. Vielleicht ist es wichtig und hilft Ihnen weiter.«

»In Ordnung. Wir sind für jeden Hinweis und jede Unterstützung dankbar.« Lagarde sah ihn fragend an.

»Georges hat Hélène immer mit anderen Frauen betrogen, und ich habe ihn gedeckt. Darauf bin ich nicht stolz, das können Sie mir glauben. Schließlich bin ich seit vielen Jahren auch mit Hélène befreundet. Ich mag sie, und ich schätzte sie als Menschen sehr. Aber ich habe es trotzdem getan. Es war ein Freundschaftsdienst. Oft, wenn Georges mit seinen Geliebten zusammen war, hat er seiner Frau erzählt, wir unternähmen eine Segeltour. Oder wir besuchten angeblich Auswärtsspiele von OGC Nizza und AS Monaco. Dann hatte er schnell zwei bis drei Tage zur Verfügung. Oder wir seien zusammen auf die Jagd gegangen. Was wir auch tatsächlich manchmal gemacht haben, eine Woche Österreich und solche Sachen.«

»Und sie ist nie misstrauisch geworden?«, wunderte Lagarde sich.

»Nein, nie. Sie hat ihrem Mann vertraut. Ich weiß nicht, mit welchen Frauen er sie betrogen hat. Ich habe nicht gefragt. Ich weiß nur zufällig von dem Verhältnis mit seiner Sekretärin. Gemma heißt sie, glaube ich. Danach folgte eine Yvonne, die in Collobrières wohnt. Das hat Georges einmal erzählt.« Er machte eine verlegene Pause. »Aber er hat nur Hélène geliebt, das weiß ich genau. Er hätte sie niemals verlassen. Es geht mich auch nichts an. Ich dachte nur, vielleicht ist ein betrogener Ehemann für seinen Tod verantwortlich. Es ist mir aber sehr wichtig, dass Hélène nichts über das Fremdgehen von Georges erfährt. Es würde ihr das Herz brechen.«

»Von mir erfährt sie nichts, wenn ich es vermeiden kann«, versicherte Lagarde.

»Da bin ich Ihnen sehr dankbar. Es gibt noch etwas, das Sie wissen sollten.«

»Ja?«

»Kurz vor seinem Tod hat Georges mich angerufen. Er war sehr beunruhigt. Aufgeregt erzählte er mir, dass er sich verfolgt fühlte. Jemand mit einem schwarzen Geländewagen schien ihn zu beobachten. Einmal ist ihm das Fahrzeug aufgefallen, als es gegenüber seinem Haus parkte, dann auf dem Weg in seine Firma. Schließlich bemerkte er es auf dem Parkplatz beim Balkon von Mescla. Zunächst hat er sich nichts dabei gedacht. Aber beim dritten Mal machte er sich dann Gedanken.«

»Konnte Georges erkennen, wer in dem Wagen saß?«

»Leider nein, das Auto hatte dunkel getönte Scheiben. Aber er meinte, dass es ein Mann war.«

»Konnte er das Kennzeichen lesen?«

Marceau schüttelte den Kopf. »Nein, Georges meinte, es sei abgedeckt gewesen.«

»Welches Fabrikat war es?«

»Da war er sich sicher. Es handelte sich um einen amerikanischen Geländewagen, einen Hummer.«

Samy und Lagarde tauschten einen raschen Blick. Ein Hummer. Das Fahrzeug, das sie in der Nacht, als die Frauen überfallen worden waren, gesehen hatten, könnte ein Hummer gewesen sein.

»Mehr kann ich Ihnen nicht sagen«, bedauerte Marceau. »Hoffentlich hilft es Ihnen weiter. Bitte finden Sie die Person, die Georges auf dem Gewissen hat.«

»Wir geben unser Bestes«, versicherte der Kommissar.

»Sehr gut. Ich breche jetzt wieder auf. Meine Visitenkarte lasse ich Ihnen da. Sie können mich jederzeit anrufen.«

»Danke.«

»Jetzt werde ich Blumen kaufen und zu Georges' Grab fahren. Ich möchte mich in Ruhe von ihm verabschieden. Er war ein wunderbarer Freund. Au revoir, Messieurs.«

»Au revoir.«

Sie sahen dem Wagen nach, bis er im Wald verschwunden war.

»Ich glaube nicht, dass sich Roger Villani einen Hummer leisten kann«, bemerkte Pascal. »So ein Wagen kostet ein Vermögen.«

»Trotzdem wäre es interessant, zu wissen, welches Auto er fährt«, meinte Lagarde.

»Soll ich mal schauen?«

»Ja, bitte.«

Pascal zog Etiennes Laptop zu sich heran. Inzwischen hatte er ihn immer in Reichweite. Er klappte ihn auf und fuhr ihn hoch. Dann begann er Befehle einzutippen. Es dauerte nicht lange, bis er die Auskunft gefunden hatte. »Villani fährt seit sieben Jahren einen Fiat 500.«

Lagarde nickte. »Das wäre ja auch zu schön gewesen.«

Er sah auf seine Armbanduhr. »Ich fahre jetzt zum ›Fliegenden Fisch‹. Hoffentlich ist er da.«

»Angeblich ist er um diese Zeit immer da«, entgegnete Pascal.

»Wir werden sehen. Um zwanzig Uhr gibt es Abendessen. Was haltet ihr von Rinderlende in Schalotten-Rotwein-Sauce mit Prinzessinnenkartoffeln und Apfelrotkraut?«

Etienne strahlte. »Ganz viel. Und als Vorspeise gibt es Blutwurst mit Esskastanien nach Elsässer Art. Die habe ich gestern Morgen auf dem Markt entdeckt. Perfekt!«

Lagarde grinste. Odette wäre begeistert. Sie liebte deftige Gerichte. »Alles klar. Nach dem Essen machen wir eine Lagebesprechung. Kannst du bis dahin herausfinden, auf welche Personen in der Region ein Hummer zugelassen ist, Pascal?«

»Kein Problem.«

»Danke.« Er rieb sich grübelnd das Kinn. »Ich glaube, mes amis, wir sehen das große Ganze nicht. Es muss eine Verbindung geben. Bis später.«

»Bis später.«

Das Bistro »Goldener Stern, L'Étoile D'Or« lag am Marktplatz von Moustiers-Sainte-Marie. Es war in einem schmalen dreistöckigen Haus mit salbeigrünen

Klappläden untergebracht. Auf dem Balkon im ersten Stock trocknete Wäsche auf einem Ständer. Aus dem Gewirr roter Ziegeldächer ragte der Kirchturm hervor. In einem Antiquariat unter den Arkadenbögen waren auf einem Tisch Bücher ausgestellt. Zwei stolze Zypressen erhoben sich am Rand des Platzes.

Unter der grün-weiß gestreiften Markise saß der Gemeinderat und Vorsitzende des Bauausschusses, Nicolas Fillon, alleine an einem Bistrotisch und machte einen gedankenverlorenen Eindruck. Vor ihm standen ein Glas Rotwein und ein Schälchen mit Oliven. Der Kommunalpolitiker war ein attraktiver Mann Ende dreißig. Er war mittelgroß und hatte breite Schultern. Aus einem markanten Gesicht blickten warmherzige Augen. Trotz der Nachmittagshitze trug er einen eleganten Anzug mit Weste und eine silbergraue Krawatte. Die Einheimischen grüßten ihn im Vorbeilaufen, und die Frauen lächelten ihm zu. Er war wirklich eine smarte Erscheinung.

Wie Pascal auf der Homepage von Fillon erfahren hatte, hielt der Gemeinderat montags und donnerstags am späten Nachmittag im L'Étoile D'Or eine offene Bürgersprechstunde ab. Sie konnten ganz zwanglos vorbeikommen, ein Glas Wein mit ihm trinken und mit ihm reden. Auf seiner Website wurde diese Bürgernähe ganz besonders hervorgehoben, ebenso sein Image als Politiker, der sich für die Region und seine Bewohner einsetzte.

Lagarde trat an seinen Tisch und stellte sich vor. »Darf ich mich setzen und Sie zu einem Glas Wein einladen, Monsieur Fillon?«

Der Gemeinderat sah ihn freundlich an. »Selbstverständlich, gerne.«

Neugierig musterte er sein Gegenüber. »Ich kenne Sie gar nicht. Sind Sie von hier?«

»Nein. Ich bin nur für ein paar Tage in der Gegend.« Er winkte nach dem Kellner und bestellte eine Karaffe Wein und Wasser.

»Was kann ich für Sie tun, Monsieur Lagarde?«

»Ich bin ein Freund von Hélène Lebeau. Ihren Mann Georges kannte ich ebenfalls gut.«

Jetzt wirkte das Lächeln des Politikers eingefroren, er wurde kaum merklich blass. »Er ist verunglückt, ich weiß. Eine schreckliche Tragödie ... Ich war selbstverständlich auf der Beerdigung und habe der Witwe kondoliert und ihr auch meine Hilfe angeboten.«

»Der Polizeichef Durand geht von Selbstmord aus. Hélène kann das nicht glauben und hat mich um Unterstützung gebeten. Nach den Spuren und Indizien zu urteilen, kann ein Selbstmord ebenso wie ein Unfall zu neunundneunzig Prozent ausgeschlossen werden.«

»Sind Sie qualifiziert und legitimiert, solche Nachforschungen durchzuführen und derartige Behauptungen aufzustellen?« Nun war seine Stimme kalt geworden.

»Qualifiziert, ja.« Lagarde zeigte ihm seinen Dienstausweis. »Aber nicht legitimiert.«

»Dann bitte ich Sie mit aller Nachdrücklichkeit, die Ermittlungen bezüglich des Unglücks Durand zu überlassen. Er ist hochangesehen, erfahren und äußerst kompetent. Ansonsten überschreiten Sie Ihre Kompetenzen auf eklatante Weise. Das muss sofort aufhören. Wenn Sie eine Aussage machen möchten, können Sie das natürlich gerne tun. Der Polizeichef wird jeden Hinweis ernst nehmen und ihm nachgehen.«

»Sie empfehlen mir also, mich aus der Sache herauszuhalten?«

»Ich empfehle es nicht, ich erwarte es. Unterschätzen Sie mich nicht. Meine Beziehungen zu Paris sind hervorragend.«

Lagarde beschloss, direkt zur Sache zu kommen. »Ich weiß aus sicherer Quelle, dass Lebeau Sie gekauft hat. Als Sie sich dennoch geweigert haben, für sein Angebot zu stimmen, hat er Sie erpresst.«

Fillon schluckte. Seine Miene wurde starr. »Sie reden Unsinn. Verlassen Sie bitte sofort meinen Tisch.«

»Der Bauunternehmer, mit dem ich gesprochen habe, würde diese Aussage vor Gericht bezeugen.«

Der Politiker griff nach seinem Weinglas und versuchte, das Zittern seiner Hand zu unterdrücken. »Was wollen Sie?«

»Hören Sie, Monsieur Fillon. Ich will Ihnen nicht

schaden. Ich will Sie auch nicht kompromittieren. Deshalb bin ich hierhergekommen und habe Sie nicht zu Hause aufgesucht. Sie haben ein starkes Motiv, ich glaube aber nicht, dass Sie Georges getötet haben. Mir geht es um Informationen.«

»Ich habe ihm nichts getan, ich schwöre es«, flüsterte Fillon. »Wenn Sie mit Ihrer Behauptung recht haben, muss es jemand anderes gewesen sein.«

»Der alte Bürgermeister von Les Salles-sur-Verdon, Jean Sagnol, ist am Dienstag in den See gestürzt.«

»Ich weiß.« Sein Gesichtsausdruck zeigte echte Anteilnahme. »Es ist so schlimm. Er war ein feiner Kerl. Wir haben manchmal Pétanque zusammen gespielt.«

»Könnte es eine Verbindung zwischen Sagnol und Lebeau geben?«

Fillon überlegte und schüttelte dann den Kopf. »Da fällt mir nichts ein. Wissen Sie, die größte Geschichte hier ist die von der Sprengung des Dorfes und der Flutung des Tals. Dadurch entstanden ewige Feindschaften und abgrundtiefer Hass, die bis heute zuweilen gären. Aber in diesem Fall glaube ich nicht, dass es damit etwas zu tun hat. Sagnol war dreiundachtzig und Lebeau in den besten Jahren. Er war damals noch ein Kind.«

»Ja, das passt nicht recht zusammen. Wissen Sie vielleicht etwas, was mir weiterhelfen könnte?«

Der Gemeinderat schien sich ein wenig zu entspannen und dachte ernsthaft nach. »Als wir auf dieser unglückseligen Segeltour unterwegs waren, fiel mir auf, dass Georges nicht gut drauf war. Er schien unseren Trip nicht richtig genießen zu können. Ich habe ihn natürlich nicht darauf angesprochen, wir waren schließlich nicht wirklich befreundet. Doch einmal, als alle anderen sich bereits zurückgezogen hatten, traf ich ihn an Deck. Er saß alleine an der Reling und starrte aufs Meer. Neben ihm stand eine Flasche Calvados. Er lud mich ein, ein Glas mit ihm zu trinken. Ich habe das Angebot nur zu gerne angenommen. Inzwischen, nach diesen Kontakten zu den Damen, hatte ich ein furchtbar schlechtes Gewissen meiner Frau gegenüber. Eigentlich wollte ich nur noch nach Hause. So saßen wir da und tranken schweigend. Auf einmal begann er zu reden. Er hat gesagt, dass er seine Frau liebe und seine Eskapaden inzwischen selbst satthabe. Außerdem sei es ihm zu gefährlich geworden. Er war vor unserem Trip über das Wochenende in seiner Jagdhütte. Als er am Morgen vor die Tür trat, stand ein Mann zwischen den Bäumen und zielte mit einem Gewehr auf ihn. Dann hob er den Lauf und gab einen Warnschuss ab. Schließlich verschwand er im Wald. Georges meinte, wenn der Mann gewollt hätte, hätte er ihn erschießen können. Er wurde völlig überrumpelt und hätte keine Chance gehabt.«

»Konnte er beschreiben, wie der Mann ausgesehen hat?«

»Ja. Der Mann war sehr groß und bullig. Er hatte ein

Tuch um den Kopf geschlungen und trug eine dunkle Sonnenbrille. Sein Bart war schwarz. Georges hat gemeint, er könne sich schon denken, wer das gewesen sei.«

Lagarde konnte es sich auch denken. Die Beschreibung passte gut auf Roger Villani. »Danke, Monsieur Fillon. Ich will Sie nicht länger aufhalten. Wie ich sehe, möchte Sie jemand sprechen.« Zwei junge Damen in luftigen Sommerkleidern standen wartend vor den Zypressen und himmelten den Gemeinderat mit ihren Blicken an. »Ich habe Ihnen gerne geholfen. Mehr weiß ich nicht.« Er sah Lagarde eindringlich an. »Sagen Sie bitte nichts zu meiner Frau. Ich flehe Sie an. Sie würde mich mit den Kindern sofort verlassen. Das überlebe ich nicht.«

»Wenn Sie mit dem Tod von Lebeau nichts zu tun haben, wird sie nichts erfahren.«

»Danke.« Fillon zog ein rosa Taschentuch aus der Westentasche und tupfte sich den Schweiß von der Stirn. Sein smartes Gesicht nahm allmählich wieder Farbe an.

Der Kommissar verabschiedete sich. »Einen schönen Tag noch.«

»Das wünsche ich Ihnen auch.« Lagarde ging zur Theke, um die Getränke zu bezahlen. Kaum war er ein paar Schritte gelaufen, saßen die jungen Frauen bereits am Tisch des Gemeinderates und nutzten die Sprechstunde, um mit ihm zu plaudern und zu flirten. Fröhliches Lachen erklang, und Fillon war wieder ganz der souveräne und charmante Politiker, der stets ein offenes Ohr für alle Anliegen hatte. Er lud die Damen zu einem Cocktail ein.

Am Abend fegte eine steife Brise über den See und kräuselte die Wasseroberfläche. Auf einer Anhöhe stemmten sich uralte Mandelbäume gegen den Wind. Staubschleier wirbelten über eine Geröllwüste. Es duftete nach Minze und Rosmarin. Der Himmel wechselte seine Farben von Lichtblau zu Lavendel, Violett, Stahlblau und schließlich zu Nachtblau. Die ersten Sterne erschienen am Firmament und funkelten wie Diamanten.

Lagarde brachte das Dessert, eine Schokoladentarte, auf die Terrasse. Etienne hatte Kaffee gekocht, und Samy legte Olivenholzscheite auf das Feuer im Kamin. Pascal studierte eine ausgedruckte Liste und rieb sich gedankenversunken über den kahlen Schädel. Etienne genoss einen Schluck vom starken Mokka und begann, seine Eindrücke von den Gesprächen mit den Frauen des alten Bürgermeisters zu schildern.

»Leticia und Michel Sagnol haben sich gegenseitig beschuldigt, Jean Sagnol in den Abgrund gestoßen zu haben. Eigentlich könnte es jedes Familienmitglied gewesen sein. Alle haben ein überzeugendes Motiv. Nur Pietro hat ein Alibi, der sitzt ja laut Pascals Recherche im Jugendgefängnis ein.«

»Das ist grundsätzlich richtig, aber am Dienstag hatte er Ausgang«, informierte Pascal die Runde. »Das habe ich vorhin im Internet herausgefunden.«

Etienne schüttelte den Kopf. »Du warst im Rechner des Jugendgefängnisses?«

Pascal grinste nur.

Lagarde beschriftete einige Notizblätter, trat an die Korkwand und heftete sie an. Folgende Stichpunkte wurden festgehalten:

Leticia Sagnol, Motiv Habgier, kein Alibi;
Pietro Sagnol, evtl. Werkzeug seiner Mutter,
Motiv Habgier, kein Alibi;
Michel Sagnol, Motiv Hass, kein Alibi;
Janine Sagnol, Motiv Hass, kein Alibi;
ist sie aufgrund ihrer psychischen Erkrankung
dazu in der Lage?

»Ich habe deshalb bei allen *kein Alibi* dazugeschrieben«, erklärte er, »weil sich die jeweiligen Familienmitglieder sicherlich gegenseitig ein Alibi geben würden. Das ist nichts wert.«

»Schon klar«, sagte Samy. »Leticia Sagnol könnte ja, wenn es eng wird, noch einräumen, dass ihr Sohn sie am Dienstag besucht hat. Sie haben dann eben zur Tatzeit einen Ausflug gemacht oder waren im Kino.«

»Genau so ist es«, stimmte Lagarde ihm zu. »Lina Sagnol steht noch nicht auf unserer Pinnwand. Ich weiß nicht recht. Eigentlich kann ich sie mir als Täterin überhaupt nicht vorstellen. Seit zwanzig Jahren erträgt sie ihr Schicksal. Sie hätte sicherlich einen Neustart machen können, doch sie hatte plötzlich die alleinige Verantwortung für ihre Kinder und nicht viel Geld zur Verfügung. Janine und Michel haben sie viel Kraft gekostet. Ihre Tochter weigert sich zu sprechen, und ihr Sohn ist alkoholkrank. Sie wirkt auf mich eher resigniert und gebrochen als zornig. Es ist für mich kaum vorstellbar, dass sie jetzt eine so unkontrollierbare Wut entwickelt hat. Wenn ich versuche, mir das Bild vor Augen zu halten, wie sie ihrem geschiedenen Mann auflauert, ihn packt, über die Böschung schleift und die Felsen hinunterstößt, muss ich sagen: nein. Das Bild passt ganz und gar nicht. Natürlich hat sie ein sehr starkes Motiv. Jean Sagnol hat schließlich ihre gemeinsamen Kinder enterbt. Aber sie war es nicht. Sie hat auch nicht die Kraft für so einen Überfall.«

»Ich denke auch nicht, dass sie es war«, bekräftigte Etienne seine Einschätzung. »Lina ist eine einsame, traurige, alte Dame, die nie damit gerechnet hätte, dass sich ihr Mann so schäbig verhalten würde. Ich bin fest davon überzeugt, dass sie auf unserer Liste nichts zu suchen hat. Außerdem stellt sich auch hier wiederum die Frage, warum eine dieser Personen Georges Lebeau töten sollte.«

Lagarde nickte. »Das ist genau der Punkt. Darauf gibt es keinerlei Hinweise, aber lasst uns dennoch weitermachen. Je mehr Informationen wir haben, desto besser.«

»Ich habe, wie besprochen, die Halter der Hummer für euch ausgedruckt«, ergriff Pascal das Wort. »In den Departements Var und Alpes-de-Haute-Provence gibt es insgesamt dreiundzwanzig von diesen Geländewagen, zwölf davon sind schwarz beziehungsweise dunkelblau. Dieses Fabrikat ist in Frankreich nicht sehr verbreitet. Ich habe die Namen der Halter überprüft, wobei mir aber nichts Ungewöhnliches aufgefallen ist. Der Mann könnte natürlich auch aus einem anderen Departement kommen, aus Vaucluse zum Beispiel. In Frankreich gibt es insgesamt vierhundertneunundneunzig dieser Fahrzeuge. Ich werde auch deren Halter überprüfen, das wird aber eine Weile dauern. Allerdings verspreche ich mir nicht besonders viel davon. Der Fahrer muss schließlich nicht zwangsläufig der Halter sein.«

Lagarde stimmte ihm zu. »Wir brauchen mehr Parameter. Einen Hummerfahrer, der schwarze Sportschuhe mit silbernen Streifen trägt, beispielsweise.«

»Genau, so etwas brauchen wir.« Samy trank seinen Kaffee aus und stand auf. »Männer, ich fahre jetzt nach Hause. Es ist schon spät, und ich bin müde. Wir treffen uns morgen, dann fällt uns schon was ein.«

»Kann es sein, dass der Grund für deine Müdigkeit Claudine heißt?«, frotzelte Etienne.

»Halt die Klappe.«

»Okay, okay.«

Pascal grinste und erhob sich ebenfalls. »Ich schließe mich an. Samy nimmt mich mit. Bis morgen, bonne Nuit.«

»Bonne Nuit!«

Die Freunde stiegen ins Auto und fuhren davon. Sie sahen ihnen nach, bis die roten Rücklichter im Wald verschwunden waren. Danach ging Etienne in den Salon und holte eine Flasche Cognac und Gläser. »Trinken wir noch einen Absacker.« Er goss die bernsteinfarbene Flüssigkeit in die großen Kristallschwenker. »Er ist fünfzehn Jahre alt und wurde im Eichenfass gelagert. Ein wunderbarer Tropfen. À ta Santé.«

»À ta Santé.«

Etienne warf einen Blick auf die Pinnwand und runzelte kritisch die Stirn. »So kommen wir nicht weiter. Das passt doch alles hinten und vorne nicht zusammen. Was meinst du?«

»Und wenn es doch Einzeltaten waren, die nichts miteinander zu tun haben?«

»Das glaube ich nicht. Meine Intuition sagt mir, dass es eine Verbindung gibt. Aber welche denn nur? Eine Art unsichtbares Band, das alles zusammenfügt.« Er trank einen Schluck Cognac und überlegte. »Vielleicht hat es doch mit dem alten Dorf und der Flutung zu tun. Das ist die große Geschichte hier, die Geschichte des Sees.«

Lagarde sah ihn ernst an. »Das hat Fillon auch gesagt.« Er spann den Faden fort. »Der alte Bürgermeister war damals im Gemeinderat. Wer noch? Und was hat das mit Georges zu tun?«

»Wir sollten uns mal im Gemeindearchiv umschauen. Es befindet sich in den Gewölben unter der Kirche und des Tourismusbüros in Les Salles-sur-Verdon.«

»Und wie kommen wir da rein? Das sind staatseigene vertrauliche Dokumente. Der neue Bürgermeister wird uns wahrscheinlich keine Akteneinsicht gewähren.«

Etienne grinste.

»War das schon jemals ein Problem?«

Der kleine Junge saß vor dem Haus auf einer Bank und wartete auf seinen Großvater. Vorher hatte er mit seiner Mutter gefrühstückt, heißen Kakao und Birnentarte. Die Sonne erhob sich als orangener Feuerball über den Hügeln und warf die ersten warmen Strahlen in das weite fruchtbare Tal. Der Junge hatte die Beine seiner Hose in die Gummistiefel gesteckt. Als sein Opa kam, strahlte er über das ganze Gesicht. Der Mann hatte mehrere Angelruten und einen Eimer dabei. In einem Rucksack, den er geschultert hatte, befand sich die übrige Ausrüstung. Sie wollten zum Fluss und dort fliegenfischen.

Hand in Hand machten sie sich auf den Weg. Opas Finger fühlten sich kühl und schwielig an. Sie verließen das Dorf und gelangten über einen Weg durch eine Wiese zum Fluss. Er war von alten Weiden gesäumt, deren Blätter im Morgenwind rauschten. Sie folgten einem Trampelpfad durch dorniges Gestrüpp und kamen schließlich an ein Revier, das zum Fliegenfischen ideal war. Die steinige, unregelmäßig bewachsene Böschung neigte sich sanft dem Fluss zu. Die Wasserlandschaft war völlig der Natur überlassen. Der smaragdgrüne Fluss wand sich durch das Tal, überspülte Felsbrocken oder umfloss steinerne Hindernisse. Es gab sowohl ruhige als auch turbulente Abschnitte, Wasserfälle, Inseln, Verzweigungen, Höhlungen und Verengungen. Der Fluss rauschte, gurgelte und plätscherte. Auf einer Kiesbank machten sie halt. Dort war der ideale Platz. Sie wateten in das seichte Wasser. Der Junge konnte spüren, wie die Strömung an seinen Stiefeln zerrte. Der Großvater erklärte ihm, dass Fliegenfischen eine besondere Methode des Angelns war. Der Junge bekam eine eigene Angel und befestigte an einem Haken eine bunte Reizfliege. Dann zeigte ihm sein Opa, wie er die Schnur auswerfen sollte. Der dritte Wurf gelang, und der Junge wurde gelobt. Er war sehr stolz. Nach zwei Stunden wanden sich im Eimer zahlreiche Fische.

Sie beschlossen, im Schatten der Bäume Brotzeit zu machen. Auf einem Holzbrett schnitt der Großvater Salami und Hartkäse auf und belegte ein Brot für seinen Enkel. Hier draußen schmeckte es herrlich. Anschließend gingen sie in den großen Steineichenwald seines Großvaters. Dort setzten sie sich auf einen Baumstamm, und er begann zu erzählen.

In der Provence wuchsen die besten Trüffel Frankreichs, sagte er immer. Am besten gediehen sie unter Steineichen und Haselnussbäumen. Die edlen schwarzen Schlauchpilze wur-

den auch Diamanten der Wälder genannt. Im Winter war Hochsaison für die aromatischen Bodenschätze. Dann würden sie zusammen Trüffel ernten. Das war ein schwieriges Unterfangen, weil es kaum Anzeichen gab, die auf die Existenz der Pilze hinwiesen. Heutzutage ging man nicht mehr mit Schweinen auf Trüffelsuche. Sie aßen die Beute zu gerne selbst auf. Diese Arbeit hatten inzwischen speziell abgerichtete Hunde übernommen. Großvater besaß mehrere Trüffelhunde, die er selbst ausgebildet hatte. Schon als Welpen hatten sie mit Trüffeln versetzte Fleischstücke gesucht, die während der Dressur immer tiefer vergraben wurden.

Meistens lagen die schwarzen Knollen circa zwanzig Zentimeter tief im Boden, manchmal aber auch ein bis zwei Meter. Die Erde wurde behutsam mit einer speziellen Trüffelharke entfernt.

Der Ururgroßvater des Jungen, Joseph-Baptiste, hatte 1852 den Grundstein für den Trüffelanbau gesetzt und in dem fruchtbaren Tal ausgedehnte Steineichenwälder angelegt. Fünfzehn Jahre später wuchsen die ersten Edelpilze zwischen dem Wurzelwerk der Bäume. Um 1900 fanden die Bauern in der Region rund zweitausend Tonnen Trüffel im Jahr, die sie in Schubkarren aus den Wäldern brachten. Der Junge bewunderte seinen Opa, weil er so viel über das Fischen und über Trüffel wusste.

Der Großvater breitete die Arme aus und blickte stolz auf sein Land. »Das bekommst alles einmal du«, sagte er. »Du wirst die Tradition und die Liebe zu unserem Land aufrechterhalten, das weiß ich.«

Die Kirchenglocken von Les Salles-sur-Verdon läuteten zur Abendmesse. Bewohner des Dorfes und der umliegenden Weiler schritten plaudernd auf das Holzportal zu. Die beiden Flügeltüren waren geöffnet, der Eingangsbereich mit den bunten Reliefs über dem steinernen Bogen hell erleuchtet. Das Gotteshaus lag friedlich in der Abenddämmerung. Dunkle Wolken zogen über den Himmel und ballten sich zusammen. Die Hügelkette im Hintergrund färbte sich bereits schiefergrau.

Die Gottesdienstbesucher trugen ihren Sonntagsstaat, in den Händen hielten sie ihr Gesangsbuch. Das Kirchenschiff lag in einem sanften gelben Licht, das die hohen bogenförmigen Fenster zum Leuchten brachte. Am Weihwasserbecken tauchten die Gläubigen ihre Finger in das Wasser und bekreuzigten sich, ehe sie sich auf den Bänken verteilten. Ein leises Gemurmel war zu vernehmen. Auf dem Altar brannten weiße Kerzen. Der Beichtstuhl mit kunstvoll geschnitzten Tiergestalten aus der Bibel erhob sich einschüchternd an der rechten Seitenwand.

In der Nähe des Eingangsportals war auf einer Platte das Modell des alten Dorfes aufgebaut. Mélanie Laurent hatte es anhand alter Fotografien, Ortspläne, Dokumente und Postkarten originalgetreu nachgestaltet. Sie hatte über ein Jahr daran gearbeitet, und ihr Werk war sehr schön geworden. Ihr Bruder Cédric hatte das Modell finanziert und von Spezialisten aufbauen lassen. Alle waren von der Idee begeistert gewesen, ganz besonders der Abbé.

In diesem Modell war kein Aspekt des Dorfes vergessen worden, alle Häuser und Dorfmitglieder hatten ihren Platz gefunden. Es gab eine Windmühle und Schäfer, der Marktplatz fand sich wieder, und genau wie in der Kirche selbst gab es eine kleine Figur, die den Abbé darstellte, wie er die Kirchentore schloss.

Wenn man einen Euro in den Schlitz eines Kästchens warf, gingen die Lampen in den kleinen Häuschen an. Gleichzeitig erklang ein altes französisches Kinderlied. Die kleine Sakristeiglocke wurde vom Küster geläutet. Alle Anwesenden erhoben sich. Zwei Messdiener, der alte Abbé Clément-Marie Lebrun und der Küster zogen feierlich zum Altar. Sie stellten sich in der Mitte vor die Gemeinde und verbeugten sich. Der Pfarrer küsste symbolisch den Altar. Die Predigt befasste sich mit einem Text aus der Heiligen Schrift, in dem es um Schuld und Sühne ging, und versuchte, den Inhalt in die Gegenwart zu übertragen. Nachdem die Gemeinde ein dreistrophiges Lied gesungen hatte, das von einigen Frauen und Männern mit schönen Stimmen getragen wurde, folgte das Schlussgebet. Die Gläubigen strebten dem Ausgang zu. Der Pfarrer, der Küster und die Ministranten zogen vom Altar zurück in die Sakristei.

Dort halfen die Messdiener dem Abbé aus dem Gewand. Ihre Umhänge kamen an Wandhaken. »Wie fandst du meine Predigt, Jacques?«, fragte der Pfarrer den Küster.

»Sie war sehr ergreifend. Die Gemeinde hat konzentriert zugehört und mitgedacht. Wie du es wieder geschafft hast, das Gleichnis in die Gegenwart zu übertragen und anschaulich zu erklären, war wirklich beeindruckend. Schau in die Klingelbeutel! Sie sind gut gefüllt, sogar mit etlichen Scheinen.«

Clément-Marie freute sich über das Lob. Er war ein hagerer kleiner Mann mit einem weißen Haarkranz und einem kantigen Gesicht mit einer gütigen Ausstrahlung. Sympathische Lachfältchen umrahmten seine wachsamen Augen. Seine Gemeinde mochte und schätzte ihn. Auch im Beichtstuhl vertrauten sie ihm. Er verurteilte niemanden und versuchte immer zu helfen. Inzwischen war er einundachtzig Jahre alt und sehnte sich nach einem ruhigen Lebensabend. Aber bisher war kein Nachfolger gefunden worden, der bereit war, in diese einsame wilde Gegend zu ziehen und sich mit den eigenwilligen, traditionsbewussten Bewohnern auseinanderzusetzen. Zu seinem großen Kummer war letzten Winter seine Haushälterin Jeanne verstorben. Jetzt versorgte er sich selbst, und die alte Marie kochte manchmal für ihn. Inzwischen war er mit dieser Lösung zufrieden und kam gut zurecht.

Auf einem Tischchen stand die prächtige, wertvolle Monstranz. Sie war aus ziseliertem Gold, und die kreisrunde Öffnung war saphirbesetzt. Der Küster stellte sie in den Tabernakel und verschloss ihn, die Messdiener machten sich auf den Heimweg. Der Abbé bedankte sich bei ihnen und wünschte den Jungs einen schönen Abend. Nachdem der Küster das Hauptportal verschlossen und die Lichter in der Kirche gelöscht hatte, verabschiedete auch er sich von Clément-Marie. Normalerweise wäre er die letzte Person, die die Kirche verließ, doch er wusste, dass der Pfarrer nach der Messe gerne in Ruhe ein Glas Rotwein trank, den er in der Sakristei in einem Schränkchen aufbewahrte. Nach all den Jahren war er immer noch fest davon überzeugt, dass niemand sein kleines Geheimnis kannte. Deshalb ging Jacques immer vor ihm.

»Bonne Nuit, Clément-Marie! Ach, da fällt mir ein, willst du morgen zum Mittagessen kommen? Meine Frau kocht Kutteln. Wir würden uns freuen.«

»Das ist lieb von euch! Aber morgen kocht Marie für mich. Trotzdem danke, ich komme gerne ein anderes Mal. Deine Frau ist eine hervorragende Köchin. Bonne Nuit!«

Nachdem der Küster gegangen war, schenkte sich der Abbé ein Glas Wein ein. Er setzte sich auf einen Stuhl und genoss den ersten Schluck. Es war ein lieb gewonnenes Ritual vor dem Feierabend, ein Innehalten. Er freute sich auf seinen gemütlichen Salon im alten Pfarrhaus, das sich nur wenige Schritte von der Kirche entfernt befand. Ein köstlicher kalter

Wildschweinbraten wartete auf ihn. Während des Essens würde er seine Lieblingssendung im Fernsehen anschauen, eine beliebte Quizshow, bei der die Zuschauer über eine kostenlose Telefonhotline die Fragen beantworten konnten. Es machte ihm Spaß mitzuraten, und einmal hatte er sogar einen kleinen Preis gewonnen. Es war um eine religiöse Frage gegangen, die er natürlich mit Leichtigkeit hatte beantworten können.

Plötzlich war ihm, als hätte er aus dem Altarraum ein Geräusch vernommen, ein leises Rascheln. Irritiert lauschte er, doch es war ganz still. Sicherlich hatte er sich getäuscht. In der Kirche war außer ihm niemand mehr, das Hauptportal war verschlossen.

Er trank einen Schluck Wein und sinnierte über seine heutige Predigt nach. Jacques hatte recht, sie war wirklich sehr gelungen, und seine Gemeinde hatte ihm aufmerksam zugehört. Es war unter anderem darum gegangen, Fehler verzeihen zu können. Er glaubte, dass sie die Botschaft verstanden hatten.

Da! Wieder ein Geräusch, ein verhaltenes Knacken. Was war das gewesen? Wahrscheinlich arbeitete nur das Holz der Kirchendecke. Was sonst?

Seine Gedanken schweiften ab. Er dachte an die vielen Jahre, in denen er hier schon den Gottesdienst abhielt. Er hatte auch schon im alten Dorf gepredigt. Der Friedhof lag jetzt auf dem Seegrund. Wie so oft fragte er sich, ob er einst die richtige Entscheidung getroffen hatte, als er die Sprengung des Dorfes und die Flutung des Tals befürwortet hatte. Er war davon überzeugt gewesen, dass man trotz der Tradition den Fortschritt nicht aufhalten konnte und auch nicht sollte. Zu jener Zeit war er ein dynamischer junger Mann gewesen, der moderne Ansichten vertrat. Er hielt das mit seinem katholischen Glauben durchaus für vereinbar. Doch nun, im Alter, sah er das ganz anders.

Plötzlich fuhr er erschrocken zusammen. Er hörte Schritte, die sich der Sakristei näherten. Nun gab es keinen Zweifel mehr, jemand war in der Kirche. Etwas beunruhigt stand er auf und ging auf die offene Tür zu, die in den Altarraum führte. Waren es Einbrecher, die es auf die wertvollen Kirchenschätze abgesehen hatten? Vergebens versuchte er, sich selbst zu beruhigen. Er brauchte keine Angst zu haben. Schließlich war es seine Kirche, in der er sich aufhielt, und alles lag in Gottes Hand.

Ein dunkel gekleideter Mann drang plötzlich in die Sakristei und stürzte sich sofort auf ihn. Er sprach dabei kein Wort. Das Weinglas fiel klirrend zu Boden, und der Eindringling hielt ihn fest wie in einem Schraubstock. Der alte Abbé wehrte sich nach Kräften, er strampelte und trat mit den Beinen um sich. Ein goldener Kelch krachte auf die Fliesen. Er wollte schreien, doch sein Mund wurde brutal zugepresst. Er wollte beißen, aber die kalten behandschuhten Finger machten es unmöglich. Dann durchzuckte ein brennender Schmerz seinen Schädel. Bevor sein Körper erschlaffte und bewusstlos zu Boden sackte, registrierte er, dass der Angreifer schwarze Schuhe mit silbernen Streifen trug.

DIE GLOCKEN VON LES SALLES

Am nächsten Morgen sah die Katze Edith Lagarde dabei zu, wie er sich für seine Verabredung chic machte. Er hatte sich rasiert und geduscht und zog jetzt ein weißes Hemd und eine graue Hose an.

Als er auf die Terrasse trat, saß Etienne am Tisch und las die Tageszeitung. Als er Schritte hörte, sah er auf. »Gut siehst du aus, Philippe! Fast beneide ich dich ein wenig um deine Verabredung. Ich fand Mariette damals hinreißend und war bis über beide Ohren in sie verliebt, aber sie hatte nur Augen für dich. Beinahe hätte sie mir das Herz gebrochen.«

»Das ist schon lange her, Etienne. Wir essen zusammen zu Mittag und unterhalten uns. Das ist alles.«

»Kann ich mitkommen?«

»Nein, heute nicht.«

»Also gut, wie du meinst. Dann wünsche ich dir einen schönen Nachmittag.«

Lagarde stieg in seinen Renault Express und fuhr hinunter an den See. Er folgte der Landstraße, die von Bauduen nach Les Salles-sur-Verdon führte. Bevor er das Dorf auf den Hügeln erreichte, passierte er duftende Lavendelfelder, die sich wie lila Teppiche bis zu einem Bergmassiv erstreckten. Nahe der Bäckerei fand er einen Parkplatz. Als er nach ein paar Schritten das Geschäft erreichte, stand Mariette bereits vor dem Haus und wartete auf ihn. Ein Lächeln breitete sich auf ihrem Gesicht aus, als sie ihn wahrnahm. An dieses Lächeln konnte er sich noch gut erinnern. »Salut, Philippe!«

»Salut, Mariette.«

Sie umarmten sich und gaben sich zwei Wangenküsschen. Für eine Weile sahen sie sich nur an.

»Ich habe einen Tisch im Le Vieux Castel reserviert. Hoffentlich ist es dir recht«, sagte Lagarde. »Wenn du woandershin möchtest, machen wir das selbstverständlich.«

»Nein. Das Castel ist eine gute Wahl. Die Menüs dort sind hervorragend.«

Sie schlenderten an der Kirche vorbei zum Marktplatz, wo das Restaurant lag. Das Alte Schlösschen war in einem Haus untergebracht, dessen Vorderfront aus groben Granitsteinen bestand. An die Mauern war eine breite Veranda aus Holz über Eck gebaut, worüber sich eine dunkelblaue Markise spannte. Im Schatten hing ein großer Papageienkäfig, in dem ein grüner und ein blauer Ara thronten und munter krächzten.

Als sie die Terrasse betraten, begrüßte ein Kellner sie und führte sie an einen Tisch, der elegant eingedeckt war und nahe der Hausmauer stand. Als sie Platz genommen hatten, brachte der Kellner die Speisekarten. Zunächst bestellten sie eine Karaffe Wasser. Den Wein wollten sie noch auswählen.

»Etienne hat gesagt, dass er die Wildgerichte empfehlen kann«, bemerkte Lagarde, den Blick auf die Karte gerichtet. Dann sah er Mariette an. Das sonnengelbe Sommerkleid stand ihr gut. Die Haare hatte sie mit einem gleichfarbigen Tuch aus der Stirn gebunden. Sie war noch immer eine schöne Frau. »Etienne? *Der* Etienne?«

»Genau der.«

»Ich kann mich noch sehr gut an ihn erinnern. Er war ein richtiger Draufgänger, der sich vor gar nichts fürchtete.«

Lagarde lachte. »Das stimmt. Inzwischen ist er etwas ruhiger geworden.«

»Für ein Wildgericht ist es mir heute zu heiß. Ich nehme den gratinierten Barsch mit Butterkartoffeln und Blattspinat.«

»Das klingt nach einer guten Wahl. Ich probiere die Rehmedaillons. Schauen wir mal, welcher Wein zu unseren Gerichten passt.«

Während sie sich die Amusegueules, die Appetithäppchen, die der Kellner unaufgefordert auf den Tisch gestellt hatte, schmecken ließen, unterhielten sie sich angeregt. Der Gruß aus der Küche bestand aus geröstetem Brot und einer Ziegenkäsecreme. Lagarde erzählte in groben Zügen, wie es ihm ergangen war, dass er in Barfleur lebte und eine Lebensgefährtin namens Odette hatte.

»Und was hat dich hierher verschlagen?«, erkundigte sich Mariette.

»Odette hat eine Freundin, die hier wohnt, Hélène Lebeau. Ihr Mann Georges ist mit seinem Wagen in die Schlucht gestürzt. Wir sind hergekommen, um ihr beizustehen. Selbstverständlich waren wir auch auf der Beerdigung. Danach ist Odette zurückgefahren. Sie musste sich wieder um ihr Restaurant kümmern. Ich wohne für ein paar Tage bei Etienne.«

»Ich habe von dem Unglück gehört. Es ist furchtbar.«

»Ja, das ist es.«

»Und du machst jetzt Urlaub hier?«

»Na ja, nicht direkt Urlaub. Ich verbringe einige Tage mit meinen Freunden. Pascal und Samy hat es nach der Pensionierung auch hierher verschlagen.« Er wollte ihr den eigentlichen Grund seines Aufenthaltes nicht verraten. Je weniger Personen davon wussten, desto besser. Der Kellner servierte das Hauptgericht, und sie ließen es sich schmecken. Dabei erzählte Mariette von ihrem Leben. »Ein Jahr nachdem du weg warst, habe ich den Bäckergesellen geheiratet, der bei meinem Vater gearbeitet hat.«

Lagarde erinnerte sich. Nach der Trennung hatten sie sich noch eine Weile Briefe geschrieben. Er war mit seiner Ausbildung in Paris beschäftigt gewesen, sie hatte begonnen, mit dem Bäckergesellen auszugehen. Irgendwann war ihre leidenschaftliche Liebe Vergangenheit geworden, und sie hatten sich aus den Augen verloren.

Sie seufzte. »Das war keine gute Wahl. Yves hat mich betrogen und unser ganzes Geld verspielt. Vor zwei Jahren ist er gestorben. Wir haben keine Kinder, und er hat mir nur Schulden hinterlassen. Auf unserem Haus liegt eine hohe Hypothek. Ich habe noch die Bäckerei, aber einen Bäcker kann ich mir nicht leisten, also werden die Backwaren täglich frisch geliefert. Im Obergeschoss wohne ich. Das Haus ist in sehr schlechtem Zustand, und die Reparaturen kann ich mir nicht leisten. Die Bäckerei ist nur bis mittags geöffnet. Als Nebenverdienst putze ich die Kirche, das Tourismusbüro und das Gemeindearchiv. Der Bürgermeister hat mir die Stelle angeboten, um mir zu helfen. Ich komme gerade so über die Runden. Meine Eltern sind auch schon lange tot. Ich bin ganz alleine.«

»Das tut mir leid.« Er griff kurz nach ihrer Hand und drückte sie zärtlich.

Sie zuckte die Schultern. »Was soll's, es gibt Schlimmeres. Ich hätte bei der Partnerwahl besser aufpassen sollen.«

Während sie auf ihr Dessert warteten, fiel Lagarde ein Mann auf, der alleine am letzten Tisch an der Hauswand saß. Alle anderen Gäste speisten in Gesellschaft. Er war etwa fünfzig Jahre alt, gutaussehend, leger, aber edel gekleidet und machte einen völlig abwesenden Eindruck. Er hatte eine Platte mit einem Dutzend Austern vor sich stehen, die er eine nach der anderen mit Zitronensaft beträufelte, mit einer kleinen Gabel aus der Schale löste und aß. Dazu trank er eine halbe Flasche Champagner. Seine Umgebung schien er nicht wahrzunehmen.

»Wie lange bleibst du noch hier?«, erkundigte sich Mariette.

»Nur noch ein paar Tage.«

»Wollen wir uns noch einmal treffen? Es ist schön, mit dir zu reden. Vielleicht zusammen mit deinen Freunden? Ich würde mich freuen, sie nach so langer Zeit wiederzusehen. Ihr wart wirklich ein wilder Haufen damals. Was haben wir für verrückte Sachen gemacht! Kannst du dich erinnern, als wir eines Abends beschlossen, nach Draguignan in die Disco zu fahren? Samy hat einen kleinen Jeep organisiert, in den wir uns zu fünft hineingequetscht haben. In der Morgendämmerung sind wir schließlich zurückgefahren. Ich saß am Steuer, weil ich die Einzige war, die nichts getrunken hatte. Auf einer schmalen Landstraße habe ich einen Ast übersehen, der in die Fahrbahn ragte, und das Auto bekam eine ziemliche Schramme ab. Euer Ausbildungsleiter entdeckte sie am nächsten Morgen. So flog unser Ausflug auf. Er hat getobt vor Wut, und ihr musstet Strafschichten schieben und bekamt Ausgangssperre.«

Sie lachten. »Daran kann ich mich noch gut erinnern«, meinte Lagarde. »Samy übernahm die Verantwortung für die Beule und wurde besonders hart bestraft. Das war ihm aber egal. Er meinte, der Spaß sei es wert gewesen.«

»Seltsam, dass ich sie noch nie hier irgendwo getroffen habe,« überlegte Mariette.

»Vielleicht hast du sie getroffen und nicht wiedererkannt? Wir haben uns alle verändert.«

»Du nicht.«

»Du auch nicht.«

Sie lächelten sich an. Beide bemerkten, dass eine Vertrautheit entstanden war, die sie längst verloren geglaubt hatten.

»Wir könnten in den nächsten Tagen ein Barbecue bei Etienne veranstalten, wie in den alten Zeiten.«

Mariette strahlte. »Das wäre schön.«

»Ich rede mit ihnen und melde mich bei dir.«

Als sie ihren Mokka tranken, legte der Mann, der alleine am Tisch gesessen hatte, Geldscheine in ein Schälchen, stand auf und lief an ihnen vorbei auf den Ausgang zu. Als er Mariette bemerkte, grüßte er sie freundlich.

»Weißt du, wer das war?«, fragte Lagarde.

Der Mann überquerte die Straße, stieg in einen grünen Peugeot und fuhr weg.

»Das war Cédric Laurent, der Trüffelkönig.«

»Der Trüffelkönig?«

»So wird er hier genannt. Genau wie früher sein Großvater Émile. Cédric hat von seinem Vater Steineichenwälder geerbt, die größten Waldgebiete weit und breit. Maurice Laurent hat damals von der französischen Regierung als Entschädigung Wälder bekommen, wo er die Trüffelzucht fortgesetzt hat. Cédric verdient ein Vermögen mit den Trüffeln. Vor der Erbschaft war er selten hier. Er ist viel gereist, kam jedoch ab und zu zu Besuch, um seine Schwester Mélanie zu sehen.« Mariettes Gesicht nahm einen traurigen Ausdruck an. »Sie ist vor kurzem gestorben.«

Lagarde erinnerte sich, dass er darüber in der örtlichen Zeitung gelesen hatte. »Es war ein Unglück, nicht wahr? Sie ist vor wenigen Wochen von einer Klippe in den See gestürzt.«

»Ja, das war ein schreckliches Unglück. Man ging von einem Unfall aus. Cédric hat das sehr getroffen, denn er hat seine Schwester über alles geliebt. Manche mutmaßen, dass es Selbstmord war. Sie war seit ihrer Kindheit psychisch krank. Es wird erzählt, dass sie unter Depressionen und Angstzuständen gelitten habe. Ich habe sie persönlich nicht gekannt.« Sie trank ihren Wein aus und machte einen nachdenklichen Eindruck. »Der alte Bürgermeister von Les Salles ist vor ein paar Tagen ebenfalls in den See gestürzt, vorher auch schon Georges Lebeau. Ich finde das alles ganz merkwürdig, was hier vor sich geht.«

Das fand Lagarde auch. Nachdem sie den Mokka

getrunken hatten, bat er den Kellner um die Rechnung, zahlte und legte ein großzügiges Trinkgeld in das Schälchen.

»Danke für die Einladung«, sagte Mariette.

»Es war mir ein Vergnügen.« Er begleitete sie zurück zur Bäckerei. Dort verabschiedeten sie sich mit einer innigen Umarmung. »Bis zum Barbecue«, versprach er.

»Ich freue mich.« Sie winkte ihm zu und betrat ihr Haus. Er sah ihr lange nach, völlig vertieft in die Erinnerung an ihre damalige Liebe. Schließlich riss er sich los. Es war schon lange vorbei. Er würde Odette nicht betrügen, niemals.

Da er Zeit hatte, beschloss er, noch einen kleinen Rundgang durch das Dorf zu machen. Danach wollte er die Kirche besichtigen. Lagarde war ein Bewunderer sakraler Bauwerke, spendete immer etwas und entzündete einige Opferkerzen. Dieses Ritual war ihm wichtig.

Marie Dubois war eine resolute patente Dame. In drei Wochen würde sie ihren fünfundachtzigsten Geburtstag feiern. Sie war stolz darauf, dass sie in ihrem Alter ihren Haushalt noch selbständig führen konnte. Zwei Freundinnen von ihr waren in einem Pflegeheim untergebracht, und sie besuchte sie regelmäßig. Es war entsetzlich zu beobachten, wie sie rapide immer mehr abbauten und vor sich hin vegetierten. Marie dankte dem Herrn jeden Tag für seine Gnade, dass ihr dieses Schicksal bisher erspart geblieben war.

An diesem Morgen hatte sie bereits Holz gehackt, den Garten gegossen, ihre Hühner gefüttert und auf dem Markt eingekauft. Sie erwartete den Abbé Clément-Marie zum Mittagessen. Das Kaninchen war bereits in einem würzigen Sud eingelegt, die Kartoffeln für das Gratin geschält und in hauchdünne Scheiben geschnitten. Bald war es Zeit, den Wildbraten in die Backröhre zu schieben. Marie deckte den Tisch im Salon und nahm das gute Geschirr sowie das Silberbesteck aus dem Schrank. Clément-Marie liebte es, kultiviert und festlich zu speisen. Am wichtigsten war ihm jedoch die Gesellschaft. Seit seine Haushälterin verstorben war, war er oft alleine im alten Pfarrhaus.

Das Kaninchen kam in den Backofen. Später würde sie den Bratensaft mit Rotwein, Sahne und Kräutern verfeinern. Als es Zeit war, sich umzuziehen, zog sie die Kittelschürze aus und hängte sie an einen Haken an der Küchentür. Im Schlafzimmer zog sie eine Nylonstrumpfhose, einen grauen Rock und eine weiße Bluse an. Dabei bewunderte sie ihre Beine. Sie waren noch immer stramm und makellos. Ein Blick in den Spiegel bestätigte ihr, dass die Frisur gut saß. Das weiße Haar hatte sie zu einem Zopf geflochten und zu einem Knoten aufgesteckt. Sie zupfte einige Haare in die Stirn, damit die Frisur nicht zu streng wirkte. Die wasserblauen Augen blickten ihr freundlich und zuversichtlich entgegen. Sie beschloss, ein wenig Lippenstift aufzutragen und Parfüm auf den Hals zu tupfen.

Zurück in der Küche sah sie nach dem Kaninchen. Es köchelte in der Sauce, und ein köstlicher Duft entströmte dem Herd. Marie hatte noch Zeit und beschloss, im Garten Blumen zu schneiden und zwei Sträuße zu binden. Ein Gebinde war für das Grab, der andere Strauß für die Kirche.

Der Garten, der hinter ihrem Haus lag, war ihr ganzer Stolz. Von ihrem Haus führte ein Fußweg zum neuen Friedhof. Unter Weidenbäumen und Birken lagen die Gräber derjenigen, die nach der Sprengung des Dorfes und dem Aufstauen des Lac de Sainte-Croix verstorben waren. Alle anderen waren auf dem alten Friedhof begraben, der geflutet worden war. Zur Erinnerung gab es für jeden dieser Verstorbenen einen Gedenkstein. Die Angehörigen pflegten den Park, in dem die Steine standen, liebevoll, so wie andere Trauernde ihre Gräber schön herrichteten. Zwischen Stiefmütterchen und Glockenblumen standen Bänke, die zum Verweilen einluden. Die Namen der Stifter waren in kleine Metallplatten eingraviert.

Marie füllte eine Kunststoffvase mit Wasser, arrangierte Gladiolen und drückte die Vase mit der Spitze in die Erde. Auf dem rötlich-schwarzen Marmorstein standen, beschützt von zwei Engeln, die Namen ihrer Eltern in goldenen Lettern. Auf der Parzelle daneben befand sich der Gedenkstein von Émile Laurent. Sie wusste, dass Cédric Laurent jeden Sonntag frische Blumen zur Gedenkstätte seines Großvaters brachte. Das Grab von Mélanie befand sich in der Nähe unter einer Rotbuche. Die Erde war aufgeschüttet und von Kränzen und vertrockneten Blumengewinden bedeckt. Ihr Name stand auf einem Holzkreuz, auf dem auch eine Portraitaufnahme befestigt war. Diane Mélanie Laurent. Marie faltete die Hände und sprach ein kurzes Gebet.

Nachdem sie sich von ihren Eltern verabschiedet hatte, machte sie sich auf den Weg zur Kirche. Der zweite Strauß war für den Tisch neben dem Altar bestimmt. Während der Abendmesse hatte sie festgestellt, dass die Gerbera dort bereits verblühten. Marie kümmerte sich regelmäßig um den Blumenschmuck für die Kirche.

Als sie den Nebeneingang aufschließen wollte, stellte sie erstaunt fest, dass die Tür nicht versperrt war. Hatte der Abbé vergessen abzuschließen? In letzter Zeit wirkte er manchmal ein wenig zerstreut. Hoffentlich fand sich bald ein Nachfolger, so dass er endlich in den verdienten Ruhestand gehen konnte. Sie durchquerte den kleinen Vorraum und gelangte in die Sakristei. Doch was sie dort vorfand, erschreckte sie zutiefst. Das grüne Gewand des Abbé lag auf dem Boden, ebenso der Umhang eines Messdieners. Daneben befanden sich der goldene Messkelch und die Hostienschale. Von einem Lüster war ein Arm abgebrochen, und auf der glänzenden Messingoberfläche entdeckte sie einen hässlichen dunklen Fleck. Maries Hände wurden eiskalt, ihr Herz pochte, der Atem beschleunigte sich. Was war hier vorgefallen? Angst ergriff von ihr Besitz. Wo war Clément-Marie? Er hätte seine Kirche nie in so einem Durcheinander zurückgelassen. War er noch hier? War ihm etwas zugestoßen? Hatte er sich mit letzter Kraft in das Kirchenschiff geschleppt und war dort zusammengebrochen? Sie musste etwas unternehmen. »Reiß dich zusammen, Marie!«, murmelte sie. »Such ihn!« Sie legte den Blumenstrauß ab und lief beherzt in den Altarraum. Sonnenstrahlen drangen durch die Buntglasfenster und tauchten die Kirche in diffuses Licht. Es war ganz still, und Marie fürchtete sich. Sie ging durch den Mittelgang und inspizierte die Bankreihen. Eine nach der anderen, doch da war niemand. Sie rief nach dem Abbé, und als ihre Stimme durch das Kirchenschiff hallte, fuhr sie zusammen. Sie bekam keine Antwort. Ängstlich spähte sie in den Beichtstuhl, doch er war leer. Das Hauptportal war unverschlossen. Neben dem Glockenturm gab es einen Abstellraum, in dem alles an seinem Platz stand. Als sie durch den Glockenturm in die Sakristei zurückkehren wollte, ließ ein unbestimmtes beunruhigendes Gefühl sie innehalten. Zögerlich hob sie den Kopf. Dann begann sie zu schreien und konnte nicht mehr aufhören.

Lagarde trat durch das Hauptportal der Kirche, und gerade als er die feierliche Würde und die friedliche Stille des sakralen Baus in sich aufnahm, ertönte auf einmal ein schriller, nicht enden wollender Schrei. Erschrocken fuhr er zusammen. Woher kam dieses verzweifelte Geschrei? Er lauschte. Dann rannte er durch den Mittelgang, durchquerte den Altarraum und gelangte in den Glockenturm. Dort, an die naturbelassene Mauer gelehnt, stand eine ältere Dame und war völlig außer sich. Eilig trat er auf sie zu und sprach sie mit sanfter Stimme an. »Madame, geht es Ihnen nicht gut? Kann ich Ihnen helfen? Was ist denn passiert?«

Als sie nicht reagierte, griff er nach ihren Oberarmen und hielt sie fest. Er versuchte, Blickkontakt herzustellen. Die Pupillen der Frau waren vor Angst geweitet und starr, ihre Lippen zitterten. »Madame, bitte, beruhigen Sie sich doch! Ich tue Ihnen nichts, ich will Ihnen doch nur helfen.«

Plötzlich hörte sie auf zu schreien und rang nach Luft.

»Mein Name ist Philippe Lagarde. Ich wollte nur die Kirche besichtigen. Was hat Sie denn so erschreckt?«

Sie deutete mit der Hand in den Turm, sah aber nicht hoch. Als Lagarde die Szenerie erblickte, die die alte Dame so aufgewühlt hatte, wurde sogar er blass. Ein Mann hing hoch oben im Turm, um seinen Hals war ein Glockenseil geschlungen. Er trug einen schwarzen Anzug und schien in schwindelnder Höhe leicht hin und her zu schwingen. Der Anblick war verstörend und grauenvoll.

»Bleiben Sie hier stehen und sehen Sie nicht nach oben«, wies er die Dame an. »Ich bin gleich wieder bei Ihnen.« Während er zur Wendeltreppe rannte, setzte er einen Notruf ab. Er nahm zwei Stufen auf einmal, bis er auf der Höhe des Mannes angekommen war. Er hielt sich mit einer Hand an einer Strebe fest und versuchte, mit der anderen das Handgelenk des Mannes zu erreichen. Als es ihm endlich gelang, fühlte er keinen Puls. Die Augen waren weit aufgerissen, starr und trüb. Er war tot, daran bestand kein Zweifel. Er konnte ihm nicht mehr helfen. Der Mann war im Glockenturm erhängt worden. Selbstmord schloss er aus. Dieses Szenario hatte er unmöglich selbst inszenieren können. Da es sich um einen Tatort handelte, rührte er nichts an und barg den Mann auch nicht. Die Polizei und die Techniker der Spurensicherung sollten alles so vorfinden, wie es ursprünglich gewesen war. Rasch lief er die Stufen hinunter und sah nach der Frau. »Wer ist der Mann?«, fragte er.

»Abbé Clément-Marie, unser Pfarrer.« Ihre Stimme war kaum mehr als ein Hauchen.

»Kommen Sie, ich führe Sie zu einer Bank. Die Polizei wird gleich kommen.«

Die Frau sank auf die Bank.

»Soll ich Ihnen ein Glas Wasser holen?«

Sie nickte. »Das wäre sehr freundlich, Monsieur. In der Sakristei ist ein Waschbecken, Gläser sind im Schränkchen. Links vom Altarraum.«

In der Sakristei entdeckte Lagarde das Durcheinander von Kirchengewändern, goldenen Gegenständen und verstreutem Geld. Es sah aus, als hätte ein Kampf stattgefunden. So wie es schien, war der Abbé hier überfallen worden, und er hatte sich gewehrt. Ihm fiel der Fleck auf dem Arm des Leuchters auf. Er betrachtete ihn näher. Es handelte sich mit großer Wahrscheinlichkeit um getrocknetes Blut. Jemand hatte ihn hier niedergeschlagen, dann die Wendeltreppe hochgetragen, das Seil geholt, es um seinen Hals geschlungen und ihn schließlich losgelassen. Der Täter musste also sehr stark sein und absolut skrupellos. Lagarde hatte schon viel Schlimmes gesehen, aber dieser Anblick hatte ihn wirklich schockiert. Er ließ Wasser in ein Glas laufen und brachte es der Frau. »Bitte, trinken Sie einen Schluck.«

»Danke, Monsieur.«

»Wie ist denn ihr Name, Madame?«

»Marie. Marie Dubois.«

»Wann war die letzte Messe, Madame Dubois?«

»Gestern Abend.« Sie begann zu weinen. »Für heute hatte ich den Abbé zum Mittagessen eingeladen. Mon Dieu, das Kaninchen! Es verschmort im Ofen.« Sie wollte aufstehen und sank kraftlos zurück auf die Kirchenbank.

»Können Sie sich vorstellen, wer dem Pfarrer das angetan haben könnte?«

»Nein. Alle haben Clément-Marie geliebt und sehr geschätzt.« Sie schluchzte. »Es ist so grauenhaft, wie er da hängt. Diesen Anblick werde ich nie vergessen. Er war so ein gütiger, warmherziger Mann.« Plötzlich schien ihr etwas einzufallen. »Der Abbé hatte einen Sohn, Christophe, zusammen mit seiner Haushälterin. Er hat ihn nie anerkannt und immer abgestritten, dass es sein eigenes Fleisch und Blut ist. Aber jeder hat es gewusst. Darüber wurde nie gesprochen, nur hinter seinem Rücken getuschelt. Christophe ist nicht ganz richtig im Kopf. Vielleicht war das die Strafe Gottes, weil Clément-Marie das Gelübde gebrochen hat und nicht zu seinem Fehler stand. Er hätte sich um den armen Jungen kümmern müssen.«

»Sie könnten sich vorstellen, Christophe hat seinen Vater getötet?«

»Ja, er hat öfter damit gedroht. Vor allem, wenn die Männer in der Bar ihm ein paar Bier spendiert hatten. Er wollte von seinem Vater anerkannt und geliebt werden.«

Das Hauptportal wurde aufgerissen, und drei Gendarmen stürmten herein. Ihnen folgte Durand. Als er Lagarde erblickte, schnauzte er ihn an. »Was machen Sie denn hier? Müssen Sie Ihre Nase in alles stecken? Was ist denn überhaupt passiert?«

»Kommen Sie mit.« Lagarde führte ihn in den Glockenturm und zeigte nach oben. Die Gendarmen waren ihnen gefolgt. Durand keuchte schockiert. »Mon Dieu! Das ist ja furchtbar!«

Seine Begleiter erstarrten. Einem Gendarm wurde übel, und er rannte hinaus.

»Ich wollte die Kirche besichtigen«, erklärte Lagarde. »Dann habe ich Madame Dubois schreien hören. Sie hat den Abbé entdeckt. Daraufhin habe ich den Notruf gewählt. Ich bin über die Wendeltreppe zu dem Opfer hoch. Es hätte ja sein können, dass er noch lebt, aber ich konnte nichts mehr für ihn tun.«

Durand nickte. »In Ordnung, das war korrekt. Wir müssen jetzt den Tatort absperren und den Rechtsmediziner und die Spurensicherung informieren. Ein Gendarm wird Madame Dubois nach Hause begleiten. Sie steht offensichtlich unter Schock.«

Er musterte Lagarde mit undurchdringlicher Miene. »Und Sie verlassen jetzt sofort die Kirche! Ich weiß ja, wo ich Sie finde, wenn ich noch Fragen habe. Au revoir, Monsieur Lagarde!«

»Au revoir, Monsieur Durand.« Er konnte sich eine letzte provokante Bemerkung nicht verkneifen. »Es sieht gar nicht danach aus, als ob es sich diesmal um einen Unfall oder Selbstmord handelt. Hoffentlich schadet es Ihrer Karriere nicht, wenn Sie sich weiterhin weigern, mit mir zusammenzuarbeiten.«

Das Gesicht des Polizeichefs färbte sich zornesrot. »Raus!«, brüllte er. Lagarde verließ die Kirche.

Das Weingut von Auguste Gras lag etwas außerhalb von Sainte-Croix-du-Verdon in einer Senke. Der einstöckige stattliche Bau war hellgelb verputzt, die Fensterläden taubenblau lackiert. Eine ausgetretene Treppe führte zu einem steinernen Portikus. Auf dem Dach thronte ein quadratischer Turm mit einem rotgelben Wappen. Der Bau war von einer Wiese umgeben, auf der sich alte Waldkiefern erhoben. Unter einem Haselnussbaum stand ein verwitterter Stein, in den eine Gedenktafel eingelassen war. Neben dem Gut gab es einen gedrungenen Bau aus Sandstein mit einer großen schiebbaren Holztür. Dort wurden landwirtschaftliche Maschinen und Werkzeug für den Weinbau aufbewahrt. Über ein Spalier an einer Seitenmauer rankten sich Wicken. Das Haus lag inmitten von Weinfeldern. Endlose Reihen von Rebstöcken überzogen die fruchtbare Ebene und die sanft abfallenden Hänge. Die Domaine produzierte Spitzenweine, die mindestens das Prädikat AOC trugen, hauptsächlich einen trockenen Rosé, der nach Aprikosen duftete.

Neben der Eingangstür stand ein Tisch an der Hauswand, die von der Sonne gewärmt wurde. Dort saß Auguste Gras. Er war ein vierschrötiger korpulenter Mann mit derben Gesichtszügen. Er trug eine Arbeitshose und einen Strohhut. Nächste Woche würde er seinen einundachtzigsten Geburtstag feiern. Gras machte Brotzeit. Seit er seine Frau verloren hatte, kochte er nur noch selten. Ein Stück Brot und eine Scheibe Wurst reichten ihm, dazu ein Glas von seinem Rosé, der genau richtig temperiert war.

Nachdem er seinen Imbiss beendet hatte, machte er sich auf in die Weinberge. Er war rüstig und gut zu Fuß. Jeden Tag inspizierte er seine Rebstöcke. Er wanderte durch die akkuraten Reihen und prüfte sorgfältig die Trauben, die Blätter und die Stämme. Entdeckte er Ungeziefer, besprühte er es mit einer insektenvernichtenden Substanz, die er in einer Flasche auf dem Rücken trug. Von modernem Weinanbau hielt er nichts. Er wollte seine Pflanzen sehen, riechen und mit ihnen sprechen. Der Winzer war fest davon überzeugt, dass sein Wein deshalb so hervorragend war und schon viele Auszeichnungen bekommen hatte. Außerdem hatte er nach dem Verlust seiner Frau niemanden sonst zum Reden. Nur manchmal fuhr er mit seinem Traktor zur Bar Tabac von Sainte-Croix-du-Verdon, trank dort ein Glas Wein und unterhielt sich mit anderen Landwirten über die Ernte, das Wetter und die Politik.

Mit wachsamen Augen ging er langsam durch die Reihen und begutachtete die Stöcke, die prächtig gediehen. Er stieg einen Hang hinauf und begann zu schwitzen. Die Sonne brannte vom Himmel und Bienen summten. Die Erde war trocken. Ein Hauch von Thymian lag in der Luft.

Plötzlich blieb er stehen. Er hatte etwas entdeckt. An einem Stamm, direkt oberhalb des Erdbodens, war ein weißer Fleck. Gerade als er sich bückte, um diese Auffälligkeit genauer in Augenschein zu nehmen, knallte ein Schuss. Eine Kugel pfiff über seinen Kopf hinweg. Erschrocken fuhr er zusammen. Schon ertönte ein zweiter Schuss. Das Projektil streifte seinen Arm und verursachte einen brennenden Schmerz. Er ließ sich auf den Boden fallen und kroch durch eine Lücke zwischen den Reben in die nächste Furche. Keuchend betrachtete er seinen Arm. Blut sickerte durch den Stoff des Hemdes. Er lauschte. Stille war eingekehrt, und er robbte weiter in die nächste Reihe. Auf allen vieren krabbelte er vorwärts, bis er an den Rand des Weinberges kam. Dort wuchsen Bäume und Sträucher, die ihm Deckung boten. Mühsam erhob er sich und versteckte sich hinter einem breiten Eichenstamm. Vorsichtig spähte er in die Richtung, aus der die Schüsse gekommen waren. Er konnte niemanden entdecken. Nur meinte er, im flirrenden Licht eine schwarze breite Limousine zu sehen, die sich rasch entfernte.

Sein Herz raste, sein Arm schmerzte, Schweißtropfen perlten über seine Stirn. Jemand hatte auf ihn geschossen und ihn nur knapp verfehlt! Hätte er sich nicht gebückt, wäre er jetzt tot. Wer konnte das gewesen sein? Gras hatte Angst. Im Schutz der Bäume lief er zu seinem Weingut, so schnell er konnte. Durch die Hintertür, die immer unverschlossen war, gelangte er in den Korridor. Er verriegelte die Tür und lehnte sich stöhnend dagegen. Schließlich atmete er tief durch und ging in die Küche. Dort sank er auf einen Stuhl.

Als jemand an der Eingangstür klopfte, schrak er zusammen. Ein Mann rief: »Auguste, bist du zu Hause?« Der Winzer verspürte Erleichterung. Die Stimme gehörte Pascal, einem ehemaligen Polizisten, der ganz in der Nähe in einem Reihenhaus wohnte. Er kaufte häufig Wein bei ihm, und manchmal tranken sie ein Glas zusammen. Pascal war ein sympathischer Kerl. Gras ging zur Tür und öffnete.

»Salut, Auguste! Schön, dass du da bist. Ich brauche ein paar Flaschen von deinem guten Rosé.« Pascal stutzte und musterte seinen Nachbarn. »Was ist denn mit dir los? Du siehst aus, als sei der Teufel hinter dir her gewesen.«

»Komm rein.« Der Weinbauer verriegelte von innen die Tür. Pascal folgte ihm in die Küche. Auguste holte ein Jagdgewehr aus einem Schrank und legte es auf den Küchentisch. Sein Besucher reagierte verblüfft. »Was willst du mit der Waffe? Was ist denn passiert?«

»Jemand hat auf mich geschossen.«

»Was?«

»Ja, im Weinberg, zweimal. Er hat knapp meinen Kopf verfehlt und mich am Arm erwischt.« Er zog sein Hemd aus und zeigte Pascal die Wunde. Blut sickerte daraus hervor.

Fassungslos starrte Pascal auf die Verletzung. »Ich

bringe dich zum Arzt. Und du musst die Gendarmerie rufen. Vielleicht treibt sich der Schütze noch hier herum.«

»Keine Polizei!«, knurrte Auguste. »Mit denen will ich nichts zu tun haben. Einen Arzt brauche ich auch nicht. Das ist doch bloß ein Kratzer.«

Pascal betrachtete die Wunde. »Sie scheint nicht tief zu sein. Die Kugel hat deinen Arm zum Glück nur gestreift. Ich kümmere mich darum. Hast du Verbandszeug?«

»Im Badezimmerschrank über dem Waschbecken ist ein Fläschchen mit Jod.«

Pascal lief in das Bad und kam mit dem Desinfektionsmittel und einem aufgerollten Verband zurück. Vorsichtig sprühte er die Flüssigkeit auf die Wunde. Auguste zuckte. »Es brennt.«

»Gleich ist es vorbei.« Geschickt wickelte Pascal den Verband um den Oberarm und steckte ihn fest. »Fertig.«

»Danke, du kannst das gut.«

Pascal freute sich über das Lob. »Ich habe während meiner Militärzeit eine Ausbildung zum Rettungssanitäter gemacht. Wie geht es dir jetzt? Ist dir schwindlig oder heiß?«

»Nein, es geht mir schon wieder besser«, erklärte Auguste. »Es war nur der Schreck.« Er schlüpfte in sein Hemd und knöpfte es zu.

»Willst du wirklich nicht die Polizei rufen?«

»Nein. Ich habe mein Gewehr. Damit kann ich mich verteidigen. Willst du ein Glas Wein?«

»Gerne.«

Der Winzer holte eine geöffnete Flasche aus dem Kühlschrank, zog den Korken heraus und füllte die Gläser. Schwerfällig setzte er sich zu Pascal an den Tisch. »Es ist der Fluch«, seufzte er.

»Welcher Fluch? Wovon redest du?«

»Auf uns und unseren Familien liegt ein Fluch. Wir haben damals die Flussgöttin erzürnt, Styx. Nach der Legende ist sie eine wunderschöne Frau mit langen ebenholzschwarzen Haaren. Sie hat ein kleines Flügelpaar auf der Stirn, an ihren Ohren funkeln Edelsteine. Um ihren vollkommenen Körper hat sie ein schwarzes Spitzentuch geschlungen. Die bloßen Füße sind zierlich. Wenn sie erscheint, wird sie von einer Schar Seevögel und einem dunklen Wolkengebirge begleitet.«

Irritiert trank Pascal einen Schluck Wein. Wahrscheinlich war sein Nachbar wegen der Schüsse, die auf ihn abgefeuert worden waren, so durcheinander. Er sollte besser noch eine Weile bei ihm bleiben.

Auguste fuhr unbeirrt fort: »Sie bewacht die Seelen der Toten. Jetzt liegt der alte Friedhof auf dem Seegrund, er wurde einfach überspült. Wir hätten niemals für den Stausee stimmen dürfen.«

»Es tut mir leid, Auguste, aber ich kann dir nicht ganz folgen.«

»Hör zu. Ich muss die Geschichte jetzt einmal jemandem erzählen. Wir waren damals im Gemeinderat, wir sieben. Es ging um die Entscheidung, ob das alte Dorf gesprengt und das Tal überflutet werden soll. Vier Räte waren dafür. Victor Lebeau, der Sprengmeister, wollte den großen lukrativen Auftrag bekommen. Der Abbé Clément-Marie Lebrun war der festen Überzeugung, dass man den Fortschritt nicht aufhalten sollte. Jean Sagnol, der Bürgermeister, versprach sich vom Verkauf seines Ackerlandes für das neue Dorf eine gewaltige Summe. Ich ebenso.

Drei Räte waren dagegen. Casimir Rocher liebte sein Leben als Ziegenbauer, er wollte keine Veränderung. Christian Pineau konnte es sich nicht vorstellen, seine Truthahnzucht und seine Bienenstöcke aufzugeben. Émile Laurent, der Trüffelkönig, wollte um jeden Preis seine Steineichenwälder, sein Jagdrevier und sein altes Leben behalten. Er war der Entschlossenste von allen. Wir vier Räte hatten die Mehrheit und haben die anderen überstimmt. Letztendlich war die Abstimmung natürlich eine Farce. Die Regierung hätte das Großprojekt sowieso realisiert, auch wenn wir alle dagegen gewesen wären. Aber wir vier Befürworter waren nun offiziell die Bösen im Dorf. Wir standen für den Verrat und die Zerstörung des alten Les Salles und des Flusstals. Unbeschreiblicher Hass schlug uns entgegen, und es gab massive Drohungen. Unsere Häuser wurden nachts mit Farbe beschmiert,

Vaterlandsverräter stand da. Es hat lange gedauert, bis sich die Gemüter einigermaßen beruhigt hatten.«

»Aber was hat das jetzt mit den Schüssen auf dich zu tun?«

»Verstehst du denn nicht? Styx rächt sich. Darauf habe ich schon lange gewartet. Die Göttin ist die Wächterin des Verdon. Sie hat einen Boten geschickt, der uns holen soll. Georges, Victors Sohn, hat er schon geholt. Jean ist ebenfalls tot. Und ich bin der Nächste. Ich habe schon Frau und Kind verloren. Meine Tochter Liane ist mit sechzehn Jahren an Leukämie gestorben. Sophie, meine Frau, ist einfach auf der Straße zusammengebrochen, Herzversagen. Heute, im Weinberg, bin ich noch einmal davongekommen. Aber es kommt, wie es kommt.«

»Hast du den Schützen gesehen?«

»Nein, ich habe niemanden gesehen, nur ein schwarzes Auto in der Ferne.«

Nach Augustes Geschichte war es Pascal sofort klar gewesen, dass sie die Verbindung, nach der sie so lange gesucht hatten, jetzt endlich gefunden hatten. Er wollte sofort zum Chalet und seine Freunde darüber informieren. Doch zunächst war da noch Auguste, um den er sich kümmern musste. Pascal machte sich um die Sicherheit seines Nachbarn Sorgen. »Du könntest für ein paar Tage zu mir ziehen«, schlug er vor. »Hier bist du ganz alleine und auf dich gestellt. Dein Weingut liegt abseits des Dorfs.« Nachdem ihm der Hintergrund der Taten klar geworden war, ging er davon aus, dass sie den Mörder bald finden würden.

»Danke, Pascal, aber ich werde mein Haus und meine Weinberge nicht verlassen. Ich lasse mich nicht vertreiben. Ich habe mich schon einmal aus dem alten Dorf vertreiben lassen, aus Habgier. Das war ein nicht wiedergutzumachender Fehler. Ich bleibe hier.«

Pascal war klar, dass der alte Winzer seinen Kopf durchsetzen würde. »In Ordnung. Aber pass auf dich auf! Halte dein Gewehr griffbereit und verschließe die Türen. Wenn du abends im Haus das Licht einschaltest, mache vorher die Fensterläden zu. Geh im Dunkeln auf keinen Fall vor die Tür. Vielleicht solltest du die nächsten ein, zwei Tage nicht durch die Weinberge wandern. Du bildest dort eine optimale Zielscheibe. Schließlich könnte es sein, dass der Schütze wiederkommt.«

Auguste musste lächeln. Er war richtig gerührt, dass sich jemand Gedanken um ihn machte. Der letzte Mensch, der das getan hatte, war Sophie gewesen.

»Ich passe schon auf mich auf. Aber danke, dass du dir Sorgen um mich machst.«

»Wenn du es dir anders überlegst, kannst du jederzeit zu mir kommen. Wenn ich nicht da bin, rufst du mich auf meinem Handy an.« Er nahm einen Stift, der auf dem Tisch lag, und schrieb die Nummer auf den Rand eines Kreuzworträtselheftes. »Aber jetzt muss ich weiter. Morgen schaue ich nach dir und wechsle den Verband. Ach ja, ich wollte ja Wein kaufen! Wenn du nichts dagegen hast, hole ich eine Kiste Rosé aus dem Keller. Du darfst nichts tragen.«

»In Ordnung. Du weißt ja, wo er steht.«

Auguste wollte kein Geld von Pascal nehmen. »Ist schon gut. Bis morgen!«

»Bis morgen.«

Als Pascal das Haus verlassen hatte, verriegelte der Weinbauer die Tür. Zurück in der Küche, lehnte er sein Jagdgewehr gegen die Wand. Es war schussbereit. Auguste hatte seine Meinung geändert. Der sture furchtlose Provenzale in ihm hatte die Oberhand gewonnen. Er würde selbst entscheiden, wann er Sophie und Liane folgen würde. Sonst niemand.

Es war später Nachmittag, als Pascal das Chalet erreichte. Erleichtert stellte er fest, dass seine drei Freunde da waren. Sie saßen auf der Terrasse, tranken Kaffee und redeten miteinander. Als er zu ihnen trat und sie begrüßte, merkte er sofort, dass etwas nicht stimmte. Ihre Mienen waren ernst, die Stimmen gedämpft. »Ist etwas passiert?«, fragte er besorgt.

»Es gibt noch einen Toten«, informierte Lagarde ihn. »Der Abbé von Les Salles-sur-Verdon, Clément-Marie Lebrun, ist gestern Abend nach der Messe ermordet worden. Jemand hat ihn im Kirchturm aufgehängt.«

»Mon Dieu, dann ist jetzt der dritte Mann tot!«

Seine Freunde sahen ihn fragend an. »Wie meinst du das?«, wollte Etienne wissen.

»Auf meinen Nachbarn, den Weinbauern Auguste Gras, ist heute geschossen worden. Der Schütze hat sein Ziel nur knapp verfehlt und ist unerkannt entkommen. Möglicherweise fährt er ein dunkles Fahrzeug. Auguste hat mir erzählt, dass er damals Gemeinderat war, als über den Stausee entschieden wurde. Er und drei weitere Räte befürworteten das Projekt. Zwei davon sind jetzt tot: Jean Sagnol und der Abbé, und auf Auguste wurde ein Anschlag verübt. Er hatte Glück und ist mit dem Leben davongekommen.«

Samy raufte sich aufgeregt die Stoppelhaare. Endlich kam Bewegung in ihre Ermittlungen. »Wie passt Georges Lebeau in das Bild?«, fragte er.

»Sein Vater, Victor, ist schon vor längerer Zeit gestorben. Er war damals der vierte Rat, der das Großprojekt befürwortete. Es könnte sein, dass Georges quasi anstelle seines Vaters sterben musste. Eine andere schlüssige Erklärung fällt mir nicht ein.«

Lagarde nickte. »Pascal könnte recht haben. Damit hätten wir auch die Verbindung zwischen den Fällen. Der Täter hat es auf die vier Befürworter des Stausees abgesehen. Auguste Gras muss gut auf sich aufpassen.«

»Ich habe ihn gewarnt und Vorsichtsmaßnahmen vorgeschlagen. Mehr konnte ich nicht tun. Er ist ein prima Typ, aber eben auch stur.«

Etienne trieb etwas anderes um. »Die Sprengung des Ortes ist zweiundvierzig Jahre her. Warum sollte ausgerechnet jetzt jemand einen Rachefeldzug starten?«

»Falls das Motiv Rache ist«, bemerkte Lagarde. »Auf jeden Fall muss es einen Auslöser für die Taten geben, sonst macht das keinen Sinn.«

»Was für einen Auslöser?«, fragte Samy.

»Ich weiß es nicht. Wir müssen es herausfinden.« Er wandte sich an Pascal. »Wer waren denn die Gegner des Stausees?«

»Casimir Rocher, der jetzige Campingplatzbesitzer. Christian Pineau, der Eigentümer der immer größer werdenden Ferienhaussiedlung, und Émile Laurent. Auguste hat ihn Trüffelkönig genannt.«

Pascal rieb sich nachdenklich die Glatze. »War da nicht ein Laurent auf der Liste der Halter, die einen Hummer besitzen?« Er schaltete Etiennes Laptop ein und öffnete das Verzeichnis, das er angelegt hatte. Als er fündig wurde, pfiff er durch die Zähne. »Es ist eine Halterin, Diane Laurent. Das Fahrzeug ist im Département Alpes-de-Haute-Provence gemeldet.«

Er gab den Namen in eine Suchmaschine ein. »Da haben wir doch etwas. Sie heißt mit vollem Namen Diane Mélanie Laurent. Der Rufname ist Mélanie. Geboren wurde sie am 17. März 1967. Ihre Eltern sind tot, und sie ist die Enkelin des Trüffelkönigs Émile Laurent. Ihr Bruder Cédric hat den ganzen Besitz und das Vermögen geerbt, während sie leer ausgegangen ist.«

»Und sie ist tot«, ergänzte Etienne. »Die Frau ist vor drei oder vier Wochen in den See gestürzt. Es war ein furchtbares Unglück.«

»Das war Mélanie Laurent?«, hakte Samy nach. Er hatte von der Tragödie gehört.

»Ja«, antwortete Etienne. »Sie hat mit ihrem Bruder in einer Villa an der Nordseite des Sees gelebt. Das Gebäude ist euch bestimmt schon aufgefallen. Es ist das schöne Haus mit den vier Türmen auf einem Hügel oberhalb von Moustiers.«

Pascal starrte grübelnd vor sich hin. Etwas war ihm aufgefallen, aber er kam gerade nicht darauf, was es war. Natürlich! Die Handynummer, die er nicht zuordnen konnte, wie hatte sie gelautet? Er sah auf seine Notizen. Da war sie: *0151/1 731 967*.

»Bingo!« Er stieß die rechte Faust nach oben. »Hört mal zu! Die Handynummer, deren Besitzer ich nicht herausfinden konnte, besteht aus den Ziffern von Diane Mélanie Laurents Geburtstag.« Er las sie noch einmal laut vor.

»Das muss etwas zu bedeuten haben.« Samy war sich sicher. »Wer könnte sich das Datum ihres Geburtstages als Handynummer ausgesucht haben?«

»Ihr Bruder?«, warf Lagarde in den Raum. »Cédric Laurent?«

»Könnte er unser Mann sein?«, fragte Etienne.

»Aber warum jetzt? Welches Motiv sollte er haben?«, grübelte Pascal.

»Wir müssen mit ihm reden«, entschied Lagarde.

»Und wir müssen uns den Hummer ansehen«, ergänzte Samy. »Vielleicht finden wir eine Spur.«

»Mal sehen, wie wir das hinkriegen. Aber jetzt gehe ich erst mal kochen.«

Die Sonne stand direkt über einem dunklen Bergmassiv. Der gleißend weiße Ball zeichnete sich scharf am Himmel ab, den er in ein gelboranges Licht getaucht hatte. Die Farbschattierungen spiegelten sich im See. Den Vordergrund der Kulisse bildeten, als schwarzer Scherenschnitt, eine alte knorrige Pinie und hochgewachsene Agaven. Die ersten Zikaden begannen zu klackern, und es herrschte eine friedliche Abendstimmung.

Das Menü, das Lagarde gekocht hatte, bestand aus fünf Gängen. Avocados, gefüllt mit Crevettensalat, Carpaccio von frischen Steinpilzen, Schweinesteaks in Pfefferrahmsauce mit Bandnudeln, Käse und als Dessert Windbeutelchen mit Sahne. Seine Freunde waren begeistert und freuten sich, dass sie so verwöhnt wurden. Als sie beim Mokka saßen, hörten sie ein Motorengeräusch. Scheinwerfer näherten sich hüpfend. Ein blau-weißes Polizeifahrzeug parkte neben der Terrasse. Lagardes Freunde beobachteten neugierig, wer da ausstieg. Der Kommissar wusste es bereits, und innerlich grinste er. Seine Warnung an Durand, den Polizeichef, hatte Früchte getragen. Jetzt fürchtete er einen Karriereknick und war bestimmt zur Kooperation bereit. Er lief auf das Chalet zu und blieb vor der Terrasse stehen. »Bonsoir Messieurs! Ich möchte Sie gerne sprechen.« Er war richtig höflich.

»Bonsoir, Monsieur Durand«, antwortete Lagarde. »Das trifft sich gut. Wir würden auch gerne mit Ihnen reden. Setzen Sie sich doch zu uns.«

»Danke.« Der Polizist nahm am Tisch Platz.

»Möchten Sie einen Mokka?«

»Sehr gerne.«

Lagarde hatte den Eindruck, dass er nicht so recht wusste, wie er das Gespräch beginnen sollte. Schließlich strich er über seinen Schnauzbart und räusperte sich entschlossen. »Ich habe Erkundigungen über Sie eingezogen. Sie sind mir als vertrauenswürdige Personen geschildert worden. Ich denke, als ehemalige Kollegen können wir offen reden.«

Lagarde nickte bestätigend. »Das können wir.«

Durand trank einen Schluck Kaffee. »Die Techniker der Spurensicherung haben bisher weder Fingerabdrücke noch sonstige Spuren in der Kirche gefunden. So wie es aussieht, wurde auch nichts gestohlen. Kein Geld, keine Goldkelche oder andere sakrale Utensilien. Die Monstranz befindet sich im Tabernakel. Sie ist sehr wertvoll.« Er schwieg für einen Moment und schluckte. »Unser Rechtsmediziner ist sich fast hundertprozentig sicher, dass der Abbé noch gelebt hat, als der Täter ihn aufgehängt hat.«

Die Männer sahen sich betroffen an.

»Es gibt keinerlei Hinweise auf die flüchtige Person.«

Jetzt war Lagarde an der Reihe. Er berichtete zusammenfassend, was sie bisher herausgefunden hatten. Der Polizeichef hörte aufmerksam zu.

»Nach unseren bisherigen Erkenntnissen und den Hinweisen, die wir bekommen haben, hegen wir einen Verdacht. Allerdings haben wir nur Indizien, kein erkennbares Motiv.«

Durand beugte sich neugierig vor. »Wen verdächtigen Sie denn?«

»Cédric Laurent. Wir wollen mit ihm reden, aber dabei könnten wir Ihre Hilfe brauchen.«

»Cédric? Der Trüffelkönig? Niemals! Das kann ich mir überhaupt nicht vorstellen. Ich kenne ihn vom Sehen. Er ist ein freundlicher integrer Mann, der großzügig für die Gemeinde, alle Vereine und ganz besonders für die Kirche spendet.«

»Wir brauchen einen Durchsuchungsbeschluss«, beharrte Lagarde. »Wir wollen den Hummer auf Spuren überprüfen. Und wir suchen das Jagdgewehr.«

»Einen Durchsuchungsbeschluss? Aufgrund einer Geburtstagshandynummer und eines Eintrags im Kfz-Register? Das ist doch nicht Ihr Ernst! Wir machen uns ja lächerlich.«

»Vergessen Sie bitte nicht die Verbindung, die wir herausgefunden haben: die Gemeinderäte, die für die Flutung gestimmt haben.«

»Und Cédric Laurent wartet zweiundvierzig Jahre lang, bis er zuschlägt? Er war damals ein Kind! Also, das ist doch absurd.«

»Er muss ein Motiv haben.« Lagarde gab nicht auf. »Wir können es nur herausfinden, wenn wir die Gelegenheit bekommen, mit ihm zu reden. Sie können jede Person zu einem Verbrechen befragen, das wissen Sie doch. Und mindestens ein Zeuge hat einen Hummer gesehen. Das müsste doch für eine Befragung reichen. Und es wäre für die Bewohner der Region eine große Erleichterung, wenn Sie den Fall aufklären und der Horror endlich ein Ende findet. Die Menschen haben Angst.« Damit hatte er ihn. Man sah Durand an, dass er scharf nachdachte und das Für und Wider abwog. »Also gut, so kann es funktionieren. Ich kenne den Staatsanwalt ganz gut. Ein Beschluss dürfte kein Problem sein. Ich rufe ihn an.«

Er setzte sich in sein Auto und telefonierte. Nach kurzer Zeit kam er wieder zurück. »Morgen früh habe ich den Durchsuchungsbeschluss.« Er war sichtlich stolz auf seine guten Beziehungen. »Treffen wir uns um zehn Uhr vor dem Anwesen der Laurents.«

»In Ordnung«, bestätigte Lagarde.

Das alte Les Salles lag verlassen im Tal, und der Kirchturm ragte in den wolkenverhangenen Himmel. Die Glocken waren bereits abtransportiert worden, ebenso die Kirchturmuhr. Sie würden ihren Platz im neuen Gotteshaus finden. Auch der Brunnen war nicht mehr da. Die Gräber auf dem Friedhof hatte man zubetoniert. In die grauen tristen Platten waren die Namen der Toten sowie ihr Geburts- und Sterbedatum eingeprägt worden. Ein starker Wind wehte vom Meer und wirbelte Laub auf. Er pfiff um die Gebäude und ließ die Bäume wanken. Regen fiel in Strömen, als würde sogar der Himmel gegen die Zerstörung des Dorfes protestieren.

Die meisten Bewohner hatten ihre Häuser bereits verlassen, und die Flutung hatte begonnen. Das Wasser strömte über den Sumpf und das Schilf. Vögel flatterten irritiert umher, Tiere flüchteten. Rehe, Hasen und Kaninchen hasteten über die Wiesen. Füchse und Dachse verließen ihre Bauten. Die gesamte Tierwelt spürte instinktiv, dass sich hier alles verändern würde. Sie wussten, dass sie ihren Lebensraum verlassen mussten, um zu überleben.

Das Wasserwirtschaftsamt hatte bekanntgegeben, dass das Wasser ungefähr drei Zentimeter pro Stunde steigen werde. Aber so genau konnte man eine Flutung nicht steuern. Wasser war unberechenbar, und aufgrund der starken Niederschläge konnte es auch schneller steigen, ein bis zwei Meter in der Stunde. Das Tal des Verdon war zu einem gefährlichen Terrain geworden.

Einige Bewohner befanden sich jedoch noch in ihren Häusern und leisteten erbitterten Widerstand, obwohl schon Was-

ser eingedrungen war. Die Armee hatte begonnen, die Gebäude zwangsweise zu räumen. Dramen spielten sich ab. Christian Pineau und seine Familie waren gegen ihren Willen von Soldaten aus dem Haus getragen und mit einem Militäromnibus zum neuen Dorf in das für sie vorgesehene Gebäude transportiert worden. Die Protestschreie und wüsten Beschimpfungen waren weit durch das Tal gehallt. Casimir Rocher und seine Angehörigen hatten daraufhin aufgegeben. Sie verließen freiwillig mit hassverzerrten Gesichtern ihr geliebtes Haus. Nur noch einmal blickten sie zurück.

Clara und Émile Laurent weigerten sich standhaft, den Befehlen der Soldaten Folge zu leisten. Bei ihnen waren ihre Enkelkinder, die siebenjährige Mélanie und der elfjährige Cédric. Die Eltern der beiden waren, wie so oft, an die Côte d'Azur zum Segeln gefahren und hatten ihre Kinder in der Obhut der Großeltern zurückgelassen. Clara hatte die beiden ins neue Dorf bringen wollen. Sie wollte sie keiner Gefahr aussetzen. Aber die Kinder hatten sich geweigert. Sie hatten geschrien, gebettelt und sich an die Großeltern geklammert. Schließlich hatte sie sie gewähren lassen. Sie hatte keine Kraft mehr. Es brach ihr das Herz, dass sie ihr Haus verlassen sollten und das fruchtbare Land mit seinen alten Traditionen unter Wassermassen verschwinden würde. Ihr Mann litt genauso. Die Soldaten würden sie in den nächsten Minuten ohnehin aus dem Haus schleppen. Den Kindern würde nichts geschehen. Sie hatten sich zusammen in der Küche verschanzt und saßen auf der Bank. Clara und ihr Mann hatten Cédric in ihre Mitte genommen und ihre Arme schützend um ihn gelegt. Mélanie saß auf dem Schoss ihrer Großmutter und krallte sich an ihr fest. Sie wollten nicht gehen. Entsetzt sahen sie zu, wie das Wasser langsam und stetig anstieg. Es verschlang den Läufer und kroch die Tischbeine hoch. Zwei Soldaten traten in die Küche. »Gehen Sie jetzt freiwillig?«, fragte der eine.

Émile sah ihn böse an und spuckte ihm ein »Nein!« entgegen.

»Seien Sie doch bitte vernünftig! Durch die Regengüsse steigt das Wasser schneller. Es wird jetzt richtig gefährlich im Tal. Sie müssen hier weg!«

Sein Appell prallte an ihnen ab. »Also gut, Sie haben es nicht anders gewollt.« Er gab seinem Kameraden ein Zeichen. »Die Kinder zuerst.« Der Soldat packte Méla und zerrte sie vom Schoß ihrer Großmutter. Sie schrie und kreischte. Sie wehrte sich und trommelte mit ihren kleinen Fäusten auf seine Brust, die Augen vor Angst geweitet. Sie hörte nicht auf zu schreien. Cédric konnte die verzweifelten Schreie noch heute hören. Sie ließen ihn aus dem Schlaf hochschrecken. Auch wenn er wach war, suchten sie ihn häufig heim. Er war der festen Überzeugung, dass seine Schwester in diesen dramatischen Minuten dem Wahnsinn verfallen war.

Als der zweite Soldat ihn packte und von seinem Opa wegzog, wehrte er sich nicht. Er war wie versteinert. Sein Großvater ließ den Mann gewähren. Er hatte aufgegeben, und sein Gesicht wirkte erstarrt. Als die Männer die Kinder an das Ufer gebracht hatten, an dem weitere Armeeangehörige warteten und sie in Empfang nahmen, kehrten sie zurück.

Clara leistete keinen Widerstand mehr. Sie verließ freiwillig ihr Haus. Als der Soldat Émile nach draußen führen wollte, war er verschwunden. Sie riefen nach ihm und durchsuchten das ganze Haus, aber sie konnten ihn nicht finden. Anschließend durchkämmten sie die Umgebung. Er war wie vom Erdboden verschluckt. Als ihnen das Wasser bis zur Brust reichte, gaben sie auf. Sie konnten nicht länger bleiben. Das Wasser stieg viel schneller als erwartet. Seit diesem Tag galt Émile Laurent, der Trüffelkönig, als verschollen. Er wurde nie gefunden. Man nahm an, dass ihn der Sumpf verschlungen hatte oder dass er von den gewaltigen Wassermassen in eine Höhle gedrückt worden und ertrunken war. Seine Frau Clara starb sieben Monate später an gebrochenem Herzen. Gedenksteine auf dem neuen Friedhof erinnerten an das Ehepaar.

Die Nacht war hereingebrochen, und Dunkelheit legte sich über die Senke, in der das Weingut von Auguste Gras stand. Der Winzer saß am Küchentisch und machte Brotzeit. Baguette, Wildschweinsalami mit Haselnüssen und Oliven, in denen dicke Knoblauchzehen steckten. Dazu trank er ein Glas Rosé.

Als er sein Abendbrot beendet hatte, legte er das Holzbrett und das Messer in die Spüle. Dann setzte er sich wieder, nahm sein Kreuzworträtselheft und griff nach einem Bleistift. Er starrte auf die leeren Kästchen. Heute fiel es ihm schwer, sich zu konzentrieren, und ungeduldig warf er den Stift auf die Tischplatte.

Er erhob sich wieder und stapfte in der Küche hin und her. Wut brodelte in ihm. Normalerweise saß er nach getaner Arbeit draußen vor seinem Haus. Im Schein einer Petroleumlampe genoss er ein Glas Wein, bevor er sich hinlegte. Er ging in der Regel früh zu Bett, weil er im Morgengrauen sein Tagwerk begann. Sollte er sich von einem feigen Heckenschützen einschüchtern lassen? Er, Auguste Gras, ein gestandener Bauer, der schon viel erlebt und mitgemacht hatte? Sollte er klein beigeben? Sogar die Fensterläden hatte er geschlossen, was er sonst nie tat.

Entschlossen griff er nach seinem Jagdgewehr und wollte sein Haus verlassen. Doch plötzlich hielt er inne. Er hatte Pascal versprochen, vorsichtig zu sein. Der Mann war für ihn inzwischen nicht mehr nur ein Nachbar. Auguste betrachtete ihn als Freund. Er hatte ihm einmal vom gewaltsamen Tod seiner kleinen Schwester Gina erzählt. Auguste selbst hatte seine Tochter Liane durch eine erbarmungslose Krankheit verloren. Diese schlimmen Erfahrungen verbanden die beiden Männer. Der Winzer setzte sich wieder an den Tisch. Er würde seinem Freund den Gefallen tun und an diesem Abend sein Haus nicht verlassen. Morgen würde man weitersehen.

Er trank seinen Wein aus und ging über die Holzstiege in den ersten Stock. Dort betrat er sein Schlafzimmer, zog sich aus und legte sich ins Bett. Das Gewehr hatte er bei sich. Erleichtert stellte er fest, dass sein Arm nicht mehr pochte. Pascal hatte die Wunde gut versorgt. Bald darauf war er eingeschlafen.

Im Garten des Weingutes, hinter dem verwitterten Gedenkstein für Sophie und Liane Gras, kauerte ein Mann. Er war schwarz gekleidet und hielt ein schussbereites Jagdgewehr in der Hand. Er wusste, dass der alte Winzer jeden Abend vor seinem Haus saß, doch heute war er nicht da. Er befand sich im Gebäude. Aus den Spalten von zwei Fensterläden drang Licht. Der Mann verwarf den Gedanken, gewaltsam in das Haus einzudringen. Gras war durch die Schüsse, die er am Nachmittag auf ihn abgegeben hatte, gewarnt. Sicher besaß er, wie fast alle hier, eine Waffe und konnte damit umgehen. Er würde sich verteidigen. Garantiert hatte er die Türen fest verriegelt. Dieses Vorhaben war zu gefährlich. Der Mann bebte vor Zorn. Er wollte sein Werk endlich vollenden.

Als das Licht im Haus erlosch, gab er auf. Morgen würde er wiederkommen. Der Weinbauer konnte sich nicht ewig in seinem Haus verbarrikadieren. Der Mann schlich im Schutz der Bäume aus dem Garten. Auf einem Feldweg stand der Hummer. Er fuhr einige hundert Meter ohne Licht und verschwand dann in der Nacht.

DAS HAUS MIT DEN VIER TÜRMEN

Die vier Freunde hatten sich zeitig bei Etienne getroffen. Sie wollten zusammen frühstücken. Samy hatte frisches Baguette und Croissants mitgebracht, und nun saßen sie am Küchentisch im Salon. Draußen fegte ein kalter Wind über die Hochebene, und es regnete. Lagarde bestrich eine Brothälfte mit Butter und Marmelade. Während er aß, fütterte er Edith mit kleinen Stücken einer Schillerlocke. Napoleon bekam eine Scheibe Schinken.

»Du verwöhnst die Tiere«, bemerkte Etienne. »Wenn du wieder weg bist, werden sie nur noch betteln.«

Lagarde grinste. »Ihnen soll es auch gutgehen.«

»Wie war eigentlich dein Mittagessen mit Mariette?« Wenn Etienne von ihr sprach, bekamen seine Augen einen sehnsüchtigen Ausdruck.

»Es war schön, wir haben uns gut unterhalten.«

»Geht es ihr gut?«

»Nicht besonders. Die Bäckerei wirft kaum Gewinn ab. Sie hat Schulden auf ihrem Haus und keine eigene Backstube mehr, sondern wird beliefert.«

Sein Freund runzelte die Stirn. »Eine Bäckerei in dieser Lage? Mit den vielen Touristen? Das kann eigentlich gar nicht sein! Da stimmt doch etwas nicht. Ich kann mir gerne einmal ihren Liefervertrag ansehen, vielleicht kann man da etwas machen.«

Etienne hatte vor seiner Ausbildung bei der Polizei Jura studiert und kannte sich in solchen Dingen aus.

»Ich werde es ihr ausrichten«, entgegnete Lagarde. »Es wäre großartig, wenn du ihr helfen könntest. Sie macht einen ziemlich niedergeschlagenen Eindruck.«

Etiennes Miene verfinsterte sich. »Das geht ja gar nicht! Sie soll glücklich sein. Ich kann ihr bestimmt helfen. Womöglich handelt es sich um einen Knebelvertrag. Oft stellt der Lieferant das Mobiliar der Verkaufsräume, auch die modernen Kühltheken und solche Sachen, die durch die Belieferung abgezahlt werden. Allerdings berechnet er dafür einen viel zu hohen Preis. Dadurch geraten die Filialen in eine totale Abhängigkeit. Wenn das der Fall ist, wird dieser Großlieferant mich kennenlernen.«

»Gut.« Lagarde fiel noch etwas ein. »Sie wünscht sich ein Barbecue, so wie früher, mit uns allen.«

Sein Freund war begeistert. »Eine tolle Idee! Das machen wir. Hier bei mir, auf der Veranda? Warum nicht gleich morgen?«

»Ich werde sie fragen.«

Samy meldete sich eifrig zu Wort. »Dann lade ich auch Claudine ein und natürlich Sarah.«

Etienne nickte. »Aber ja! Das wird bestimmt ein schöner Abend.« Er strahlte voller Vorfreude. Dann griff er sich erschrocken in den borstigen Haarkranz. »Ich muss zum Friseur. Heute noch! Morgen ist Sonntag.« Besorgt betrachtete er seine Bauchwölbung. »Meint ihr, Mariette findet mich zu dick? Ich sollte wirklich endlich abnehmen.«

Pascal grinste. »Bis morgen wirst du es kaum schaffen. Beruhige dich, du siehst gut aus. Es ist alles in Ordnung.«

»Aber ein Hemd muss ich noch bügeln.«

Lagarde stimmte ihm amüsiert zu. »Unbedingt.« Dann wechselte er das Thema. »Hört mal, wir müssen entscheiden, wer von euch mich zu dem Termin mit Durand begleitet. Wir können nicht zu viert aufkreuzen.«

»Pascal soll mit«, entschied Etienne. »Er hat bessere Nerven als ich.« Die Freunde akzeptierten seine Entscheidung. Sie wussten aber, dass diese Argumentation Unsinn war, aber er selbst wollte zum Friseur. Etienne fuhr fort. »Und Samy ist zu hitzig.« Der fuhr hoch.

»Was soll denn das heißen?«

Die Männer lachten. Schließlich brachen Lagarde und Pascal auf. Es war schon halb zehn. Der Weg führte sie über Sainte-Croix-du-Verdon und weiter bis nach Moustiers-Sainte-Marie. Schließlich gelangten sie zu der Villa, die sich über dem See erhob. Die Spitzen der vier schlanken Türme an den Ecken des Gebäudes ragten in den wolkenverhangenen Himmel. Regen prasselte auf das Ziegeldach und verwischte den Blick auf die elegante Mosaikeinlegearbeit. Das imposante Bauwerk wirkte düster und abweisend, die Fenster wie schwarze Augen. Böen zerzausten die Nadelbäume. Eine Schar Krähen hockte stumm auf den kahlen Ästen einer fast abgestorbenen Pinie.

Durand hatte sein Dienstfahrzeug vor der Mauer, die die Villa umgrenzte, geparkt und wartete auf sie. Er stand im Regen, die Hände in den Hosentaschen vergraben. Vom Schirm seiner Dienstmütze tropfte Wasser. Sein Gesichtsausdruck war mürrisch. Es war ihm anzusehen, dass er von dieser Aktion nicht zu hundert Prozent überzeugt war. Auf dem Platz standen noch zwei weitere Fahrzeuge der Gendarmerie von Aiguines, in denen sechs Polizisten saßen und auf ihren Einsatz warteten. Lagarde und Pascal stiegen aus und begrüßten den Polizeichef. »Bonjour, Monsieur Durand.«

Durand erwiderte den Gruß knapp und kam gleich zur Sache. Die Anwesenheit von Pascal nahm er kommentarlos hin. »Also, damit das klar ist: Ich bin der Chef, ich leite den Einsatz.«

Lagarde stimmte ihm zu. »Selbstverständlich.« Er überlegte. »Ich habe folgenden Vorschlag, Monsieur Durand. Wir reden mit Cédric Laurent. Vielleicht zeigt er uns den Hummer freiwillig, dann brauchen wir den Durchsuchungsbeschluss gar nicht.«

Durand dachte kurz nach. Ihm war es recht, wenn sie so wenig Aufsehen wie möglich erregten. Cédric Laurent war ein Mann mit einem guten Ruf und kein Mörder. Er hatte diesem Einsatz nur zugestimmt, weil er bezüglich Lagarde und seinen Freunden Erkundigungen eingezogen hatte. Jetzt war ihm klar, mit wem er es zu tun hatte. Und er wusste auch, dass sie seiner Karriere schweren Schaden zufügen konnten, wenn er sie nicht ernst nahm. »Einverstanden, gehen wir.« Er machte den Gendarmen ein Zeichen, dass sie im Wagen warten sollten.

Sie liefen durch das geöffnete schmiedeeiserne Gittertor über einen Kiesweg zum Haupteingang. Durand klingelte. Nach kurzer Zeit wurde die Haustür geöffnet, und eine ältere Frau mit einem strengen Knoten begrüßte sie freundlich. Sie trug ein graues Kleid, über das sie eine weiße Schürze gebunden hatte. Wenn sie sich über den Polizisten in Uniform wunderte, zeigte sie es nicht. Durand stellte sich und seine Begleiter vor und zeigte seinen Dienstausweis. »Wir möchten mit Cédric Laurent sprechen. Ist er zu Hause?«

»Ich sehe mal nach, ob er da ist. Treten Sie doch bitte ein, Sie werden ja ganz nass.« Die Frau führte sie in die Eingangshalle. »Ich bin gleich wieder da.« Sie verschwand in einem Flur. Die Männer sahen sich um. Der Boden des großen hohen Raums war mit matten schwarzen und weißen Fliesen wie ein Schachbrett ausgelegt. An den Wänden befanden sich bordeauxrote Tapeten aus Seidenstoff mit goldenen Ornamenten. Vom Deckengewölbe hing ein prächtiger Kristallleuchter. In einer Ecke stand ein wuchtiger Kamin, daneben hingen zwei Ölgemälde in goldenen Rahmen.

Die Dame kehrte zurück. »Monsieur Laurent erwartet Sie im Salon. Wenn Sie bitte mitkommen.«

Sie folgten ihr durch den langen Korridor. Sanft klopfte sie an eine Tür und öffnete sie. »Monsieur Laurent. Die Herren von der Polizei.«

Die Männer traten in den Salon. Der große Raum war mit geschmackvollen cremeweißen Möbeln eingerichtet. Im Hintergrund erklang leise klassische Musik. Auf einer Anrichte flackerten Dutzende von Kerzen, die um eine Fotografie arrangiert waren. Sie zeigte eine junge Frau mit blonden Haaren und traurigen Augen.

Cédric Laurent erhob sich von der Couch und begrüßte sie höflich. »Bonjour, Messieurs. Sie wollen mich sprechen?« Er zeigte auf die Sitzgruppe. »Nehmen Sie doch bitte Platz. Darf ich Ihnen etwas anbieten? Einen Kaffee vielleicht?«

Seine Besucher lehnten dankend ab und setzen sich. Laurent trug eine schwarze Stoffhose und einen dunklen Rollkragenpullover. Pascal hatte sofort die Schuhe bemerkt, die er trug: schwarze Nikes mit silbernen Streifen, die einen Löwen im Sprung andeuteten. Lagarde sah ihn kurz an. Er hatte es auch registriert.

Laurent lächelte sie an. »Was kann ich für Sie tun?«

Durand ergriff das Wort. »Wie Sie sicher wissen, haben sich in letzter Zeit hier in der Gegend tragische Vorfälle ereignet. Georges Lebeau ist mit seinem Wagen in die Verdon-Schlucht gestürzt. Jean Sagnol ist bei einem Spaziergang zu Tode gekommen. Vorgestern wurde Abbé Clément-Marie Lebrun tot in seiner Kirche aufgefunden.«

Laurent nickte. »Das ist wirklich furchtbar. Meine Haushälterin hat es mir heute Morgen erzählt. Sie hat Marie Dubois beim Bäcker getroffen.« Er hielt bestürzt inne. »Ich habe ihn gekannt, er war ein gütiger alter Herr. Meine Schwester hat ein Modell des alten Dorfes für seine Kirche gebaut. Madame Dubois hat erzählt, dass er ermordet wurde.«

Durand nickte. »Das ist richtig.«

»Mon Dieu! Wer macht denn so etwas?«

Der Polizeichef fuhr fort. »Gestern Nachmittag wurde auf den Weinbauern Auguste Gras geschossen.«

Laurent schwieg. Seine Miene war ausdruckslos. Durand sprach weiter.

»Mehrere Personen haben berichtet, dass sie in Zusammenhang mit diesen Vorfällen ein dunkles Fahrzeug gesehen haben, höchstwahrscheinlich einen Hummer.«

»Entschuldigen Sie«, fiel Laurent ihm ins Wort. »Ich verstehe nicht, was das alles mit mir zu tun hat.«

Lagarde sprang dem Polizisten bei. Es war wichtig,

den Anschein einer allgemeinen Befragung aufrechtzuerhalten. Er wollte Laurent in Sicherheit wiegen. »Wir befragen alle Hummer-Halter in der Gegend, reine Routine.«

Durand sah ihn ärgerlich mit gerunzelter Stirn an und riss das Gespräch wieder an sich.

»Welches Fahrzeug fahren Sie?«

Laurent zeigte sich überrascht. »Was spielt denn das für eine Rolle?«

»Beantworten Sie bitte meine Frage.«

»Einen grünen Peugeot.«

»Auf Ihre Schwester Diane Mélanie Laurent ist ein Hummer zugelassen.«

Als Laurent den Namen seiner Schwester hörte, zuckte er unmerklich zusammen. »Meine Schwester ist tot.«

»Ja, das wissen wir. Unser aufrichtiges Beileid.«

»Merci.«

»Wo steht der Hummer?«

»In der Garage.«

»Wir möchten ihn sehen.«

»Meinetwegen, kommen Sie mit.«

Sie verließen die Villa durch einen Hinterausgang und liefen über einen schmalen Weg zur Garage. Laurent sperrte auf, drehte den Griff und schob das Tor nach oben in die Halterung. Dann schaltete er das Licht an und zeigte auf das Fahrzeug. »Bitte. Da ist der Hummer.«

»Haben Sie etwas dagegen, wenn wir ihn uns einmal etwas genauer ansehen?«

»Von mir aus.« Er wirkte nicht mehr ganz so höflich. Mit der Fernbedienung öffnete er die Zentralverriegelung.

Pascal ging langsam um das Fahrzeug und betrachtete es genau. Er machte Lagarde ein Zeichen und deutete auf einen winzigen kanariengelben Lackstreifen auf dem rechten Kotflügel. Dann wandte er sich an Laurent. »Was ist in dem Schrank?«

»Schauen Sie nach! Ich habe keine Ahnung, was meine Schwester dort aufbewahrt hat.«

Lagarde öffnete die Tür und besah sich den Inhalt. »Eine Rosshaarmatratze, Metallschilder mit Magneten ohne Kennzeichen und ein Expander. Haben Sie eine Vorstellung, wofür Ihre Schwester diese Gegenstände gebraucht haben könnte?«

»Nein.«

Durand besah sich das Innere des Autos und konnte nichts Auffälliges entdecken. Schließlich öffnete er den Kofferraum und traute seinen Augen nicht. Darin lag ganz offen, ohne Waffenfutteral, ein modernes Jagdgewehr mit montiertem Zielfernrohr. Er holte seine Lederhandschuhe aus der Jackentasche und streifte sie über. Dann griff er nach der Waffe und überprüfte die Munition. »Zwei Kugeln fehlen«, stellte er mit eisiger Stimme fest. Seine Überzeugung von der Unschuld Laurents bekam die ersten gewaltigen Risse. »Die Waffe ist beschlagnahmt. Ebenso der Hummer, die Matratze mit dem Gummiband und die Nummernschilder.« Jetzt holte er doch den Durchsuchungsbeschluss hervor und zeigte ihn dem Mann.

Lagarde fixierte Laurent und ging sehr zum Ärger des Polizeichefs frontal auf ihn los.

»Wir werden beweisen, dass die Lackspur auf dem Hummer von Hélène Lebeaus Wagen stammt«, sagte er mit durchdringender Stimme. »Sie fuhr einen kanariengelben Citroën. Sie haben ihn in die Schlucht geschoben. Und Sie sind davon ausgegangen, dass sie im Auto sitzt. Das war ein Mordversuch. Sie haben den Kuhfänger mit der Matratze vor Kratzern und Lackspuren geschützt. Was ist passiert? Wie ist die Farbe dennoch auf den Kotflügel gelangt? Haben Sie das Lenkrad verrissen, als Sie mit Entsetzen feststellten, dass Madame Lebeau gar nicht im Fahrzeug saß? Nach diesem misslungenen Anschlag sind Sie in das Haus von Claudine Favre eingebrochen und wollten Madame Lebeau ermorden. Sie haben gedacht, dass wir aufhören, Fragen zu stellen, wenn sie tot ist. Bei Georges Lebeau haben Sie ebenfalls die Matratze benutzt. Nur, dass er tatsächlich im Auto saß.«

Pascal feuerte die nächste Salve ab. »Wir werden die Projektile im Weinberg finden und beweisen, dass die Kugeln aus dieser Waffe stammen.« Er konnte seine Wut nicht mehr unterdrücken. »Sie haben aus dem

Hinterhalt auf einen wehrlosen alten Mann geschossen, in der Absicht, ihn zu töten.«

»Sie haben Jean Sagnol in den Abgrund gestoßen und den Pfarrer im Kirchturm erhängt«, fuhr Lagarde ihn an. »Warum haben Sie das getan?«

Das Gesicht von Cédric Laurent verwandelte sich in eine hässliche Fratze. Es wurde schlagartig offenbar, dass ein Dämon in ihm hauste. »Sie haben es nicht besser verdient!«, brüllte er. »Sie haben für die Zerstörung des alten Dorfes gestimmt und für die Flutung des Tals. Sie haben unser Land und unsere Tradition verraten. Sie sind schuld, dass mein Großvater Émile verschollen ist, einsam verreckt im Morast des Sees. Sie sind schuld, dass meine Schwester bei der Räumung unseres alten Hauses verrückt geworden ist. Sie sind schuld, dass Mélanie schließlich Selbstmord begangen hat. Ich habe sie über alles geliebt! Wie soll ich ohne sie weiterleben? Schuld vergeht nicht!«

Hasserfüllt starrte er sie an. Durand war entsetzt über diesen Ausbruch. Mit dieser Entwicklung hatte er nicht gerechnet. Als er sich wieder gefasst hatte und sich erinnerte, dass er der Einsatzleiter war, sagte er: »Ich verhafte Sie wegen des Mordes an Georges Lebeau, Jean Sagnol, Clément-Marie Lebrun und wegen des Mordversuches an Hélène Lebeau und Auguste Gras.«

Laurent ließ sich die Handschellen widerstandslos anlegen. Durand führte ihn zu den Einsatzfahrzeugen vor dem Haus. Dort gab er Anweisungen für die zu unternehmenden nächsten Schritte. Lagarde und Pascal folgten ihnen. Schweigend liefen sie im Regen durch die Nebelschleier, die sich über die Hügel gesenkt hatten.

Cédric Laurent lag auf der Pritsche in einer kahlen Zelle des Untersuchungsgefängnisses von Draguignan. Er starrte an die Decke. Eine integrierte Leuchte verbreitete kaltes weißes Licht. Er haderte nicht mit seinem Schicksal. Eigentlich war er erleichtert, denn er wollte nicht mehr kämpfen, sich nicht mehr rächen. Er war erschöpft und trauerte um seine Schwester. Die Trauer war wie ein greller Schmerz, der ihn umfing und allmählich zerfraß. Schließlich schlief er ein und träumte.

Zwanzig Jahre nachdem ihr altes Dorf zerstört und ihr Tal überflutet worden war, wurde der Fluss gestaut und das Wasser abgelassen. Eine Prozession zum Gedenken an die Toten sollte zu den Gräbern des alten Friedhofes stattfinden.

Drei Messdiener in weißen Gewändern führten den Zug an. Der Junge in der Mitte trug das barocke goldene Kreuz. Ihnen folgte Abbé Clément-Marie mit der Monstranz, die er in Brusthöhe hielt. Er war in ein festliches weißes Gewand gehüllt. Flankiert wurde er von je zwei Feuerwehrleuten in Uniform. Sie trugen dicke Prozessionskerzen mit Windschutzstulpen, und Abordnungen örtlicher Vereine folgten mit ihren Fahnen, dann kam der örtliche Musikzug. Den Schluss der Prozession bildeten mindestens sechzig Bewohner von Les Salles-sur-Verdon und anderen umliegenden Ortschaften. Sie trugen schwarze Trauerkleidung und schritten langsam aus. Bemerkenswert war, dass sie alle Gummistiefel angezogen hatten, in Regenjacken gehüllt waren und eine Kopfbedeckung trugen. Nach einigen Metern setzte der Küster zu einem gemeinsamen Gebet an. Anschließend spielte der Musikzug, und die Gläubigen sangen mit. Die festliche Prozession begab sich vom neuen Dorf auf einem Pfad zum Ufer des Lac de Sainte-Croix und weiter über den Grund des Sees zu den Grabstätten. Der Küster und Mitglieder der Feuerwehr hatten dort schon vorher einen provisorischen Altar aufgebaut. Unterwegs hielt der Zug an einem Feldkreuz, an dem eine Tafel zum Gedenken an das alte Dorf angebracht war. Die mit Grünspan überzogene Inschrift lautete:

Zur Erinnerung an das Dorf
Les Salles-sur-Verdon
1974 vom Lac de Sainte-Croix überflutet

Der Abbé sprach ein Gebet für die Lebenden und die Toten und segnete sie, indem er das Weihrauchfass in alle vier Himmelsrichtungen schwenkte.

Der Seegrund war matschig und von Pfützen, Sumpflöchern, Rinnsalen und Wasserkuhlen übersät, um die sie einen Bogen machten. Es gab Inseln aus Seegras, deren Halme giftgrün über den Schlick krochen.

Schließlich gelangten sie über eine verwitterte Brücke zu den letzten Ruhestätten der Bewohner des alten Dorfes. Die Gräber waren mit dicken Platten zubetoniert. Dadurch sollte verhindert werden, dass die sterblichen Überreste aus der Erde gespült wurden. Die Namen der Verstorbenen, ihr Geburtsdatum und ihr Sterbetag waren in den Beton eingeprägt, jedoch schon ziemlich ausgewaschen. Die Trauergemeinde versammelte sich um die Grabstätten. Der Abbé betete und stimmte anschließend ein Lied an. Alle stimmten ein. Es war gespenstisch, wie die Klänge über den feuchten Untergrund bis zum Ufer und zur Staumauer ertönten und widerhallten. Der Himmel hatte seine Schleusen geöffnet, und es regnete in Strömen. Eisiger Novemberwind drang durch die Kleidung und ließ die Trauernden frösteln. Eine schwarze Wolkenfront rückte näher und Sturm kam auf. Orangene Blitze tanzten über den Himmel. Das Gewand des Abbé flatterte. Die Abergläubischen unter den Trauergästen waren fest davon überzeugt, dass die Flussgöttin Styx das Unwetter geschickt hatte.

Mélanie und Cédric Laurent nahmen ebenfalls an der Prozession teil. Die ganze Zeit hielten sie sich an den Händen. Sie wollten das Grab ihres Ururgroßvaters Joseph-Baptiste besuchen und dort ein Gebet sprechen. Ebenso wollten sie ihres Großvaters Émile gedenken, der verschollen war und dessen Gebeine sich hier irgendwo im Schlick befinden mussten.

Cédric suchte hoffnungsvoll den Blick seiner Schwester. Er betete, dass sie durch die Teilnahme an der Prozession endlich Abschied nehmen konnte. Von dem Leben im alten Dorf, vom Großvater und von den Dämonen, die sie seither verfolgten. Bildete er es sich nur ein, oder war ihr sonst so leerer Blick heller und lebendiger geworden? Damals hatte er noch gehofft, dass sie wieder gesund werden würde. Er hätte alles dafür getan.

Als Cédric Laurent aus seinem unruhigen Schlaf aufschreckte, wusste er zunächst nicht, wo er sich befand. Er sah sich um. Als sein Blick auf die Bibel fiel, die auf dem kleinen Resopaltisch lag, wurde ihm schlagartig klar, was er zu tun hatte. Er erhob sich von der Pritsche und setzte sich an den Tisch. Behutsam entfernte er den Einband der Bibel. Er sollte den stabilen Untergrund für sein Vorhaben bilden, die Basis für das Modell. Er trennte Seiten aus dem Werk und knüllte sie zusammen. Als er versuchte, den Kirchturm des alten Dorfes nachzubauen, stellte er fest, dass er Wasser brauchte. In der Zelle befand sich ein kleines Handwaschbecken. Er wollte aus dem Papier Pappmaché machen, doch was ihm für seinen Plan fehlte, war Kleister. Aufmerksam blickte er sich um. Er nahm den Stuhl, stellte ihn an die Wand und stieg auf die Sitzfläche. Seine Finger wanderten über die Gitterstäbe. Sie waren glatt und kalt. Endlich entdeckte er eine Stelle, die rau und rissig war. Ein winziger Span hatte sich gelöst und verlief im rechten Winkel zur Eisenstrebe. Er rieb mit seiner Fingerkuppe über das scharfe Teilchen, bis es schließlich in sein Fleisch eindrang. Blut begann zu tropfen. Zufrieden kehrte er zum Tisch zurück und setzte sich wieder hin. Er sah zu, wie die dicken Tropfen das Papier dunkelrot färbten. Das Blut würde gerinnen und den Klebstoff ersetzen. Er würde ein Modell des alten Dorfes formen, so wie seine geliebte Schwester es so oft getan hatte. So konnte er sich ihr nahe fühlen. Er lächelte.

BARBECUE

Am späten Sonntagnachmittag waren die Vorbereitungen für das Barbecue in vollem Gang. Die Freunde hatten beschlossen, Fleischspieße mit Gemüse zuzubereiten. Nun steckte Etienne Rinderfilet, Schweinefleisch und Lamm auf die Metallstäbe, dazwischen platzierte er Paprika, Zucchini und Zwiebeln. Er stellte das Fleisch in den Kühlschrank und ging duschen. Anschließend wollte er sich in Schale werfen.

Lagarde war für die Salate zuständig und arbeitete in der Küche.

Pascal kreierte seine legendäre Joghurt-Knoblauch-Sauce. Bereits am Vormittag hatte er beim Bäcker Baguette und Fruchttörtchen für das Dessert besorgt.

Samy heizte den Grill an.

Als sie ihre Vorbereitungen beendet hatten, tranken sie auf der Terrasse Kaffee. Sie sprachen über das Geständnis und die Verhaftung von Cédric Laurent.

»Er war ein unglücklicher Mann«, meinte Pascal. »Trotz seines Reichtums und seines Ansehens konnte er keine Ruhe finden.«

»Der Auslöser für seine Taten war der Selbstmord

seiner Schwester Mélanie«, bemerkte Lagarde. »Das war zu viel. Er hat durchgedreht.«

»Er war hier der Trüffelkönig«, sinnierte Samy. »Aber es ging ihm nicht um das Geld. Er wollte die Tradition seines Großvaters fortführen, und er hat sein altes Leben geliebt und seine Schwester. Am Schluss hatte er beides verloren.«

»Er wird bestimmt zu einer lebenslangen Haft verurteilt«, überlegte Etienne.

Lagarde stimmte ihm zu. »Wenn er für zurechnungsfähig erklärt wird. Ansonsten kommt er in die Psychiatrie.«

»Was ich nicht verstehe ist, warum er die belastenden Indizien in der Garage aufbewahrt hat. Er hätte sie doch leicht irgendwo verstecken können.«

»Laurent hat sich absolut sicher gefühlt«, erwiderte Lagarde. »Er hat überhaupt nicht damit gerechnet, dass er unter Verdacht gerät.«

»Er hat sich so viel Mühe gegeben, den Tod von Lebeau als Selbstmord erscheinen zu lassen. Bei Sagnol sollte es wie ein Unfall aussehen. Und dann hängt er den Abbé in den Glockenturm? Das ist doch merkwürdig.«

»Ich glaube, irgendwann war es ihm egal. Er wollte nur noch, dass die vier verhassten Männer so schnell wie möglich sterben.«

»Warum hat er Lebeau auf seinem Handy angerufen?«, überlegte Pascal.

»Ich weiß es nicht«, antwortete Lagarde. »Vielleicht wollte er ein Treffen vereinbaren, ihn irgendwohin locken. Als das nicht gelang, hat er ihn beobachtet und ihm schließlich am Balkon von Mescla aufgelauert. Durand führt die Verhöre, alle Details werden wir wohl nie erfahren.«

Samy schüttelte den Kopf. »Was für eine furchtbare Geschichte. Aber immerhin, Männer! Wir haben geholfen, die Fälle zu lösen, also haben wir unser Handwerk doch noch nicht ganz verlernt.«

Pascal grinste. »Ich glaube, Durand sieht das ganz anders. Er wird zum Helden der Region. Ihr werdet schon sehen.«

»Jedenfalls kann Hélène wieder nach Hause kommen«, freute sich Samy. »Claudine vermisst sie schon sehr.«

Als sich Motorengeräusche näherten, schlossen sie das Thema ab, um die Frauen und vor allem Sarah nicht damit zu belasten. Es sollte ein schöner Abend werden. Etienne sprang auf. »Wie sehe ich aus?«

»Großartig«, beruhigte Pascal ihn. »Richtig zum Verlieben.«

Claudine und Sarah hatten Mariette von zu Hause abgeholt. Sie kannten sich vom Sehen. Die Gäste parkten neben dem Chalet und stiegen aus. Die Männer begrüßten sie herzlich.

»Sarah hat ihre Freundin mitgebracht, Aurélie«, erklärte Claudine. »Ich hoffe, es ist euch recht.«

»Aber natürlich«, beeilte Samy sich zu versichern. Das Mädchen war einen Kopf kleiner als Sarah, dünn und hatte eine wilde schwarze Lockenmähne. Sie strahlte in die Runde.

Etienne hatte nur Augen für Mariette. Sie trug die Haare offen und hatte sich dezent geschminkt. Ein korallenrotes Sommerkleid umspielte ihren Körper. Er fand sie hinreißend.

Während die Erwachsenen einen Aperitif auf der Veranda nahmen, spielten die Mädchen im Garten mit Napoleon. Edith lag auf der Pergola und schaute zu.

»Ihr habt den Täter erwischt, nicht wahr?«, fragte Claudine. »Die Haushälterin von Laurent hat es überall herumerzählt. Die Nachricht hat sich in Windeseile verbreitet.«

Lagarde nickte. »Ja, Cédric Laurent hat ein Geständnis abgelegt und ist verhaftet worden.«

Mariette schüttelte entsetzt den Kopf. »Ich kann das gar nicht verstehen. So ein sympathischer Mann!«

Die Mädchen kamen auf die Terrasse gelaufen. »Wir haben Hunger«, riefen sie.

»Lasst uns das Thema wechseln und den Abend genießen«, schlug Etienne vor. Er zwinkerte Mariette zu. »Wir machen ein schönes Barbecue, wie versprochen.«

Gemeinsam genossen sie das gute Essen. Sie unterhielten sich angeregt und lachten viel. Den Mädchen gefiel es auch. Als Mariette eine Geschichte von früher zum Besten gab, hörten sie mit großen Augen zu. Damals waren die vier Freunde und sie mit Kajaks in die Schlucht gefahren, die Strömung war wild gewesen. Stromschnellen hatten an den Booten gezerrt, und die Steine unter Wasser waren tückisch gewesen.

»Als wir ungefähr zwei Kilometer in die Schlucht gepaddelt waren, kam uns ein Kajak entgegen. Zunächst dachten wir, es sei leer. Doch dann bemerkten wir, dass eine leblose Gestalt darin lag.« Sie lächelte in die Runde. »Ihr glaubt es nicht! So schnell haben wir gar nicht geschaut, da war Etienne schon in voller Montur in das eisige Wasser gesprungen und kraulte zu dem Boot. Gegen die Strömung zog er es auf eine Sandbank. Wir stießen dazu, als er versuchte, die bewusstlose Frau wiederzubeleben. Sie hatte sich wahrscheinlich an einem Ast oder einem Felsvorsprung den Kopf gestoßen. Pascal hat die Wunde versorgt, und wir haben sie ins Krankenhaus gebracht.« Sie strahlte Etienne an. »Du warst immer der Wildeste von euch allen. Ein richtiger Draufgänger. Manchmal hast du mir richtig Angst gemacht.«

»Ich bin ein ganz ruhiger Kerl geworden«, versicherte Etienne. Seine Freunde brachen in schallendes Gelächter aus. »Es stimmt, was er sagt«, unterstützte Samy ihn. »Heutzutage hätte er sich vor dem Sprung ins Wasser wenigstens die Schuhe ausgezogen.«

Nach dem Barbecue wollten die Mädchen schwimmen gehen. Sie trugen Badekleidung unter Jeans und

T-Shirt. Inzwischen war der Abend angebrochen, bald würde die Dunkelheit einsetzen. Ein blasser Mond stand bereits am Himmel. Etienne verstaute zwei Champagnerflaschen und Gläser in einem Korb. Dann zogen sie die brennenden Fackeln aus der Erde und liefen den Pfad hinab zum See. Pastellblau und still lag er vor ihnen. Die Erwachsenen steckten die Fackeln fest und ließen sich im noch warmen Sand nieder. Ein rötlicher Feuerschein breitete sich über das Ufer. Die Mädchen zogen sich aus und rannten lachend und kreischend in das Wasser. »Huh, ist das kalt!«, rief Aurélie. Etienne entkorkte eine Flasche und füllte die perlende Flüssigkeit in die Gläser. Schließlich hob er die Kristallflöte zu einem Trinkspruch. »Auf uns! Auf den schönen Abend! Und darauf, dass wir bald wieder zusammenkommen.« Schüchtern sah er dabei Mariette an. Samy legte den Arm um Claudine und küsste ihre Wange. Gemeinsam stießen sie an.

Lagarde hatte sich am nächsten Morgen in aller Frühe auf den Heimweg nach Barfleur gemacht. Der Abschied war den Freunden schwergefallen. Sie hatten beschlossen, sich in Zukunft mindestens einmal im Jahr an einem schönen Ort zu treffen.

Samy schlug vor, im Januar eine Skihütte in den französischen Alpen zu mieten und dort einen gemeinsamen Winterurlaub zu verbringen, selbstverständlich zusammen mit den Frauen und Sarah.

Lagarde fand die Idee großartig. Er war früher ein begeisterter Skifahrer gewesen. Allerdings wusste er nicht, ob Odette Winterurlaub mochte. Er würde sie bald einmal fragen. Aber jetzt wollte er nach Hause und den Abend mit ihr verbringen. Er vermisste sie sehr und freute sich auf sie.

WAS DANACH GESCHAH

Pascal hatte die Handynummer von Yvonne Villani herausgefunden. Schließlich hatte er sich ein Herz gefasst und sie angerufen. Er wollte unbedingt wissen, wie es ihr ging. Schon nach dem zweiten Klingeln war sie am Apparat. Er erkannte ihre Stimme sofort. Madame Villani erinnerte sich an ihn. Sie erzählte ihm, dass sie mit ihren beiden Söhnen vorübergehend zu ihrer Cousine nach Le Lavandou gezogen war. Auf deren Anraten hin hatte sie die Scheidung von ihrem gewalttätigen Ehemann eingereicht. Zu Pascals großer Freude stimmte sie zu, sich mit ihm in dem Küstenstädtchen zu treffen und einen Kaffee zu trinken.

Claudine und Samy hatten sich heftig in einander verliebt. Sarah nahm diese Botschaft gelassen auf, denn sie hatte es ohnehin schon gewusst. Eigentlich war es ihr ganz recht. Sie wollte gerne eine Art Stiefvater haben. Ihre Mutter hatte immer gleich Angst, dass ihr etwas zustoßen könnte. Samy hatte versprochen, ihr das Segeln beizubringen. Claudine und der ehemalige Polizist hatten sich entschieden, dass sie mit ihrer Tochter zu ihm ziehen würde. In seinem großen Bauernhaus war viel Platz. Ihr Haus wollte sie zunächst behalten. Wenn das Zusammenleben funktionieren würde, plante sie, es zu verkaufen oder als Ferienhaus zu vermieten.

Etienne kündigte den Knebelvertrag von Mariette entgegen dem massiven Widerstand des Großlieferanten fristlos. Die zweijährige Kündigungsfrist akzeptierte er nicht. Die Rechnungen bezeichnete er als Wucher, und er drohte mit einer Beschwerde oder gar einer Anzeige bei der Bäckerinnung. Mariette wollte die Bäckerei ihres Vaters behalten. Mit Unterstützung von Pascal und Etienne hatte sie einen Großbäcker gefunden, der eine feine Filiale in Les Salles-sur-Verdon zu fairen Bedingungen suchte. Während dieser Zeit waren sich Mariette und Etienne nähergekommen. Er machte ihr beharrlich den Hof, und sie begannen miteinander auszugehen.

Hélène fasste den Entschluss, dass sie nicht mehr in Bauduen leben wollte. Dort erinnerte sie alles an Georges. Sie würde nie mehr auf der Serpentinenstraße um die Schlucht fahren können, ohne schmerzlich an ihn und die furchtbaren Geschehnisse zu denken. Xavier konnte die Villa am See in den Semesterferien nutzen. Für die Firma würde sie einen Direktor einstellen. Sie fand Barfleur bezaubernd und überlegte, ob sie sich dort ein Haus kaufen sollte. Odette schlug ihr vor, eine Weile bei ihr zu wohnen und sie bei der Suche nach einem geeigneten Objekt zu unterstützen.

Durand wurde für die Ergreifung des Täters befördert. Er stieg zum Leiter des Arrondissements Brignoles auf. Bald würde er ein modernes großes Büro im dortigen Polizeipräsidium beziehen. Claudine hoffte auf einen weniger cholerischen zukünftigen Chef.

Cédric Laurent wurde von einem Wärter bewusstlos in seiner Zelle im Untersuchungsgefängnis gefunden. Seine Hände und Arme waren mit Schnittwunden übersät, und er hatte viel Blut verloren. Er wurde sofort in ein Krankenhaus verlegt und überwacht. Dennoch gelang es ihm, sich in der dritten Nacht mit seinem Betttuch am Fensterkreuz zu erhängen. Er war nicht als selbstmordgefährdet eingeschätzt worden.

Maria Dries
Der Kommissar und der Orden von Mont-Saint-Michel
Ein Kriminalroman aus der Normandie
320 Seiten
ISBN 978-3-7466-3179-0
Auch als E-Book erhältlich

Geheimnisvolle Normandie

Philippe Lagarde aus Barfleur, als Kommissar eigentlich längst im Ruhestand, erhält einen Spezialauftrag. Ein junger Mann aus besten Kreisen wurde erstochen im Ferienhaus seiner Familie aufgefunden. Auf dem Film der Überwachungskamera ist ein Mönch zu sehen. Der Mord wurde mit einem Dolch der Templer begangen, und auf der Leiche lag eine weiße Christrose. Schnell findet Lagarde heraus, dass der Tote zur Gewalt gegen Frauen neigte. Aber wo genau ist das Motiv?

Commissaire Lagarde ermittelt – ein spannender Kriminalroman mit besonderem Flair

Regelmäßige Informationen erhalten Sie über unseren Newsletter. Jetzt anmelden unter: www.aufbau-verlag.de/newsletter

aufbau taschenbuch